PERFEITOS

Obras do autor publicadas pela Galera Record

Além-mundos
Amores infernais
Impostores
Tão ontem
Zeróis
Zumbis x Unicórnios

Série Vampiros em Nova York
Os primeiros dias
Os últimos dias

Série Feios
Feios
Perfeitos
Especiais
Extras

Série Leviatã
Leviatã
Beemote
Golias

SCOTT WESTERFELD

PERFEITOS

Tradução
Rodrigo Chia

2ª edição

2024

CIP-BRASIL. CATALOGAÇÃO NA PUBLICAÇÃO
SINDICATO NACIONAL DOS EDITORES DE LIVROS, RJ

W539p Westerfeld, Scott
Perfeitos / Scott Westerfeld ; tradução Rodrigo Chia. - 2. ed. - Rio de Janeiro : Galera Record, 2024.
(Feios ; 2)

Tradução de: Pretties
ISBN 978-65-5981-335-3

1. Ficção americana. I. Chia, Rodrigo. II. Título. III. Série.

23-84649 CDD: 813
CDU: 82-3(73)

Gabriela Faray Ferreira Lopes - Bibliotecária - CRB-7/6643

Título original em inglês:
Pretties

Texto revisado segundo o Acordo Ortográfico da Língua Portuguesa de 1990.

Direitos exclusivos de publicação em língua portuguesa somente para o Brasil
adquiridos pela
EDITORA GALERA RECORD LTDA.
Rua Argentina, 120 – Rio de Janeiro, RJ – 20921-380 – Tel.: 2585-2000
que se reserva a propriedade literária desta tradução

Impresso no Brasil

ISBN 978-65-5981-335-3

Seja um leitor preferencial Record.
Cadastre-se no site www.record.com.br
e receba informações sobre
nossos lançamentos e nossas promoções.

Atendimento e venda direta ao leitor:
sac@record.com.br

Para a comunidade australiana de ficção científica,
por todo o apoio e aceitação.

Parte I

BELA ADORMECIDA

Lembra-te de que as coisas mais belas do
mundo são também as mais inúteis.

— John Ruskin, *As pedras de Veneza*, I

CRIMINOSA

Escolher a roupa era sempre a tarefa mais difícil da tarde.

O convite para a Mansão Valentino dizia semiformal. Era o tal do *semi* que dificultava. Assim como uma noite sem festas, "semi" abria espaço para muitas possibilidades. Para os garotos já era complicado: aquilo podia significar paletó e gravata (a gravata opcional de acordo com o tipo de colarinho), terno branco e camisa social (somente em tardes de verão) ou ainda uma variedade de sobretudos, coletes, fraques, kilts e suéteres arrasadores. Para as mulheres, no entanto, a definição simplesmente englobava quase tudo, como costumava acontecer com as definições em Nova Perfeição.

Tally quase chegava a preferir as festas que exigiam traje de gala. Certo, as roupas eram menos confortáveis, e ninguém se divertia até que todos estivessem bêbados, mas pelo menos não se precisava pensar tanto só para escolher o que vestir.

— Semiformal, *semi*formal — repetia ela, observando a vastidão de seu armário aberto. O cabideiro tipo carrossel engasgava tentando acompanhar os cliques aleatórios dos seus olhos e fazia as roupas se sacudirem nos cabides. Sim, "semi" era definitivamente uma farsa. — Será que isso é uma palavra? — perguntou, em voz alta. — Semi?

A palavra causava uma sensação estranha em sua boca, que estava seca devido à noite anterior.

— É apenas metade de uma — respondeu o quarto, provavelmente se achando muito inteligente.

— Não me diga — murmurou Tally.

Ela jogou o corpo na cama e ficou olhando para o teto, com receio de que o quarto começasse a rodar a qualquer momento. Não parecia justo ter de se preocupar tanto por causa de meia palavra.

— Faça isso sumir — ordenou.

Sem entender direito, o quarto tratou de fechar as paredes que escondiam o guarda-roupa. Tally sequer tinha forças para explicar que estava falando da ressaca, instalada dentro de sua cabeça como um gato gordo, rabugento e manhoso, sem a menor vontade de se mexer.

Na noite anterior, ela e Peris tinham saído para patinar com outros Crims, pela primeira vez num novo rinque situado sobre o Estádio Nefertiti. A camada de gelo, mantida no ar por uma estrutura de sustentadores, era tão fina que se conseguia ver o outro lado. A transparência era mantida por uma horda de pequenas máquinas de raspar gelo que passavam entre os patinadores como se fossem um bando de baratas-d'água nervosas. Os fogos de artifício que explodiam no estádio faziam a placa brilhar como uma espécie de vitral esquizoide mudando de cor de poucos em poucos segundos.

Todos eram obrigados a usar jaquetas de bungee jump, para o caso de atravessarem o gelo. Evidentemente, aquilo nunca havia acontecido, mas a mera possibilidade de ver seu mundo desaparecer de repente bastava para deixar Tally com vontade de tomar mais champanhe.

Zane, uma espécie de líder dos Crims, ficou entediado e resolveu derramar uma garrafa inteira no gelo. Segundo ele, o álcool, por ter um ponto de congelamento menor que o da água, poderia acabar levando alguém lá para baixo, onde explodiam os fogos de artifício. Pena que o desperdício de champanhe não foi o bastante para poupar Tally da dor de cabeça na manhã seguinte.

Um toque especial no quarto anunciou que havia outro Crim ligando.

— Alô.

— Oi, Tally.

— Shay-la! — Tally se apoiou num cotovelo para se levantar. — Preciso de ajuda!

— Para a festa? Imaginei.

— Afinal, o que significa *semi*formal?

Shay deu uma risada antes de responder.

— Tally-wa, você é tão perdida. Não recebeu o ping?

— Que ping?

— O que mandei há *horas*.

Tally procurou seu anel de interface, que continuava na mesinha de cabeceira. Ela nunca o usava à noite — um hábito de quando era feia e saía escondida a toda hora. O anel estava lá, piscando, no modo silencioso.

— Ah. É que acabei de acordar.

— Pois é. Pode esquecer o lance de semi. Eles mudaram o estilo da festa. Temos de usar *fantasias*!

O relógio marcava alguns minutos antes das 17 horas.

— Como é que é? Faltando três horas para começar?

— É, eu sei. Também estou desorientada. É tão difícil. Posso descer aí? — perguntou Shay.

— Por favor.

— Em cinco minutos.

— Tudo bem. Traga o café da manhã. Tchau.

Tally deixou a cabeça cair de volta no travesseiro. A cama parecia tão instável quanto uma prancha. O dia mal tinha começado e já estava chegando ao fim.

Ela pôs o anel de interface e ouviu, inconformada, o aviso de que ninguém poderia entrar na festa sem uma fantasia realmente borbulhante. Três horas para achar algo respeitável. E os outros já haviam saído na frente.

Às vezes, Tally tinha a impressão de que ser uma criminosa *de verdade* era muito, muito mais fácil.

Shay chegou com o café da manhã: omelete de lagosta, torradas, pães, batatas, fritada de milho, uvas, bolinhos de chocolate e Bloodies — tanta comida que nem um eliminador de calorias daria conta. A bandeja sobrecarregada balançava no ar, com seus sustentadores tremendo tanto quanto uma criança no primeiro dia na escola.

— Ahn, Shay, nós vamos vestidas de gordas ou algo parecido?

— Não, mas pela voz você parecia abatida — disse a amiga, dando um risinho. — E precisa estar borbulhante hoje à noite. Todos os Crims vão aparecer para decidir sobre sua admissão.

— Que ótimo. Borbulhante. — Tally suspirou enquanto pegava um Bloody Mary na bandeja. Fez uma careta depois do primeiro gole. — Sempre falta sal.

— Vamos resolver isso — disse Shay, raspando um pouco do caviar que decorava a omelete e jogando na taça.

— Eca, que nojo!

— Qualquer coisa fica boa com caviar — comentou Shay.

Ela pegou mais um pouco e levou à boca. Fechou os olhos para mastigar as minúsculas ovas de esturjão. Depois, com um giro no anel, pôs uma música para tocar.

Tally tomou outro gole de Bloody Mary, o que, pelo menos, fez o quarto parar de rodar. O cheiro dos muffins de chocolate era irresistível. Em seguida, atacaria a batata e a omelete. Talvez tentasse até o caviar. Era no café da manhã que Tally mais sentia vontade de compensar o tempo que tinha perdido na natureza quando fugiu. A comilança lhe dava uma sensação de estar no controle, como se um turbilhão de sabores da cidade pudesse apagar os meses de cozidos e EspagBol.

A música, um lançamento, deixou seu coração acelerado.

— Obrigada, Shay-la. Você me salvou.

— De nada, Tally-wa.

— Por onde andou ontem à noite, hein? — perguntou Tally. Shay respondeu apenas com um sorriso malicioso. — O que foi? Garoto novo? — Shay balançou a cabeça e piscou os olhos. — Não me diga que fez outra cirurgia. Caramba, você *fez*. Sabe que as operações são limitadas a uma por semana. Você perdeu completamente o juízo.

— Calma, Tally-wa. Foi só uma intervenção localizada.

— Onde?

Não havia nada de diferente no rosto de Shay. Talvez o resultado da cirurgia estivesse coberto pelo pijama.

— Olhe mais perto — disse Shay, voltando a piscar os olhos.

Tally se aproximou e examinou os olhos cor de cobre: enormes, realçados por uma sombra, deslumbrantes. Seu coração se acelerou um pouco mais. Um mês depois de chegar a Nova Perfeição, Tally ainda ficava maravilhada com os olhos dos perfeitos. Eram grandes e receptivos, e seu brilho sugeria um interesse autêntico. As belas pupilas de Shay pareciam dizer: *Estou ouvindo. Você é fascinante.* Reduziam o mundo a Tally, o foco solitário da atenção de Shay.

A situação era mais estranha com Shay, a quem Tally havia conhecido nos tempos de feia, antes de a operação deixá-la daquele jeito.

— Mais perto — orientou Shay.

Com um suspiro, Tally se ajeitou e sentiu o quarto girar de novo, mas de um modo agradável. Ela acenou para as janelas ficarem um pouco mais translúcidas. Então, à luz do sol, notou o que havia de novo.

— Caramba, que lindo.

Mais ousados que os outros implantes, doze rubis circundavam cada pupila de Shay, reluzindo num tom vermelho suave que contrastava com o verde das íris.

— Borbulhante, hein?

— Muito. Mas espera um pouco... os de baixo, no lado esquerdo, são diferentes?

Tally observou atentamente: uma pedra em cada olho parecia tremeluzir, como se fosse uma vela minúscula nas profundezas de cobre.

— São 17 horas! — disse Shay. — Entendeu?

Foram necessários alguns segundos até que Tally se lembrasse do grande relógio da torre, no centro da cidade.

— Ahn, mas está marcando 19 horas. Para serem 17 horas, não devia estar no lado direito?

— Meus relógios correm no sentido anti-horário, bobinha. Senão, seriam muito sem graça.

Tally teve vontade de rir.

— Espera aí. Você está com pedras preciosas nos olhos? E elas marcam as horas? No sentido *anti-horário*? Não acha isso *meio* exagerado, Shay?

No mesmo instante, Tally se arrependeu do que disse. O rosto de Shay foi tomado por uma expressão trágica que capturou todo o esplendor do momento. A impressão era de que ela ia chorar, apesar de não estar de olhos inchados ou nariz vermelho. Uma cirurgia recém-feita era sempre um assunto delicado, quase tanto quanto um novo penteado.

— Você detestou — comentou Shay, baixinho.

— Claro que não. Eu disse que são lindos.

— Sério?

— Muito. E é *legal* que andem no sentido anti-horário.

Shay recuperou o sorriso, o que deixou Tally aliviada, porém ainda sem acreditar no erro que tinha cometido. Era típico de um perfeito novato, e já havia se passado um mês depois de sua própria operação. Por que continuava dizendo coisas falsas? Se soltasse um comentário daquele tipo à noite, poderia receber um voto contrário de algum dos Crims. Bastava um para que não fosse aceita.

E, então, estaria sozinha, quase como se voltasse a ser uma fugitiva.

— Talvez devêssemos ir de torres de relógio, em homenagem aos meus novos olhos — disse Shay.

Tally deu uma risada. Ela sabia que a piada sem graça significava que tinha sido perdoada. As duas, afinal, já haviam passado por muita coisa juntas.

— Falou com Peris e Fausto?

— Eles disseram que devíamos ir todos vestidos de criminosos. Parece que têm uma ideia, mas é segredo.

— Isso é tão fraude. Até parece que eles já foram meninos muito maus. Quando eram feios, não faziam nada além de fugir do alojamento e talvez atravessar o rio algumas vezes. Eles nunca chegaram à Fumaça.

A música acabou naquele exato instante, e a última palavra de Tally se destacou no silêncio repentino. Ela tentou pensar em algo para dizer, mas a conversa simplesmente acabou, como fogos de artifício se apagando no céu escuro. A música seguinte levou um bom tempo para começar. Quando finalmente aconteceu, Tally disse:

— Nos vestirmos de criminosas vai ser moleza, Shay-la. Somos as duas maiores criminosas da cidade.

Durante duas horas, Shay e Tally experimentaram as roupas que eram arremessadas de um buraco na parede. Embora tentassem pensar em bandidos, não sabiam realmente que aparência eles tinham. Nos antigos filmes do gênero a que assistiam no telão, os caras maus não se pareciam com criminosos, mas sim com idiotas. Seria muito melhor irem de piratas. O problema era que Shay não queria botar um tapa-olho sobre seus rubis. Também consideraram aparecer de caçadoras, mas o buraco na parede tinha uma restrição a armas, ainda que fossem de mentirinha. Tally descartou os ditadores famosos das aulas de história: eram todos homens e não tinham estilo.

— Podíamos ir de Enferrujados! — sugeriu Shay. — Na escola, eles eram sempre um exemplo de caras maus.

— Acontece que eram bem parecidos com a gente. Fora o fato de serem feios.

— Sei lá, podemos derrubar árvores, queimar petróleo ou algo assim.

— Estamos falando de fantasias, Shay-la, não de estilos de vida.

Shay abriu os braços e deu outros exemplos, tentando soar borbulhante:

— E se fumássemos? Ou dirigíssemos carros de superfície?

O buraco na parede, contudo, não parecia disposto a fornecer cigarros ou carros.

De qualquer maneira, era divertido passar o tempo ao lado de Shay, experimentando fantasias, só para depois dar risadas e jogar tudo de volta no reciclador. Tally adorava se ver em roupas novas, ainda que bobas. Uma parte sua se lembrava do passado, quando era doloroso se olhar no espelho e encarar os olhos vesgos, o nariz pequeno e o cabelo bagunçado. Agora, era como se houvesse uma modelo diante dela, imitando seus movimentos — uma mulher de rosto perfeitamente equilibrado, pele maravilhosa apesar da ressaca e corpo musculoso de proporções impecáveis. Uma pessoa cujos olhos prateados combinavam com qualquer coisa que vestisse.

Mas, ao mesmo tempo, uma pessoa com um gosto muito falso para fantasias.

Duas horas depois, elas estavam deitadas na cama, girando novamente.

— Tudo fica um lixo, Shay-la. Por que tudo fica um lixo? Nunca vão aceitar alguém que nem sequer consegue pensar numa fantasia decente.

Shay segurou a mão da amiga.

— Não se preocupe, Tally-wa. Você já é famosa. Não tem por que se preocupar.

— É fácil para você falar.

Embora as duas tivessem nascido no mesmo dia, Shay tinha se tornado perfeita várias semanas antes de Tally. Estava completando um mês como uma legítima Crim.

— Vai dar tudo certo — disse Shay. — Qualquer um familiarizado com a Divisão de Circunstâncias Especiais está destinado a ser um Crim.

Tally sentiu algo estranho, como um ping doloroso, ao ouvir as palavras de Shay.

— Talvez esteja certa. Mas odeio não ser borbulhante.

— A culpa é do Peris e do Fausto, que não querem contar o que vão vestir.

— Vamos esperar até eles chegarem. Aí copiamos o que estiverem usando — sugeriu Tally.

— É, eles merecem. Quer uma bebida?

— Acho que sim.

Como Tally ainda parecia muito tonta para fazer qualquer coisa, Shay mandou que a bandeja do café da manhã fosse buscar um champanhe.

Peris e Fausto apareceram, e em chamas.

Na verdade, não passavam de sinalizadores espalhados em seus cabelos e presos às suas roupas, o que dava a impressão de que havia algo pegando fogo. Fausto sentia cócegas e não parava de rir. Os dois usavam jaquetas de bungee jump: estavam fingindo que tinham acabado de pular do terraço de um prédio incendiado.

— Espetacular! — comentou Shay.

— Inacreditável — concordou Tally. — Mas o que isso tem de Crim?

— Não se lembra? — perguntou Peris. — Quando você entrou de penetra na festa, no verão, e fugiu roubando uma jaqueta e saltando do terraço? O maior truque de feio da história!

— Claro que me lembro... Mas por que vocês estão pegando fogo? Quero dizer, não é algo Crim, se realmente houver um incêndio.

O olhar de Shay indicava que Tally estava dizendo algo estúpido de novo.

— Não podíamos aparecer só de jaqueta — explicou Fausto. — Estar em chamas é muito mais borbulhante.

— É isso aí — disse Peris.

No entanto, Tally percebeu que ele havia entendido suas palavras e que agora estava chateado. Ela não deveria ter falado nada. Que tonta. As fantasias eram realmente borbulhantes. Enquanto Peris e Fausto apagavam os sinalizadores para que durassem até a festa, Shay pediu ao buraco na parede que arranjasse mais duas jaquetas.

— Ei, isso é plágio — protestou Fausto.

A reclamação, porém, se mostrou desnecessária. O buraco na parede não acatou o comando, porque alguém poderia se esquecer de que eram jaquetas de mentira e pular de um lugar alto e acabar espatifado. Também não podia produzir jaquetas autênticas; para objetos complicados ou permanentes, era preciso fazer o pedido à Requisição. E a Requisição nunca concordaria porque, afinal, não havia um incêndio.

— A mansão está sendo totalmente falsa hoje — reclamou Shay.

— Onde conseguiram as suas, hein? — perguntou Tally.

— São de verdade — disse Peris, apalpando sua jaqueta. — Roubamos do terraço.

— Ah, então elas são coisa de Crims — disse Tally, pulando da cama para lhe dar um abraço.

Perto do amigo, ela não achava mais que a festa seria uma porcaria ou que alguém votaria contra sua admissão. Com seus grandes olhos castanhos brilhando, Peris a levantou e apertou com força. Era a velha intimidade de volta, dos tempos de feios, quando os dois aprontavam e amadureciam juntos. Viver aquilo de novo era borbulhante.

Durante as semanas perdidas no mato, tudo que Tally havia desejado era voltar para o lado de Peris, num corpo de perfeita e em Nova Perfeição. Seria estupidez se sentir infeliz agora — ou em qualquer outro momento. Provavelmente não passava do efeito do champanhe.

— Amigos para sempre — sussurrou ela, enquanto Peris a botava no chão.

— Ei, o que é isso aqui? — perguntou Shay.

Ela estava enfiada no armário de Tally, em busca de ideias para a festa, e segurava um monte indefinível de lã.

— Ah, isso aí — disse Tally, soltando Peris. — É meu suéter da Fumaça, não se lembra?

O suéter parecia estranho, diferente do que guardava na memória. Estava amarrotado e as partes costuradas por mãos humanas se destacavam. Na Fumaça, as pessoas não dispunham de buracos na parede; tinham de produzir suas próprias coisas. E, aparentemente, não eram muito boas nisso.

— Não mandou para a reciclagem? — perguntou Shay.

— Não. Acho que é feito de um material diferente. O buraco não consegue aproveitar.

Shay levantou o suéter e o cheirou.

— Uau. Ainda tem o cheiro da Fumaça. Cheiro de fogueira e daquele cozido que comíamos todo dia, lembra?

Peris e Fausto se aproximaram para sentir o cheiro. Eles nunca haviam saído da cidade, a não ser nas excursões da escola às Ruínas de Ferrugem. Seguramente, não tinham chegado à Fumaça, onde todos precisavam trabalhar duro o dia inteiro, produzindo coisas e plantando (ou caçando) a própria comida. E onde todos permaneciam feios depois do décimo sexto aniversário. Às vezes, até a morte.

O fato era que a Fumaça não existia mais, graças a Tally e à Divisão de Circunstâncias Especiais.

— Já sei, Tally! Vamos de Enfumaçadas hoje à noite!

— Isso seria completamente criminoso! — disse Fausto.

Os três ficaram olhando para Tally, empolgados com a ideia. Apesar de sentir outra pontada, ela sabia que seria falso discordar. Também sabia que, com uma fantasia borbulhante como o legítimo suéter da Fumaça, não havia chance de votarem contra sua entrada no grupo. Tally Youngblood, afinal, era uma Crim de nascença.

FESTA DE ARROMBA

A festa era na Mansão Valentino, a construção mais antiga de Nova Perfeição. Espalhada à beira do rio, tinha poucos andares, mas uma torre de transmissão no terraço a tornava visível até a metade da ilha. Dentro, todas as paredes eram de pedras de verdade. Por isso, os quartos não falavam. Ainda assim, a mansão tinha uma longa história de grandiosas e arrasadoras festas. A espera para ser um residente da Valentino podia durar para sempre.

Peris, Fausto, Shay e Tally passaram pelo jardim, que já borbulhava, cheio de pessoas a caminho da festa. Tally viu um anjo com lindas plumas nas asas, provavelmente solicitadas *meses* antes, o que seria uma trapaça. Um grupo de novos perfeitos usava fantasias de gordos que os deixavam com uma papada tripla. A turma dos Festeiros, praticamente sem roupa, fingia ser um bando de Pré-Enferrujados. Armavam fogueiras e batucavam, criando uma espécie de festa paralela, algo que os Festeiros sempre faziam.

Peris e Fausto não chegavam a um acordo em relação ao momento exato em que deveriam se acender. Eles queriam, ao mesmo tempo, fazer uma entrada espetacular e guardar os sinalizadores para mostrarem a fantasia completa aos outros Crims. Quando os quatro já estavam perto do barulho e das luzes da mansão, Tally começou a se sentir nervosa. A roupa de Enfumaçada não causava muito impacto. Tally vestia o suéter velho, enquanto Shay usava uma cópia. As fantasias de ambas eram completadas por calças resistentes, mochilas e sapatos com jeito de artesanais que Tally tinha descrito ao buraco na parede, lembrando-se de um modelo que havia visto na Fumaça. Para dar o aspecto de falta de banho, um pouco de poeira nas roupas e nos rostos, o que pareceu borbulhante durante a caminhada, mas agora só parecia sujeira.

Na entrada, havia dois Valentinos vestidos de guardas, cuidando para que ninguém passasse sem fantasia. Eles pararam Fausto e Peris, mas caíram na risada quando os dois se acenderam, garantindo a liberação de ambos. Na vez de Shay e Tally, apesar das expressões perdidas, também não criaram problemas.

— Quero ver quando encontrarmos os outros Crims — disse Shay. — Eles vão entender.

Os quatro abriram caminho entre a confusão de fantasias. Tally identificou bonecos de neve, soldados, personagens de videogame e até uma Comissão da Perfeição, com cientistas carregando diagramas de rostos. Por todo canto, figuras históricas desfilavam em roupas absurdas, provenientes do mundo inteiro. Tally se lembrou de como as pessoas tinham aparências diferentes na época em que havia gente demais no planeta. Os perfeitos um pouco mais velhos usavam fantasias modernas: médicos, guardas, empreiteiros ou políticos — seus anseios para depois da operação da meia-idade. Aos risos, um grupo de bombeiros tentava apagar as chamas de Peris e Fausto, mas só conseguiam encher o saco.

— Onde estão eles? — perguntava Shay, insistentemente, sem obter resposta das paredes de pedra. — Isto aqui é muito confuso. Como as pessoas conseguem morar aqui?

— Acho que eles devem andar o tempo todo com telefones móveis — disse Fausto. — Devíamos ter solicitado um.

O problema era que, na Mansão Valentino, não se podia encontrar outras pessoas perguntando às paredes. Diante daqueles quartos velhos e mudos, era como estar ao ar livre. Enquanto andavam, Tally passava a mão na parede, apreciando o frio das pedras ancestrais. Por um instante, lembrou-se de coisas do mundo selvagem — rústicas, silenciosas e permanentes. Na verdade, não estava com pressa de achar os outros Crims; eles iam simplesmente olhar para ela e pensar em como deveriam votar.

Os quatro perambularam pelos corredores lotados, espiando os quartos cheios de astronautas e exploradores das antigas. Tally contou cinco Cleópatras e cinco Lillians Russells. Havia até alguns Rodolfos Valentinos. A mansão, no fim das contas, devia seu nome a um perfeito natural da época dos Enferrujados.

Outros grupos tinham combinado temas. Os Atletas passavam de patins voadores, carregando tacos de hóquei. Os Ciclones representavam cãezinhos doentes usando colares elisabetanos. Naturalmente, o Enxame espalhava-se por toda parte, com os integrantes conversando sem parar por meio de seus anéis de interface. Os integrantes dessa turma tinham antenas implantadas na pele e, assim, conseguiam se comunicar, mesmo cercados pelas paredes inexpressivas da Mansão Valentino. O Enxame, porém, era ridicularizado porque seus integrantes só andavam em grupos imensos. Estavam todos vestidos de moscas domésticas, com direito a olhos enormes de inseto, o que, pelo menos, fazia algum sentido.

Como não tinha encontrado nenhum outro Crim no meio da confusão de fantasias, Tally passou a achar que eles haviam desistido da festa e da votação. Logo a paranoia dominava-a. A certa altura, começou a ver alguém à espreita, encoberto pela multidão, mas sempre por perto. Toda vez que ela se virava, porém, a roupa de seda cinza desaparecia.

Tally não conseguia saber se era um homem ou uma mulher. Só conseguia ver a máscara, assustadora sem deixar de ser bonita, escondendo olhos cruéis que pareciam cintilar sob a iluminação suave da festa. O rosto de plástico lhe despertou algo: uma lembrança dolorosa que ela só visualizou com nitidez depois de um tempo.

Finalmente, ela entendeu qual era a fantasia. Um agente da Circunstâncias Especiais.

Tally se encostou numa das paredes frias, lembrando-se dos macacões cinza que os Especiais usavam. E também de seus rostos perfeitos e assustadores. A imagem a deixou tonta, o que costumava ocorrer quando pensava nos tempos que tinha passado na natureza.

Ver aquela roupa em Nova Perfeição não fazia sentido. Fora ela mesma e Shay, quase ninguém conhecia os Especiais. Para a maioria, eles não passavam de lendas urbanas ou boatos, mencionados apenas quando acontecia alguma coisa estranha. Os Especiais se mantinham bem escondidos. Embora seu trabalho fosse proteger a cidade de ameaças externas, a exemplo dos soldados e espiões da época dos Enferrujados, somente criminosos de verdade como Tally Youngblood já os haviam encontrado pessoalmente.

Apesar disso, uma pessoa havia feito um ótimo trabalho na produção da fantasia. Em algum momento, ele ou ela provavelmente conheceu um Especial. Mas por que a figura *seguia Tally*? Sempre que se virava, lá estava a coisa, movendo--se com a graça de um predador. Ela se lembrava bem de quando havia sido perseguida pelas ruínas da Fumaça, naquele terrível dia em que eles apareceram para levá-la de volta.

Ela balançou a cabeça. Pensar naqueles tempos sempre trazia lembranças falsas que não se encaixavam direito. Os Especiais nunca haviam perseguido Tally. E por que o fariam? Eles a tinham *resgatado* depois de ela deixar a cidade para ir atrás de Shay. A verdade era que pensar nos Especiais a deixava confusa. Seus rostos cruéis tinham a missão de assustar, assim como os rostos dos perfeitos tinham a missão de encantar.

Talvez a pessoa nem sequer a estivesse seguindo. Talvez fossem várias pessoas; um grupo vestido do mesmo jeito e espalhado pela festa. Era imaginação dela que um deles estava à espreita. Uma teoria bem mais reconfortante.

Tally alcançou os amigos e ficou brincando enquanto procuravam os outros Crims. No entanto, ela não deixava de prestar atenção às sombras. Aos poucos, teve certeza de que não se tratava de um grupo. Era sempre o mesmo Especial, sem conversar com ninguém, numa atitude totalmente suspeita. E seus movimentos graciosos...

Ela precisava se acalmar. A Divisão de Circunstâncias Especiais não tinha razão para segui-la. Além do mais, não fazia sentido um Especial ir a uma festa a fantasia vestido de *Especial*.

Diante da situação, Tally se forçou a rir. Provavelmente, era um dos Crims tentando enganá-la. Alguém que tinha ouvido suas histórias ao lado de Shay centenas de vezes e, por isso, sabia tudo a respeito da Circunstâncias Especiais. Seria totalmente falso dar um show na frente de todo mundo por causa daquilo. A melhor opção era ignorar o Especial.

Ao reparar na própria fantasia, ela se perguntou se as roupas de Enfumaçada não estariam colaborando para seu estado. Shay tinha razão: o cheiro do suéter antigo feito à mão trazia recordações dos tempos fora da cidade, dos dias de trabalho árduo e noites em volta da fogueira, misturadas a lembranças de rostos envelhecidos de feios que, às vezes, ainda a faziam acordar aos gritos.

Viver na Fumaça havia causado sérios estragos no cérebro de Tally.

Ninguém mais tinha reparado na figura. Estariam todos mancomunados? Fausto, por exemplo, só se preocupava com a possibilidade de seus sinalizadores se apagarem antes de os outros Crims aparecerem.

— Vamos ver se estão numa das torres — disse ele.

— É, pelo menos poderemos chamá-los em um prédio de verdade — concordou Peris.

Shay se mostrou indiferente e seguiu em direção à porta.

— Qualquer coisa para sair de dentro deste monte de pedras.

De qualquer maneira, a festa já tinha se espalhado pelo lado de fora. Shay guiou-os até uma torre escolhida aleatoriamente, passando por um grupo de Cabeleiras usando perucas em forma de colmeia, cada um com seu próprio enxame de abelhas — na verdade, os insetos não passavam de microssustentadores pintados de amarelo e preto e presos às suas cabeças.

— Eles não estão fazendo o zumbido direito — comentou Fausto.

Para Tally, porém, estava na cara que ele havia ficado impressionado com as fantasias. Os sinalizadores no cabelo do amigo começaram a se apagar, o que levava as pessoas a observá-lo de um jeito estranho, como se perguntassem "o que é esse negócio aí?".

Já dentro da torre, Peris chamou Zane, que avisou que os Crims estavam lá em cima.

— Belo chute, Shay.

Os quatro se espremeram no elevador, dividido com um cirurgião, um trilobita e dois jogadores de hóquei bêbados que se esforçavam para manter o equilíbrio em cima de patins voadores.

— Pare com essa cara de preocupação, Tally-wa — disse Shay, segurando os ombros da amiga. — Você vai ser aceita, sem estresse. Zane gosta de você.

Tally sorriu e pensou se aquilo seria verdade. Zane vivia perguntando a respeito de seus tempos de feia, mas ele fazia o mesmo com todo mundo, admirando as histórias dos Crims com seus olhos dourados brilhando. Haveria alguma razão para achar Tally Youngblood especial?

Aparentemente, alguém achava. Enquanto as portas do elevador se fechavam, Tally pôde ver de relance uma roupa de seda cinza se movendo com agilidade no meio da multidão.

À ESPREITA

A maioria dos outros Crims tinha ido de lenhador, usando camisas xadrez e músculos de espuma em tamanho exagerado. Nas mãos, serras elétricas e taças de champanhe. Também havia açougueiros, alguns fumantes que tinham produzido os próprios cigarros de mentira e um carrasco com uma corda comprida enrolada no ombro. Zane, que entendia tudo de história, estava vestido de ajudante de ditador, mas mantinha um ar elegante em seu traje preto completado por uma borbulhante faixa vermelha no braço. Ele tinha se submetido a uma cirurgia para tornar os lábios mais finos e o rosto encovado, o que o deixava parecido com um Especial.

Todos riram da fantasia de Peris. Alguns tentaram reacender Fausto, mas tudo que conseguiram foi queimar algumas mechas do seu cabelo, que ficou fedendo horrivelmente. Precisaram de um tempo para decifrar as fantasias de Tally e Shay. Depois, fizeram fila para tocar no tecido tosco do suéter feito à mão, perguntando se pinicara. (Embora pinicasse, Tally disse que não.)

Shay ficou parada perto de Zane até ele reparar em seus novos olhos.

— Acha que ficaram bonitos? — perguntou ela.

— Dou cinquenta mili-Helenas — disse Zane. A referência à personagem grega deixou todo mundo perdido. — Uma mili-Helena corresponde a uma beleza suficiente para fazer um navio se lançar ao mar. Então, cinquenta é muito bom — explicou ele, provocando risadas nos outros Crims.

O rosto de Shay se iluminou com o elogio.

Tally tentou ser borbulhante, mas a ideia de ser seguida por um Especial fantasiado era muito enervante. Ela aguentou mais alguns minutos, mas acabou escapando para a varanda de uma das torres, em busca de ar puro.

Alguns balões de ar quente amarrados à torre pairavam no céu como luas pretas. Os Esquentados que passeavam numa cesta atiravam sinalizadores nas pessoas, rindo muito enquanto as trilhas faiscantes cortavam a escuridão. Nessa hora, um dos balões começou a subir, livre das cordas; o rugido do seu queimador se sobrepunha ao barulho da multidão. Levado por uma chama minúscula, acabou desaparecendo na distância. Tally concluiu que, se Shay não a tivesse apresentado aos Crims, ela se tornaria uma Esquentada. Eles sempre sumiam no meio da noite e pousavam em lugares imprevisíveis. Depois, chamavam um carro, que ia buscá-los num subúrbio distante ou até fora dos limites da cidade.

Ficar parada, olhando para a escuridão de Vila Feia no outro lado do rio, deixava Tally muito mais tranquila. Era estranho. As lembranças de sua breve passagem pelo mundo selvagem eram muito confusas, mas Tally se recordava perfeitamente dos tempos de feia, quando observava as luzes de Nova Perfeição da janela do seu quarto, ansiosa por completar 16 anos. Ela sempre tinha se imaginado naquele lado do rio, numa torre alta, com fogos de artifício por toda parte. Perfeita e cercada de outros perfeitos.

Obviamente, a Tally dos seus sonhos sempre aparecia de vestido de gala, e não de suéter de lã e calça de peão, com o rosto sujo. Ela tocou de leve num fio solto, desejando que Shay não tivesse encontrado sua roupa de Enfumaçada. Queria se esquecer da Fumaça, livrar-se das memórias desordenadas nas quais corria, se escondia e se achava uma traidora. Também não aguentava mais ficar olhando sem parar para a porta do elevador, na expectativa de que o Especial fantasiado continuasse no seu pé. Tudo que desejava era sentir que pertencia àquele lugar, sem esperar sempre pela tragédia seguinte.

Talvez Shay estivesse certa e a votação daquela noite iria resolver tudo. Os Crims formavam uma das turmas mais unidas de Nova Perfeição. Para entrar no grupo, era preciso passar pela votação. E, uma vez Crim, podia-se contar com a amizade, as festas e as conversas borbulhantes. Nada mais de fugir.

O único problema era que eles só aceitavam pessoas que tivessem sido muito mal comportadas nos tempos de feias, com boas histórias de saídas às escondidas, noites inteiras em cima da prancha e fugas. Os Crims eram perfeitos que não haviam se esquecido da fase feia. Ainda curtiam as brincadeiras e os atos reprováveis que tornavam Vila Feia borbulhante à sua própria maneira.

— Quanto daria para a vista?

Era Zane, que tinha aparecido de surpresa ao lado de Tally, exibindo toda a sua perfeição em 2 metros de altura e no antigo uniforme preto.

— Como assim, daria?

— Cem mili-Helenas? Quinhentas? Quem sabe uma Helena inteira?

Tally deu um suspiro, olhando para o rio escuro lá embaixo.

— Não daria nada. Afinal, estamos falando de Vila Feia.

Zane riu.

— Ei, Tally-wa, não temos razão para sermos malvados com nossos irmãozinhos feios. Não é culpa deles não serem tão bonitos quanto você — disse Zane, ajeitando uma mecha do cabelo de Tally atrás da orelha.

— Não estou falando deles, mas da cidade. Vila Feia é uma prisão.

As palavras soaram mal. Eram muito duras para uma festa. Não que Zane tenha se importado.

— Você fugiu, não foi? — Ele passou as mãos no estranho tecido do suéter, como todo mundo fazia. — A Fumaça era melhor?

Tally imaginou se ele queria uma resposta sincera. Ela não podia dizer nada falso. Se Zane achasse Tally esquisita, choveriam votos contra sua entrada nos Crims, apesar do que Shay e Peris haviam prometido.

Ela o encarou. Seus olhos tinham um tom dourado, refletindo os fogos de artifício como pequenos espelhos, e de alguma forma pareciam atrair Tally. Não era apenas o encanto normal dos perfeitos, mas algo mais profundo, que fazia a festa ao redor desaparecer. Zane sempre ouvia suas histórias da Fumaça com atenção absoluta. Àquela altura, já conhecia todas, mas talvez quisesse saber de mais alguma coisa.

— Fui embora na noite do meu décimo sexto aniversário — contou ela. — Então, na verdade, não estava fugindo de Vila Feia.

— Certo. — Os olhos de Zane libertaram Tally e se voltaram para o outro lado do rio. — Estava tentando escapar da operação.

— Eu estava indo atrás de Shay. Tinha de continuar feia para a encontrar — explicou Tally.

— Você quer dizer resgatar — corrigiu ele, voltando a fixar seus olhos dourados nela. — Foi isso mesmo?

Tally confirmou, meio receosa, sentindo a cabeça girar por causa do champanhe da noite anterior. Ou do daquela noite. Olhando para a taça vazia em sua mão, tentou se lembrar de quantos havia tomado.

— Era algo que eu precisava fazer — disse, percebendo imediatamente como aquilo tinha soado falso.

— Uma circunstância especial? — perguntou Zane, com um sorriso malicioso.

Ela foi pega de surpresa. Em que tipo de aventuras Zane teria se metido quando ainda era feio? Ele não costumava contar histórias. Embora não fosse muito mais velho do que Tally, Zane nunca precisava provar ser um Crim; ele simplesmente era.

Mesmo com os lábios afinados para a festa, Zane era bonito. Seu rosto tinha sido esculpido num estilo mais ousado que o da maioria, como se os médicos quisessem testar novos limites para as especificações da Comissão da Perfeição. Tinha molares pontudos e sobrancelhas que subiam absurdamente quando achava algo divertido. De repente, Tally percebeu nitidamente que, se qualquer de seus traços se desviasse alguns milímetros, sua aparência se tornaria horrível. Ao mesmo tempo, era impossível imaginar que um dia Zane tivesse sido feio.

— Você já foi às Ruínas de Ferrugem? — perguntou ela. — Quando você era... mais jovem?

— Quase toda noite, no último inverno.

— No *inverno*?

— Adoro ver as ruínas cobertas de neve. Torna as formas mais suaves, o que garante mega-Helenas à paisagem.

— Ahn. — Tally se lembrou das viagens no início do outono e do frio que havia sentido. — Parece bem... congelante.

— Nunca conseguia arrumar companhia. — Ele apertou os olhos. — Quando você fala das ruínas, nunca menciona ter encontrado alguém lá.

— Encontrado alguém? — repetiu Tally, fechando os olhos para tentar deter uma súbita tontura.

Ela se apoiou no parapeito e respirou fundo.

— Isso. Nunca encontrou outras pessoas? — insistiu Zane. A taça vazia de champanhe escorregou da mão de Tally e sumiu na escuridão. — Ei, cuidado com as pessoas lá embaixo — disse ele, sorrindo.

Um tilintar se espalhou pelo escuro, seguido de risadas surpresas, que se propagavam como as ondas provocadas por uma pedra jogada na água. A impressão era de uma distância de milhares de quilômetros.

Tally continuou se refrescando na brisa da noite, tentando se recompor. Sentia seu estômago se revirar. Era uma vergonha estar naquele estado, prestes a devolver o café da manhã, por causa de umas taças idiotas de champanhe.

— Tudo bem, Tally. Tente se manter borbulhante — sussurrou Zane.

Era muito falso ser *orientada* a permanecer borbulhante. Mesmo por trás da cirurgia especial, contudo, ela podia notar uma leveza no olhar de Zane, como se ele realmente quisesse vê-la mais relaxada.

Tally deu as costas para a escuridão e, com os braços para trás, se segurou firme no parapeito. Shay e Peris também tinham chegado à varanda. Agora estava cercada por seus novos amigos Crims. Fazia parte do grupo. Mas eles a observavam com atenção. Talvez esperassem algo especial dela naquela noite.

— Nunca vi pessoas por lá — disse Tally. — Alguém deveria aparecer, mas nunca aconteceu.

Ela nem ouviu a resposta de Zane.

O espreitador tinha aparecido de novo — do outro lado da torre lotada, parado e olhando para ela. Por trás da máscara, os olhos cintilantes pareceram encará-la por um instante, e então a figura se virou, misturando-se aos paletós brancos de uma Comissão da Perfeição. Desapareceu por entre gráficos gigantes representando os principais tipos de perfeitos. Embora soubesse que era uma coisa falsa, Tally esqueceu Zane e abriu caminho na multidão. Não conseguiria agir normalmente até descobrir quem era aquela pessoa: um Crim, um Especial ou um perfeito qualquer. Precisava saber por que alguém estava jogando a Circunstâncias Especiais na sua cara.

Tally foi desviando dos paletós brancos e rebatendo nas roupas de gordo de outro grupo — as barrigas acolchoadas a faziam girar. Derrubou a maior parte de um time de hóquei que cambaleava em cima de patins voadores. Ela conseguia ver a seda cinza à sua frente, mas havia muita gente, e em movimento. Quando chegou à coluna central da torre, a pessoa já tinha desaparecido.

Pelo mostrador, ela viu que o elevador estava subindo. O Especial continuava por perto, em alguma parte da torre.

Então Tally notou a porta que levava à escada de emergência. Era pintada de um vermelho chamativo e coberta de avisos de que um alarme dispararia caso fosse aberta. Ela olhou mais uma vez ao redor: nada da roupa cinza. Quem quer que fosse, *só podia* ter fugido pela escada. Alarmes eram facilmente desarmados; ela mesma havia feito aquilo milhões de vezes quando era feia.

Com as mãos trêmulas, Tally se aproximou da porta. Se o alarme disparasse, todo mundo ficaria olhando e cochichando, à espera dos guardas para evacuar a torre. Seria um fim autenticamente borbulhante para sua trajetória de Crim.

Que porcaria de Crim eu sou, pensou ela. Ela não passaria de uma criminosa bem fraude se não fosse capaz de desligar um alarme de vez em quando.

Tally empurrou a porta. Nenhum barulho.

Ela entrou, e a porta se fechou, abafando o rumor da festa. Naquele silêncio repentino, Tally sentia seu coração bater forte no peito e ouvia a própria respiração, ainda ofegante como resultado da perseguição. A batida da música parecia passar por baixo da porta, fazendo o chão de concreto tremer.

A pessoa estava sentada num degrau, pouco acima.

— Você conseguiu.

Era uma voz de garoto indistinta por baixo da máscara.

— Consegui o quê? Vir à festa?

— Não, Tally. Passar pela porta.

— Não estava trancada — disse ela, tentando encarar os olhos brilhantes atrás da máscara. — Quem é você?

— Não está me reconhecendo? — Ele soava realmente surpreso, como se fosse um velho amigo, um amigo que passava o tempo todo de máscara. — Com que eu me pareço?

Tally engoliu em seco antes de responder:

— Circunstâncias Especiais.

— Ótimo. Então você se lembra.

Ela sentia que o garoto estava se divertindo. Ele falava devagar e pausadamente, como se estivesse lidando com uma bobona.

— Claro que me lembro. Você é um deles? Eu conheço você?

A verdade era que Tally não se lembrava de nenhum Especial em particular. Os rostos de todos eram o mesmo borrão assustador — e perfeito — em sua memória.

— Por que não vê com seus próprios olhos? — disse ele, sem fazer menção de tirar a máscara. — Fique à vontade, Tally.

De repente, ela se tocou do que estava acontecendo. Reconhecer a fantasia, perseguir o sujeito pela festa, enfrentar o alarme da porta: tudo não passava de um teste. Uma espécie de recrutamento. E lá estava ele, sentado, esperando para ver se Tally teria coragem de tirar sua máscara.

Mas ela estava de saco cheio de testes.

— Só fique longe de mim — pediu ela.

— Tally...

— Não quero trabalhar para a Divisão de Circunstâncias Especiais. Só quero continuar vivendo em Nova Perfeição.

— Eu não sou...

— Me deixe em paz! — gritou ela, cerrando os punhos.

Depois de ecoar nas paredes de concreto, o berro foi seguido de um momento de silêncio, com os dois pegos de surpresa. A música da festa chegava abafada e tímida à escada.

Finalmente, o garoto atrás da máscara deu um suspiro e mostrou a ela uma pequena bolsa de couro.

— Tenho uma coisa para você. Se estiver pronta para recebê-la. Você quer recebê-la, Tally?

— Não quero nada de...

Eles ouviram barulho de passos. Não vinham da festa. Havia alguém subindo a escada.

Ao mesmo tempo, os dois foram até o vão e olharam para baixo. Tally conseguiu ver pedaços de seda cinza e mãos deslizando pelos corrimões. Umas seis pessoas subiam numa velocidade incrível. Por causa da música, mal se ouvia o ruído dos passos.

— Nos vemos depois — disse o garoto.

Tally não sabia o que fazer. Ele a empurrou, assustado com a presença de autênticos Especiais. Mas quem era ele? Antes que seus dedos alcançassem a maçaneta, Tally arrancou a máscara de seu rosto.

Ele era um feio. Um feio *de verdade*.

Seu rosto não se parecia em nada com os dos gordinhos de mentira, que exageravam nos narizes grandes e nos olhos vesgos. Não eram os traços desproporcionais que o tornavam diferente; era tudo, como se ele fosse feito de uma substância totalmente estranha. Naqueles poucos segundos, a visão perfeita de Tally capturou os poros abertos, os cabelos enroscados, o desequilíbrio grosseiro em seu rosto desarticulado. Sentia arrepios diante daquela imperfeição, dos pelos esparsos de adolescente, dos dentes sem tratamento, das erupções na testa que indicavam algo de errado. Ela queria se afastar, se manter distante daquela trágica, suja e doentia *feiura*.

No entanto, por alguma razão, ela sabia seu nome...

— Croy?

O SALTO

— Em outra hora, Tally — disse Croy, recolocando a máscara no rosto.

Assim que a porta se abriu, o barulho da festa invadiu a escadaria. Ele saiu como um raio, e num instante a seda cinza de sua fantasia sumiu no meio da multidão.

Tally ficou parada, enquanto a porta voltava a se fechar. Estava chocada demais para se mover. Exatamente como o suéter antigo, a feiura tinha um registro completamente equivocado em sua memória: o rosto de Croy era muito mais feio que a imagem mental que ela guardava dos Enfumaçados. O sorriso torto, os olhos caídos, a pele suada que exibia marcas vermelhas deixadas pela máscara...

Depois que a porta bateu, ela ouviu, entre os ecos, os passos que continuavam a se aproximar. Especiais de verdade. Pela primeira vez no dia, um pensamento nítido tomou conta de sua cabeça.

Corra.

Ela abriu a porta e se misturou à massa de pessoas.

Vendo o elevador chegar bem na hora, Tally se jogou no meio de um grupo de Naturais cobertos de folhas quebradiças, uma versão ambulante dos últimos dias de outono, soltando pedaços amarelos e vermelhos a cada esbarrão. Ela conseguiu manter o equilíbrio — o chão estava pegajoso por causa do champanhe derramado — e voltou a ver a seda cinza.

Croy corria na direção da varanda e dos Crims.

Tally disparou atrás dele. Não queria ninguém a seguindo, deixando-a nervosa nas festas, confundindo suas memórias, num momento em que precisava ser borbulhante. Tinha de alcançar Croy e lhe dizer que não fosse mais atrás dela.

Aquilo não era Vila Feia nem a Fumaça, e ele não tinha o direito de estar ali. Não havia razão para ele trazer seu passado de feia à tona.

Ela também corria por outro motivo: os Especiais. Uma imagem de relance tinha sido o suficiente para deixar todas as células de seu corpo em alerta. Aquela velocidade sobre-humana lhe causava repulsa, mais ou menos como ver uma barata correr num prato de comida. Os movimentos de Croy haviam parecido incomuns — sua confiança de Enfumaçado sobressaía na festa dos novos perfeitos —, mas os Especiais estavam em outro nível.

Tally surgiu na varanda bem a tempo de flagrar Croy subindo no parapeito e agitando os braços num instante de equilíbrio precário. Assim que conseguiu se firmar, ele dobrou os joelhos e saltou na escuridão.

Ela correu até a beirada e olhou para baixo. Croy se afastava e, aos poucos, suas formas se fundiam à escuridão. Depois de um momento de expectativa, ele reapareceu, de cabeça para baixo, destacado pela luz dos fogos de artifício que incidia sobre a seda cinza. E, subindo e descendo, seguiu rumo ao rio.

Zane estava ao lado de Tally, olhando para baixo.

— Hum... não lembro de o convite pedir jaqueta de bungee jump. Quem era, Tally?

Ela abriu a boca, mas um alarme começou a tocar.

Tally se virou e viu a multidão abrindo espaço. Os Especiais saíam da porta da escada e abriam caminho por entre os confusos novos perfeitos. Seus rostos assustadores, assim como a aparência de Croy, não eram fantasias. Encará-los era uma experiência terrível. Os olhos de lobo deixavam Tally arrepiada; o avanço determinado e violento fazia seu corpo implorar para que continuasse correndo.

Na outra ponta da varanda, viu Peris, imóvel perto do parapeito, hipnotizado pelo espetáculo. Seus sinalizadores finalmente começavam a se apagar, mas a luz de sua jaqueta permanecia verde.

Tally avançou na direção dele, por entre os outros Crims, avaliando os ângulos, com plena consciência do momento exato de pular. Por um instante, o mundo se tornou totalmente nítido, como se a visão da feiura de Croy e dos terríveis Especiais tivesse retirado uma barreira que a separava do mundo real. Tudo era intenso e duro. Tally piscava como se corresse contra um vento gelado.

Ela acertou Peris em cheio, num movimento que os tirou do chão e os lançou por cima do parapeito. Enquanto os dois mergulhavam na escuridão, a fantasia de Peris queimou uma última vez graças ao vento, espalhando fagulhas que atingiam o rosto de Tally como flocos de neve.

Peris alternava gritos e risadas diante daquela situação ao mesmo tempo incômoda e revigorante — uma ducha fria na cabeça.

Na metade do caminho, Tally se tocou de que, talvez, a jaqueta não conseguisse segurar os dois.

Ela se agarrou firme e logo em seguida ouviu Peris gemendo: os sustentadores acabavam de entrar em ação. A jaqueta puxou os dois para cima, e os ombros de Tally quase saíram do lugar. Seus músculos ainda guardavam os efeitos benéficos das semanas de trabalho manual na Fumaça; na verdade, a operação até os havia aperfeiçoado. Apesar disso, quando a jaqueta absorveu a velocidade da queda, ela mal conseguiu se segurar. Seus braços escorregaram até a cintura de Peris, onde seus dedos se enroscaram nas fitas do acessório.

Naquele instante, os pés de Tally tocaram o gramado, e ela se soltou.

No momento seguinte, Peris foi lançado de volta para o alto. Na subida, seu joelho acertou a testa de Tally. Ela perdeu o equilíbrio e caiu para trás, sobre um monte de folhas secas.

Tally permaneceu quieta por um tempo. O monte de folhas tinha cheiro de terra, lembrando algo velho e cansado. Ela sentiu algo cair num de seus olhos. Talvez estivesse chovendo.

Enquanto recuperava o fôlego, observou a torre e os balões de ar. Conseguia notar algumas pessoas na varanda, dez andares acima, olhando para baixo. Tally se perguntou se haveria Especiais entre elas.

Peris parecia ter desaparecido. Tally se lembrou dos saltos que dava nos tempos de feia e de que a jaqueta costumava carregá-la por longas distâncias. Ele devia ter seguido na direção do rio — e de Croy.

Croy. Tally queria lhe dizer uma coisa...

Com dificuldade, ela se levantou e se virou para o rio. Sua cabeça latejava, mas a mente afiada do momento em que tinha pulado da varanda não havia sumido. Fogos de artifício explodiram no alto, espalhando tons rosados no céu e sombras entre as árvores.

Tudo parecia muito real: sua repulsa intensa diante do rosto de Croy, seu medo dos Especiais, as formas e aromas ao seu redor. A impressão era de que uma fina camada de plástico tinha sido retirada de seus olhos, deixando o mundo inteiro mais nítido.

Tally correu encosta abaixo, rumo aos reflexos na água do rio e à escuridão de Vila Feia.

— Croy! — gritava.

Sem a ajuda da iluminação rosa que vinha do céu, Tally tropeçou nas raízes de uma árvore antiga e parou.

Alguma coisa estava vindo do escuro.

— Croy? — perguntou novamente, tentando se livrar dos pontos verdes que agora marcavam sua vista.

— Você não desiste mesmo, né?

Ele estava numa prancha, uns 30 centímetros acima do chão. De pernas abertas para manter o equilíbrio, parecia bastante firme. A seda cinza tinha dado lugar a uma roupa completamente preta, e a máscara de perfeito cruel tinha sido descartada. Atrás dele, havia duas outras pessoas de preto: feios mais jovens usando uniformes do alojamento e aparentando nervosismo.

— Eu queria...

A voz de Tally sumiu. Ela tinha ido atrás de Croy para dizer "vá embora, me deixe em paz, não volte nunca mais". Para gritar essas palavras na cara dele. Depois, porém, tudo havia se tornado tão nítido e intenso... o que ela queria agora era se agarrar àquela compreensão. E, de alguma forma, Tally sabia que a presença de Croy em seu mundo era parte daquilo.

— Croy, eles estão chegando — avisou um dos feios mais jovens.

— O que você quer, Tally? — perguntou ele, calmo.

Ela hesitou, temendo que, se dissesse as palavras erradas, a nitidez pudesse sumir. Ficaria isolada novamente. Então se lembrou de que Croy havia lhe oferecido algo na escada.

— Você não tinha algo para me dar?

Sorrindo, ele tirou a velha bolsa de couro da cintura.

— Ah, isto aqui? É, acho que você está pronta. Só há um problema: é melhor não pegar agora. Os guardas estão chegando. Talvez sejam os Especiais.

— Em cerca de dez segundos — avisou o feio mais nervoso.

— Mas o deixaremos para você no Valentino 317 — prosseguiu Croy. — Consegue guardar? Valentino 317. — Tally assentiu e, em seguida, sentiu uma tontura. Croy franziu a testa. — Bem, espero que sim. — Ele girou, num movimento gracioso, e os outros dois o seguiram. — Até mais. E foi mal pelo olho.

Eles dispararam na direção do rio. Lá, partiram em três direções diferentes, desaparecendo na escuridão.

— Foi mal pelo quê? — Tally perguntou-se, baixinho.

Nessa hora, ela voltou a piscar, percebendo que sua vista estava ficando embaçada. Ao tocar a testa, sentiu algo pegajoso. Observando a mão, totalmente chocada, viu as manchas escuras se multiplicarem.

Finalmente, Tally sentiu a dor. Sua cabeça latejava, no mesmo ritmo de seu coração. A pancada que havia levado de Peris devia ter aberto uma ferida. Com o dedo, sentiu um rastro de sangue, que descia da testa e pela bochecha, quente como uma lágrima.

Ela se sentou na grama. Estava tremendo.

Fogos de artifício voltaram a iluminar o céu, dando um tom vivo ao sangue em sua mão. Cada gota parecia um espelho que refletia a explosão lá no alto. Os carros voadores, agora, espalhavam-se pelo céu.

Enquanto sangrava, Tally sentia algo lhe escapar, algo que ela gostaria de manter...

— Tally!

Ao olhar para cima, ela viu Peris, que subia a encosta às risadas.

— Com certeza esse *não* foi um lance borbulhante, Tally-wa. Quase terminei dentro do rio! — disse ele, interpretando uma pessoa se afogando, agitando os braços e afundando.

Tally achou graça do teatro. Com Peris por perto, o nervosismo estranho se transformou numa sensação borbulhante.

— Qual foi o problema? Você não sabe nadar?

Ele riu e se jogou na grama, ao lado dela, tentando se desenroscar das fitas da jaqueta.

— Não estou com os trajes adequados — revidou ela, esfregando um ombro. — Além disso... o solavanco foi doloroso.

Tally tentou lembrar por que pular da torre tinha lhe parecido uma ideia tão boa, mas a imagem do seu sangue a deixara confusa. Agora só queria dormir. Tudo lhe parecia intenso e brilhante demais.

— Desculpa.

— Da próxima vez, me avise antes — pediu Peris. Com mais fogos de artifício explodindo no céu, ele a encarou. Tinha um semblante intrigado. E lindo. — De onde veio esse sangue?

— Ah, o sangue. Você bateu com o joelho na minha cara num dos saltos. Não é falso?

— Nada charmoso. — Peris tocou seu braço com carinho. — Não se preocupe, Tally. Vou chamar um carro de vigilância. Há um monte por aí hoje.

Não era necessário: já havia um se aproximando. O veículo passou no alto, lançando luzes vermelhas sobre a grama. Logo um holofote os destacava. Tally suspirou, deixando o brilho desagradável que alcançava ao seu redor se dissipar. Agora entendia por que aquele havia sido um dia falso. Estava se esforçando demais, preocupada com a votação dos Crims, com a fantasia, mais séria do que borbulhante. Não era surpresa que os penetras a tivessem tirado do sério.

Ela deu uma risadinha. Tirado do sério era a expressão certa.

Agora, porém, estava tudo bem. Com os feios e os perfeitos cruéis longe e Peris por perto para cuidar dela, Tally se sentiu aliviada. Achava engraçado que a pancada na cabeça a tivesse deixado confusa a ponto de conversar com os feios como se eles realmente tivessem alguma importância.

O carro pousou, num ponto próximo, dois guardas saltaram e se encaminharam na direção de Tally e Peris. Um deles carregava uma maleta de primeiros socorros. Tally se perguntou se, enquanto estivessem consertando sua cabeça, poderiam realizar uma cirurgia em seus olhos parecida com a de Shay. Não exatamente igual, o que seria meio fraude, mas algo que combinasse.

Os guardas de meia-idade tinham expressões tranquilas e sábias, de pessoas que entendem o que precisam fazer. A preocupação em seus rostos deixou Tally um pouco menos constrangida com o sangue.

Gentilmente, eles a levaram até o carro e borrifaram pele nova na ferida, além de lhe darem um comprimido para evitar a inflamação. Quando Tally perguntou a respeito de cicatrizes, os guardas riram. A operação havia resolvido o problema. Ela nunca mais teria cicatrizes de machucados.

Como se tratava de um ferimento na cabeça, eles fizeram também um exame neural, usando um apontador de luz vermelha para localizar o mouse óptico de Tally. Embora o teste parecesse meio idiota, os guardas garantiam que era o suficiente para descartar uma concussão e lesões cerebrais. Peris contou que uma vez tinha dado de cara numa porta de vidro da Mansão Lillian Russell e que haviam lhe oferecido duas opções: permanecer acordado ou morrer. Todos riram.

Depois dos cuidados básicos, os guardas fizeram algumas perguntas sobre os feios que tinham atravessado o rio naquela noite para causar tantos problemas.

— Você conhecia algum deles?

Tally respirou fundo. Não queria falar daquilo. Ser a causa da invasão era totalmente constrangedor. Entretanto, não havia como enrolar os perfeitos de meia-idade. Eles sempre estavam no controle, e seria falso dizer uma mentira bem diante de suas caras tranquilas e responsáveis.

— Sim. Eu me lembrei vagamente de um deles. Croy.

— Ele vivia na Fumaça, não vivia, Tally?

Ela confirmou. Era meio ridículo estar usando o suéter da Fumaça, coberto de poeira e sangue, naquela situação. A culpa era da Mansão Valentino, por ter mudado o traje da festa. Não havia nada mais falso do que continuar fantasiado após uma festa.

— Sabe o que ele queria, Tally? Por que estava aqui?

Ela virou-se para Peris em busca de ajuda. Com seus olhos radiantes bem abertos, ele prestava atenção absoluta. Aquilo fazia Tally se sentir importante.

— Acho que só queria aparecer, se mostrar para os amigos.

Era uma explicação falsa. Croy sequer morava em Vila Feia. Ele era um Enfumaçado e vivia em algum lugar selvagem. Os outros dois podiam até ser garotos da cidade procurando aventuras, mas Croy, com certeza, tinha um plano.

Apesar disso, os guardas sorriram, parecendo acreditar em Tally.

— Não se preocupe, isso não vai acontecer de novo. Vamos ficar atentos para que não aconteça.

Tally retribuiu o sorriso, e então eles a levaram para casa.

Assim que entrou no quarto, Tally viu que havia um ping de Peris, que tinha voltado à festa.

— *Adivinhe a novidade!* — gritava ele.

Ouvindo o burburinho das pessoas e a música alta, Tally desejou também ter ficado, mesmo com a aplicação de pele na testa. Sentindo-se um pouco frustrada, ela pulou na cama para ouvir o resto do ping.

— Quando voltei, os Crims já haviam votado! Eles acharam totalmente borbulhante ver Especiais de verdade na festa. E nosso salto da torre valeu *seiscentas* mili-Helenas do Zane! Você é uma Crim! Nos vemos amanhã. Ah, e não vá apagar a cicatriz antes de todo mundo ter visto. Amigos para sempre!

Ao fim do ping, Tally achou que a cama estivesse se mexendo um pouco. Ela fechou os olhos e deu um suspiro longo e demorado de alívio. Finalmente, era uma Crim de verdade. Tinha conquistado seu grande sonho. Era perfeita e morava em Nova Perfeição com Peris, Shay e um monte de amigos novos. Todas as tragédias e coisas horríveis... fugir para a

Fumaça, viver lá na miséria dos Pré-Enferrujados, retornar à cidade... de alguma forma, tudo tinha dado certo.

Era tudo tão maravilhoso, e o cansaço era tão grande, que ela precisou de um tempo para absorver a realidade. O ping de Peris tocou mais algumas vezes em sua cabeça. Depois, com as mãos tremendo, Tally tirou o suéter fedido e o jogou num canto. No dia seguinte, ela daria um jeito de o buraco na parede reciclá-lo.

Decidiu ficar deitada por um tempo, apenas olhando para o teto. Um ping de Shay chegou, mas Tally o ignorou, desativando o anel de interface. Tudo estava tão perfeito que a realidade parecia frágil, como se qualquer interrupção pudesse ameaçar seu futuro. A cama, a Mansão Komachi, a cidade inteira, tudo parecia delicado como uma bolha de sabão trêmula, inconstante e vazia.

Provavelmente, era a pancada que tinha levado na cabeça a responsável por aquela estranha confusão que se misturava à sua alegria. Bastaria uma boa noite de sono, de preferência sem ressaca no dia seguinte, para que tudo voltasse a parecer real. Perfeito como devia ser.

Tally levou cinco minutos para cair no sono, satisfeita por ter se tornado uma Crim.

Seus sonhos, no entanto, foram completamente falsos.

Fugacia, viver a mais serena das Pró-Enfermagens, retornar a [illegible] de alguma forma [illegible] dado caro...

Eram de [illegible] maravilhosa, e o cansaço era tão grande que ela [illegible] sem tempo para [illegible] o Hamlet. O que de [illegible] mais algumas vezes com a cabeça. Depois, com as mãos tremendo, tirou a roupa e deitou [illegible] e pegou um canto. No dia seguinte, ela daria um jeito de [illegible] a porta [illegible].

Deixou-se ficar deitada por um tempo, apenas olhando para o teto. Um ping de Shay e [illegible] mas ela ainda estava [illegible] tirando o [illegible] de [illegible]. Em vez disso, [illegible] parte de que a realidade [illegible], como se pudesse [illegible] tempo que se aproximava da [illegible]. Amanhã, à [illegible], Romeu, a cidade inteira, tudo parecia delicado [illegible] a [illegible] aquilo [illegible] e vazio.

Entretanto, era a [illegible] de [illegible] a responsável por aquele estranho cansaço que se misturava à sua alegria. Bastaria uma boa noite de sono, do interior [illegible] sem [illegible] do dia seguinte, e talvez tudo voltasse a parecer real. [illegible] como devia ser.

Talvez lavar o rosto [illegible] para [illegible] se sentir melhor [illegible].

[illegible] no entanto, depois, completamente [illegible]

ZANE

Era uma vez uma linda princesa.

Ela estava presa numa torre bem alta, com paredes de pedra e quartos vazios e frios que não falavam. Como não havia elevador ou mesmo escadas de incêndio, Tally se perguntava como a princesa tinha chegado ali.

O fato era que ela estava no alto da torre. Sem jaqueta e adormecida.

A torre era vigiada por um dragão de olhos cintilantes e traços ameaçadores. Movia-se com uma brutalidade que deixava Tally com frio na barriga. Mesmo sonhando, ela sabia exatamente o que era o dragão. Era um perfeito cruel, um agente da Divisão de Circunstâncias Especiais, ou um monte deles unidos numa serpente cinza de escamas de seda.

E num sonho desse tipo, não podia faltar um príncipe.

Ele passou pelo dragão, não exatamente com bravura, mas às escondidas, procurando lacunas em que pudesse apoiar as mãos nas antigas e deterioradas paredes de pedra. Venceu a impressionante altura da torre com facilidade, dando apenas um sorriso para o dragão, que tinha sido distraído por um grupo de ratos agitados correndo por entre suas garras.

O príncipe passou pela janela mais alta e, tomando a princesa nos braços, lhe deu um beijo que a acordou. Pronto. Descer e passar de novo pelo dragão não foi complicado, afinal estava num sonho, não num filme ou num conto de fadas. Tudo terminou num grande beijo — um clássico final feliz.

Exceto por um detalhe.

O príncipe era incrivelmente feio.

Tally acordou com a cabeça latejando.

Ao ver seu reflexo no espelho, lembrou que a dor de cabeça não se devia apenas à ressaca. Levar um chute na cabeça não era nada embelezador. Como os guardas haviam previsto, a aplicação de pele sobre seu olho tinha ganhado um tom forte de vermelho. Ela precisava ir a um centro cirúrgico para remover a cicatriz.

No entanto, Tally decidiu deixar aquilo para depois. Peris estava certo: a cicatriz lhe dava mesmo um ar criminoso. Ela sorriu, pensando em sua nova condição. A cicatriz lhe caía muito bem.

Havia uma montanha de pings de Crims: alguns de bêbados lhe dando parabéns e outros com relatos de comportamentos radicais na festa (nenhum tão borbulhante quanto o salto do alto da torre com Peris). Tally ouviu os recados de olhos fechados, deixando-se envolver pelo som da multidão ao fundo, adorando estar intimamente ligada àquelas pessoas, apesar de ter voltado mais cedo. Aquele era o ponto mais importante de ser aceito num grupo: saber que tinha amigos, independentemente do que fizesse.

Zane havia deixado três pings, o último convidando Tally para tomar café da manhã. Como não soava tão bêbado quanto os outros, talvez já estivesse acordado.

Quando ela deixou uma mensagem para ele, Zane respondeu imediatamente.

— Como você está? — perguntou.

— De cara quebrada — respondeu Tally. — Peris contou que levei uma pancada no rosto?

— Contou. Você sangrou mesmo?

— Muito.

— Caramba. — A voz de Zane demonstrava certa apreensão, em substituição à tranquilidade de sempre. — Sabe, eu gostei do mergulho. Ainda bem que você não... morreu.

Tally sorriu.

— Obrigada.

— Então, já leu sobre a esquisitice na festa?

Ela tinha visto uma notícia entre seus pings, mas não estava com paciência para ler.

— Que esquisitice?

— Alguém invadiu o serviço de pings ontem e enviou o segundo convite, o que trocou o traje para fantasia. Todo mundo na Comissão de Festas da Valentino pensou que outro membro tinha decidido fazer a mudança, por isso ninguém se manifestou. Acontece que ninguém sabe quem foi o verdadeiro responsável. Bem estranho, né?

De repente, Tally começou a ver o quarto embaçado. Estranho era a palavra certa. O mundo parecia se sacudir, como se ela estivesse na barriga de alguma coisa grande e fora de controle. Só feios faziam coisas como invadir serviços de pings. E Tally só conseguia pensar numa pessoa interessada em transformar a festa da Mansão Valentino num baile à fantasia: Croy, com sua máscara de perfeito cruel e propostas esquisitas.

O que significava que, no fim, tudo tinha uma relação com Tally Youngblood.

— Isso é muito falso, Zane.

— Totalmente. Está com fome?

Ela disse que sim e, imediatamente, sentiu a cabeça voltar a latejar. Pela janela, viam-se as torres da Mansão Garbo, altas e estreitas. Tally fixou o olhar nelas, como se aquilo pudesse fazer o mundo parar de girar. Devia estar exagerando: ela não podia ser o centro de tudo. Podia ser apenas alguma brincadeira de feios ou alguém da Comissão de Festas da Valentino tinha perdido a cabeça.

Entretanto, ainda que tudo não passasse de um erro, era óbvio que Croy já tinha a fantasia preparada. Nas Ruínas de Ferrugem e nas florestas em que os Enfumaçados se escondiam, não havia buracos na parede. Era preciso fabricar as coisas, um processo que exigia tempo e esforço. Além do mais, Croy não havia escolhido uma fantasia qualquer... Tally se lembrou dos olhos frios e brilhantes e se sentiu fraca.

Talvez melhorasse com a comida.

— Sim, estou morrendo de fome. Vamos tomar café da manhã.

Eles se encontraram no Parque Denzel, um passeio público que ia do centro de Nova Perfeição até a Mansão Valentino. A mansão propriamente dita acabava escondida pelas árvores, mas se podia ver a torre de transmissão no terraço, com a antiga bandeira Valentino tremulando ao vento. No passeio, quase não havia mais resquícios dos estragos da noite anterior, exceto por algumas manchas escuras deixadas pelas fogueiras dos Festeiros. Um robô sobrevoava um círculo de cinzas, revirando a terra com movimentos cuidadosos e espalhando sementes no terreno castigado.

A sugestão de Zane — um piquenique — havia surpreendido Tally, mas a caminhada ao ar livre realmente ajudava a espairecer. Embora as pílulas dadas pelos guardas aliviassem a dor do machucado, não tinham efeito algum sobre seu estado geral de confusão. Dizia-se em Nova Perfeição que os médicos sabiam como curar ressacas, mas, por princípios, preferiam manter isso em segredo.

Zane chegou bem na hora, seguido pelo café da manhã que se sacudia em meio à brisa. Quando ele se aproximou, seus olhos se arregalaram diante da cicatriz na testa de Tally. Ele esticou um braço, como se quisesse encostar na ferida.

— Bem falso, hein? — disse ela.

— Um visual completamente criminoso — comentou Zane, impressionado.

— Mas aposto que não vale muitas mili-Helenas.

Ele pensou por um instante.

— Eu não avaliaria isso em mili-Helenas. Não sei bem o que usaria. Com certeza, algo mais borbulhante.

Tally sorriu: Peris tinha toda razão ao sugerir que não se livrasse imediatamente da cicatriz. Encantado pela marca, Zane parecia ainda mais perfeito — a expressão em seu rosto causava uma sensação especial em Tally. Como se ela fosse o centro de tudo, mas sem nada rodopiando ao redor.

A cirurgia de Zane já tinha perdido os efeitos, e seus lábios tinham voltado ao tamanho normal. A verdade, porém, era que ele sempre parecia radical. Seu rosto exibia fortes contrastes. O queixo e as maçãs do rosto se destacavam, a testa era alta. Zane tinha a mesma pele marrom-clara dos outros, mas sob o sol, e na comparação com seu cabelo preto, de alguma forma parecia pálido. Embora as regras da operação não permitissem um preto escuro demais no cabelo, porque a Comissão achava aquilo exagerado, Zane pintava seus fios com tinta de caneta. Para completar, não comia muito, o que lhe dava um rosto encovado e um olhar intenso. De todos os perfeitos que Tally havia conhecido depois da operação, ele era o único que realmente se destacava.

Talvez por isso fosse o líder dos Crims. Um criminoso de verdade tinha de ser diferente de todos. Seus olhos dourados reluziam enquanto procuravam um lugar, até se decidirem por uma sombra sob um enorme carvalho.

Eles se sentaram sobre a grama e as folhas caídas, e Tally pôde sentir o aroma de orvalho e terra. O café da manhã parou entre os dois. Uma substância acesa emitia o calor que impedia que os ovos mexidos e as torradas ficassem frios e empapados.

Tally pegou um prato aquecido e fez uma pilha de ovos, queijo e fatias de abacate. Depois, enfiou metade de um bolinho na boca. De esguelha, viu que Zane se contentava com uma xícara de café e se perguntou se comer como uma porca seria uma atitude falsa.

Mas e daí? Ela agora era uma Crim. Plena e aprovada em votação. E o próprio Zane a convidara para o piquenique. Já podia parar de se preocupar em ser aceita e começar a aproveitar. Havia coisas piores do que estar sentada num parque maravilhoso sob o olhar de um garoto perfeito.

Tally devorou o restante do bolo, quentíssimo por dentro e cheio de pedaços semiderretidos de chocolate, e em seguida pegou o garfo para atacar os ovos. Ela só esperava que o café da manhã incluísse alguns eliminadores de calorias, que funcionavam melhor quando tomados imediatamente depois da refeição. Tally pretendia comer muito. Perder sangue devia aumentar o apetite.

— Então, quem era aquele cara de ontem à noite? — perguntou Zane.

Sem parar de mastigar, Tally fez que não sabia direito.

— Só um feio penetra — disse, finalmente, depois de engolir a comida.

— Imaginei isso. Quem mais os Especiais perseguiriam? Mas você conhecia o cara?

Ela desviou o olhar. Era constrangedor ser perseguida por seu passado de feia — e ainda por cima personificado. Peris tinha ouvido a história contada aos guardas, na noite anterior, então mentir para Zane seria estúpido.

— É, acho que era alguém conhecido. Um cara da Fumaça. O nome dele é Croy.

O rosto de Zane assumiu uma expressão de estranhamento. Seus olhos dourados se perderam na distância, como se procurassem alguma coisa. Um instante depois, ele pareceu entender.

— Eu também o conhecia.

O garfo de Tally parou no ar, a caminho da boca.

— Está brincando, né? — disse ela. Zane fez um sinal negativo com a cabeça. — Achei que você nunca tivesse fugido.

— E nunca fugi mesmo. — Ele dobrou as pernas e as abraçou, ainda segurando a xícara de café. — Nunca passei das Ruínas de Ferrugem, pelo menos. Acontece que eu e Croy éramos amigos quando crianças. E vivemos no mesmo alojamento para feios.

— Isso é... engraçado — comentou Tally, finalmente pondo os ovos na boca e mastigando lentamente. Um milhão de pessoas vivia na cidade, e Zane conhecia Croy. — Qual é a probabilidade de algo assim?

— Não é coincidência, Tally-wa.

Tally parou de mastigar. Ela estranhou o sabor dos ovos. Tinha a sensação de que tudo fosse começar a girar novamente. As coincidências estavam deixando o mundo às avessas.

— O que está querendo dizer?

Zane se aproximou.

— Tally, você sabe que Shay morava no meu alojamento, não sabe? Na nossa época de feios.

— Claro. Por isso que ela passou a andar com vocês quando veio para cá. — Tally parou por um instante, esperando que as peças se encaixassem. As lembranças da Fumaça sempre vinham num ritmo lento, como bolhas subindo num líquido denso e viscoso. — Shay me apresentou ao Croy lá na Fumaça. Eram velhos amigos. Então vocês três já se conheciam?

— Sim — respondeu Zane, fazendo uma careta, como se houvesse algo estragado dentro do seu café. Tally também não parecia mais tão satisfeita com a comida. Era uma repetição da noite anterior, com todas aquelas histórias falsas do verão voltando à sua cabeça. — Éramos seis pessoas no meu dormitório. Já nos chamávamos de Crims e aprontávamos o de sempre: saíamos escondidos à noite, enganávamos os inspetores, atravessávamos o rio para espionar os novos perfeitos.

Ouvindo aquilo, Tally lembrou-se de Shay falando sobre sua vida antes de as duas se conhecerem.

— E vocês também iam até as Ruínas de Ferrugem?

— Sim, depois que alguns feios nos ensinaram o caminho. — Zane olhou para as torres na região central de Nova Perfeição. — Estar lá fazia pensar em como o mundo é grande.

Vinte milhões de pessoas viviam naquela antiga cidade. Em comparação, este lugar aqui é minúsculo.

Tally fechou os olhos e pôs o garfo de volta no prato. Seu apetite tinha sumido. Depois de tudo que havia acontecido na noite anterior, o café da manhã com Zane não parecia uma ideia muito boa. Às vezes, ele soava como se ainda fosse um feio, tentando permanecer borbulhante e resistindo à diversão fácil de ser um perfeito. Por isso, aliás, era ótimo como líder dos Crims. Mas fora do grupo Zane era difícil de entender.

— É verdade. Acontece que todos os Enferrujados morreram — disse Tally, em voz baixa. — Havia gente demais. E eles eram todos estúpidos.

— Eu sei, eu sei. Eles quase destruíram o mundo — repetiu Zane. — Mesmo assim, ir escondido até as Ruínas foi a coisa mais empolgante que já fiz.

Vendo os olhos dele brilharem, Tally lembrou-se de suas próprias viagens até as ruínas, de como a imponência vazia daquela cidade-fantasma deixava todo o seu corpo em alerta. A sensação de que podia haver um perigo de verdade escondido era totalmente diferente da emoção segura de um passeio num balão de ar quente ou de um salto de bungee jump.

Ela sentiu um arrepio ao reviver a empolgação do passado.

— Sei o que quer dizer — comentou, encarando Zane.

— Eu sabia que nunca voltaria lá depois da operação. Os novos perfeitos não fazem coisas tão ousadas. Então, quando estava perto de completar 16 anos, comecei a pensar em fugir da cidade, ir viver na natureza. Por um tempo, pelo menos.

Tally se recordava de Shay dizendo a mesma coisa, na época em que tinham se conhecido. As palavras que haviam dado início à sua própria jornada até a Fumaça.

— E você convenceu Shay, Croy e os outros a irem junto? — perguntou ela.

— Bem que tentei — respondeu ele, rindo. — No início, acharam que eu tinha perdido o juízo, porque era impossível viver na natureza. Mas então conhecemos um cara nas ruínas...

— *Pare* — disse Tally.

De repente, seu coração tinha se agitado, como quando tomava um eliminador de calorias e o metabolismo se acelerava para queimar os excessos. Ela sentiu uma umidade no ar e achou o vento mais frio do que antes. Seu rosto parecia molhado, apesar de rostos perfeitos nunca suarem...

Tally não entendia. Fechou as mãos com força até as unhas começarem a machucar as palmas. De alguma maneira, o mundo estava mudando. Fachos de luz abriam caminho por entre as folhas enquanto ela tentava respirar. Tally se lembrou de que a mesma coisa tinha acontecido na véspera, ao encontrar Croy.

— Tally? — chamou Zane.

Ela balançava a cabeça, desejando que ele não dissesse nada. Não sobre o encontro nas Ruínas de Ferrugem. Para mantê-lo em silêncio, resolveu falar, repetindo a história contada por Shay:

— Vocês ouviram falar da Fumaça, certo? Um lugar em que as pessoas viviam como os Pré-Enferrujados e permaneciam feias por toda a vida. Então resolveram ir para lá. Porém, quando chegou a hora, a maioria não teve coragem. Shay me contou sobre essa noite. Ela estava pronta, mas acabou ficando com medo. — Zane confirmou a história sem tirar os olhos do café. — E você também desistiu, não foi? — concluiu Tally. — Deveria ter fugido naquele dia?

— Sim — respondeu ele. — Eu não fui, apesar de ser o idealizador do plano. E me tornei perfeito, como previsto.

Tally virou o rosto, incapaz de evitar as lembranças do verão. Todos os amigos de Shay haviam fugido para a Fumaça ou se tornado perfeitos, deixando-a sozinha em Vila Feia. Assim as duas tinham se conhecido e virado grandes amigas. Depois, quando a segunda tentativa de fuga de Shay deu certo, Tally acabou envolvida naquela confusão.

Respirando devagar, ela tentou se acalmar. Embora o verão tivesse sido um pesadelo, foi por causa dele que Tally tornou-se uma Crim, em vez de uma mera nova perfeita tentando ser aceita num grupo tosco qualquer. Talvez fosse o preço a pagar para chegar onde estava, linda e popular.

Os belos olhos de Zane ainda se concentravam na borra do café. Tally relaxou um pouco e sorriu. A postura de Zane era trágica; suas sobrancelhas curvas sugeriam desespero e arrependimento por ter desistido de fugir para a Fumaça. Ela segurou a mão dele.

— Ei, não fique assim. Nem era tão legal por lá. Passava o tempo todo arranjando queimaduras de sol e picadas de insetos.

— Pelo menos você tentou, Tally. Teve coragem para ver com seus próprios olhos.

— Na verdade, não havia muita escolha. Precisava encontrar Shay. — Tally sentiu um arrepio e soltou a mão de Zane. — Tive sorte de conseguir voltar.

Zane chegou mais perto e levou a mão ao rosto de Tally. Seus dedos delicados tocaram a aplicação de pele sobre a cicatriz. Seus olhos estavam bem abertos.

— Fico feliz que tenha conseguido.

Ela sorriu e encostou na mão dele.

— Eu também.

Os dedos de Zane deslizaram até os cabelos de Tally. Com delicadeza, ele a puxou mais para perto. Ela fechou os olhos e permitiu que seus lábios se tocassem. Em seguida, levou a mão ao rosto dele, sentindo sua pele macia e impecável.

O coração de Tally batia cada vez mais forte; seus pensamentos permaneceram a toda, mesmo depois de os lábios se separarem. Ao seu redor a realidade voltava a girar. Mas desta vez ela estava gostando da sensação.

Assim que chegou a Nova Perfeição, Peris alertou Tally sobre sexo. Estar próximo demais a outros perfeitos causava um deslumbramento nos novos perfeitos. Era preciso tempo para se acostumar aos rostos encantadores, os corpos perfeitos, os olhos iluminados. Num lugar em que todos eram lindos, era fácil se apaixonar pelo primeiro perfeito que beijasse.

Por outro lado, talvez já estivesse na hora. Ela havia chegado um mês antes, e Zane era uma pessoa especial. Não só por liderar os Crims e parecer ser diferente de todos, mas também por tentar sempre se manter borbulhante e desafiar as regras. Tudo aquilo, de alguma forma, tornava Zane ainda mais perfeito que os outros.

De todas as surpresas das últimas 24 horas, aquela era a melhor. Embora Zane a deixasse confusa, não era como mergulhar na escuridão. Seus lábios eram macios, delicados e perfeitos. Ela se sentia segura.

Depois de um tempo, os dois se afastaram um pouco. De olhos fechados, ela notava a respiração de Zane, que a segurava pela nuca com mãos quentes e suaves.

— David — murmurou Tally.

BORBULHANTE

Zane se afastou e lançou um olhar surpreso sobre Tally.

— Ai, desculpa — disse ela. — Não sei o que...

Ouvindo as palavras pela metade, Zane assentiu devagar.

— Não, está tudo bem..

— Eu não quis... — tentou Tally novamente.

Zane pediu que ela não dissesse mais nada. Seu rosto perfeito assumiu um ar pensativo. De olhos perdidos no chão, mexia na grama, puxando as folhas com os dedos.

— Agora me lembro — disse ele.

— Se lembra do quê?

— Esse era o nome dele.

— De quem?

Ele falava num tom tranquilo, sem se alterar, como se estivesse preocupado em não perturbar alguém dormindo.

— Da pessoa que devia nos levar até a Fumaça. David.

Tally engoliu em seco. Piscava sem parar, como se o sol a impedisse de enxergar direito. Ainda sentia os lábios de Zane nos seus, o calor das mãos dele em sua pele. Logo, no entanto, estava tremendo. Ela buscou a mão de Zane.

— Sinto muito por ter dito isso.

— Eu sei. Mas às vezes as coisas vêm à cabeça. — Ele tirou seus olhos dourados da grama. — Me fale sobre David.

Foi a vez de Tally desviar o olhar.

David. Agora ela o via perfeitamente, com seu nariz grande e sua testa avantajada. Os sapatos feitos à mão, o casaco de pele de animais mortos, tudo era nítido. David tinha crescido na Fumaça; nunca tinha botado os pés numa cidade. Seu rosto era feio de alto a baixo, queimado irregularmente pelo sol, com uma cicatriz que atravessava sua sobrancelha... a lembrança acendia alguma coisa dentro de Tally.

Impressionada, ela balançou a cabeça. De algum modo, havia esquecido David.

— Você o conheceu nas Ruínas de Ferrugem, não foi? — insistiu Zane.

— Não. Soube a respeito dele pela Shay. Uma vez, ela tentou chamá-lo, mas ele não apareceu. De qualquer maneira, foi David que levou Shay à Fumaça.

— Era para ele ter me levado também — disse Zane. — Mas você chegou à Fumaça sozinha, não chegou?

— Isso. Quando cheguei lá, eu e ele...

Agora Tally se lembrava. Embora parecesse ter acontecido um milhão de anos antes, ela podia se ver, ainda feia, beijando David e viajando com ele durante semanas na natureza selvagem. Lembranças incômodas percorriam seu corpo; lembranças da sensação de que havia algo muito forte e permanente entre os dois.

E então, por alguma razão, ele havia desaparecido.

— Onde ele está? — perguntou Zane. — Foi capturado pelos Especiais na derrubada da Fumaça?

Ela fez que não. As lembranças envolvendo David eram confusas e distantes, mas o momento da separação dos dois tinha simplesmente... sumido de sua memória.

— Eu não sei.

Tally se sentiu fraca. Pela centésima vez naquele dia, o mundo pareceu sair de foco. Ela esticou o braço na direção da bandeja, mas Zane a deteve.

— Não, não coma nada.

— Ahn?

— Não coma mais nada, Tally. Na verdade, é melhor tomar isto aqui — disse ele, puxando uma cartela de eliminadores de calorias, faltando quatro comprimidos. — Quando o coração está acelerado é mais fácil — explicou.

Ele tirou mais dois e os engoliu com um pouco de café.

— Mais fácil *o quê*?

— Pensar — respondeu Zane, apontando para a própria cabeça. — A fome faz a mente se concentrar. Na verdade, qualquer tipo de agitação faz isso. — Ele sorriu e entregou a cartela a Tally. — Como beijar uma pessoa diferente. Também funciona muito bem.

Sem entender nada, Tally observou os comprimidos. A cartela metálica reluzia sob o sol, e suas extremidades pareciam afiadas como lâminas.

— Mas não comi praticamente nada. Mal dá para engordar.

— Não é uma questão de manter o peso. Tally, preciso conversar com você. Preciso que preste atenção em mim por um instante. Estou esperando por alguém como você há muito tempo. Preciso que esteja... borbulhante.

— Os eliminadores de calorias deixam as pessoas borbulhantes?

— Ajudam. Depois eu explico. Confie em mim, Tally-wa.

Zane a olhava fixamente, com uma intensidade incrível, a mesma que demonstrava ao explicar uma ideia aos outros

Crims. Era difícil resistir a um pedido dele naquela situação, ainda que não fizesse muito sentido.

— Está bem.

Ela destacou dois comprimidos e os botou na boca. Estava hesitante: por que tomar eliminadores se não havia comido? Podia ser perigoso. Na época dos Enferrujados — quando todos eram feios, antes da operação — existia uma doença que levava as pessoas a parar de comer. Elas tinham tanto medo de engordar que acabavam excessivamente magras. Às vezes, chegavam a morrer de fome, num mundo cheio de comida. Era uma das coisas assustadoras em que a operação tinha dado um jeito.

Por outro lado, Tally não morreria por causa daquilo. Zane lhe ofereceu a xícara de café, e ela engoliu os comprimidos, fazendo uma careta devido ao gosto amargo.

— Café forte, né? — comentou Zane, rindo.

Passado um momento, o coração de Tally se acelerou, numa reação do seu metabolismo. As imagens permaneciam nítidas. Como na noite anterior, tinha a impressão de que havia um filme de plástico entre ela e o restante do mundo sendo retirado. A claridade a obrigava a apertar os olhos.

— Ótimo — disse Zane. — Qual é sua última lembrança de David?

Tally tentou controlar as mãos trêmulas enquanto vasculhava seu cérebro por entre a neblina que escondia as lembranças dos tempos de feia.

— Estávamos nas ruínas. Lembra da história de Shay, de que nós a sequestramos?

Zane se lembrava, embora Shay a tivesse contado de várias maneiras diferentes. Em algumas, ela havia sido sequestrada por Tally e pelos Enfumaçados de dentro do quartel-general da Divisão de Circunstâncias Especiais. Em outras, ela havia fugido da cidade para resgatar Tally dos Enfumaçados, e as duas haviam conseguido voltar juntas. Evidentemente, não era só Shay que mudava as histórias de vez em quando. Os Crims sempre aumentavam tudo a respeito do passado para parecerem mais borbulhantes. Tally podia sentir, no entanto, que Zane queria saber a verdade.

— Os Especiais tinham destruído a Fumaça — continuou. — Mas havia alguns de nós escondidos nas ruínas.

— A Nova Fumaça. Era assim que os feios chamavam.

— Isso mesmo. Mas como você sabe? Já não tinha virado perfeito?

— Acha que você é a primeira perfeita recém-transformada que me conta histórias, Tally-wa?

— Ah, claro.

Pensando no beijo de pouco antes, Tally se perguntou como exatamente Zane conseguia que os outros se lembrassem do passado.

— Mas por que você voltou à cidade? — perguntou ele. — Não vai me dizer que Shay a resgatou de verdade.

— Não, acho que não.

— Os Especiais a encontraram? Será que também pegaram David?

— Não.

A resposta foi imediata. Por mais que as lembranças fossem nebulosas, sabia que David continuava à solta. Podia vê-lo, nitidamente, escondido nas ruínas.

— Tally, me diga então por que você voltou e se entregou.

Zane continuava segurando sua mão, com firmeza, à espera de uma resposta. Seu rosto estava bem próximo. Seus olhos reluziam, mesmo na sombra, absorvendo tudo que ela contava. Porém, por algum motivo, Tally não tinha recordação daquilo. Pensar naquela época era como bater a cabeça na parede.

— Por que não consigo me lembrar? O que há de errado comigo, Zane?

— Boa pergunta. Mas, seja o que for, é algo que acontece com todos nós.

— Com quem? Os Crims?

Balançando a cabeça, ele olhou para as torres de festa ao redor.

— Não. Todo mundo. Ou, pelo menos, todo mundo aqui em Nova Perfeição. A maioria nem fala sobre quando eram feios. Ninguém quer discutir assuntos chatos de criança — contou Zane. Tally já tinha percebido como as coisas funcionavam em Nova Perfeição. Exceto para os Crims, falar sobre o passado de feio era fora de moda. — Só que, se insistimos, vemos que a maioria deles simplesmente *não consegue* se lembrar.

— Mas nós, os Crims, sempre falamos desse tempo.

— Todos nós éramos garotos problemáticos. Por isso, temos histórias emocionantes guardadas em nossas cabeças. Estamos sempre contando nossas histórias, ouvindo as dos outros, quebrando as regras. Quem para de fazer isso aos poucos vai esquecendo de tudo. Para sempre.

Encarando Zane, Tally finalmente entendeu.

— É para isso que os Crims existem, não é?

— Acertou, Tally. Para evitar o esquecimento. E me ajudar a descobrir o que há de errado com a gente.

— Como você... o que torna você tão diferente?

— Outra boa pergunta. Talvez eu tenha apenas nascido assim. Ou talvez seja porque fiz uma promessa a mim mesmo depois de desistir de fugir. Um dia vou sair da cidade, perfeito ou não. — A voz de Zane quase sumiu nas últimas palavras, e ele soltou um suspiro por entre os dentes. — Acontece que é muito mais difícil do que pensei. As coisas estavam ficando monótonas e comecei a me esquecer. Então você apareceu, com suas histórias mirabolantes e sem sentido. Agora as coisas estão borbulhantes.

— É, acho que estão. — Tally olhou para a mão dele, que ainda segurava a sua. — Posso fazer outra pergunta, Zane-la?

— Claro — disse ele, sorrindo. — Gosto das suas perguntas.

Tally virou o rosto, meio envergonhada.

— Quando você me beijou... foi para se manter borbulhante ou para me ajudar a lembrar? Ou foi para...

— O que você acha?

E ela não teve tempo para pensar na resposta. Zane a puxou pelos ombros e lhe deu um beijo, desta vez mais intenso. O calor de seus lábios se misturou ao aperto de suas mãos, ao gosto do café e ao perfume do seu cabelo.

Quando acabou, Tally se afastou, quase sem ar porque o beijo tinha sido de tirar o fôlego. Estava totalmente borbulhante — muito mais do que se houvesse tomado eliminadores de calorias ou pulado de um prédio como na noite anterior. E ela se lembrou de mais uma coisa, que obviamente devia ter mencionado antes, mas não tinha.

Algo que deixaria Zane muito feliz.

— Ontem à noite, Croy disse que tinha algo para mim. Só que não contou o que era. Explicou que ia deixar aqui em Nova Perfeição, escondida para que os guardas não encontrassem.

— Uma coisa vinda da Nova Fumaça? E onde está?

— Valentino 317.

VALENTINO 317

— Espere um pouco — disse Zane. Ele tirou o anel de interface de Tally e depois o seu. Em seguida, levou-a mais para o interior do passeio. — É melhor nos livrarmos dessas coisas. Não queremos que nos sigam.

— Ah, claro. — Tally se lembrou dos tempos de feia e de como era fácil enganar os inspetores do dormitório. — Ontem à noite, os guardas... eles disseram que ficariam de olho em mim.

Zane deu uma risada.

— Eles estão *sempre* de olho em mim. — Ele prendeu os anéis em dois caniços altos, que se curvaram com o peso das argolas de metal. — O vento vai sacudi-los de vez em quando. Assim, não vão saber que os tiramos — explicou.

— Mas não vai parecer estranho? Nós dois parados no mesmo lugar por tanto tempo?

— É um passeio público. Já passei muito tempo por aqui.

Tally teve uma sensação incômoda, mas não a deixou transparecer.

— E como vamos achá-los depois?

— Conheço bem este lugar. Pare de se preocupar.

— Ah, tudo bem, desculpe.

Ele a encarou e deu uma risada.

— Não há por que se desculpar. Este foi o meu melhor café da manhã em muito tempo.

Depois de abandonarem os anéis, eles caminharam na direção do rio e da Mansão Valentino. Tally se perguntava o que encontrariam no quarto 317. Na maioria das mansões, cada quarto tinha um nome. O de Tally na Komachi chamava-se Etcetera; o de Shay, Céu Azul. No entanto, por ser muito antiga, a Valentino ainda usava números. Os Valentino davam muita importância a isso, seguindo as tradições antigas da casa caindo aos pedaços.

— Belo lugar para esconder algo — comentou Zane quando já estavam perto da imensa mansão. — É mais fácil guardar segredo num lugar em que as paredes não falam.

— Deve ter sido por isso que invadiram a festa da Valentino e não de outra mansão qualquer.

— É claro que eu tinha de estragar tudo.

Tally se mostrou surpresa:

— Você?

— Começamos lá embaixo, na mansão de pedra. Como não achávamos vocês em lugar nenhum, sugeri que subíssemos à nova torre de festas, para que as paredes inteligentes cuidassem do serviço.

— Então tivemos a mesma ideia — disse Tally.

— É, pode ser. Se tivéssemos todos ficado na Valentino, os Especiais não teriam localizado Croy tão rápido. E ele poderia falar com você.

— Quer dizer que eles ouvem através das paredes?

— Aham. Por que acha que sugeri um piquenique num dia estupidamente frio?

Tally parou para pensar naquilo. A interface da cidade encaminhava pings, respondia perguntas, avisava sobre compromissos e até acendia e apagava as luzes do quarto. Se a Divisão de Circunstâncias Especiais quisesse vigiar alguém, ficaria sabendo de tudo que essa pessoa fazia e de metade das coisas que pensava. Então ela se lembrou da conversa com Croy, na torre. Estava usando o anel de interface, e as paredes capturando todas as palavras...

— Eles vigiam todo mundo?

— Não, seria impossível. Além do mais, a maioria das pessoas não vale o esforço. Alguns de nós, porém, recebem tratamento especial. Circunstâncias Especiais.

Tally xingou. Os Especiais haviam chegado incrivelmente rápido na noite anterior, como se estivessem à espera num ponto próximo. Tinham sido poucos minutos de conversa com Croy. Talvez eles já soubessem da presença de um penetra na festa. Ou talvez estivessem desde o início bem perto de Tally Youngblood...

Ela examinou as árvores. A cada movimento das sombras, Tally imaginava vultos cinza se movendo de um lado ao outro.

— Não acho que noite passada foi culpa sua, Zane. Eu fui a responsável.

— Como assim?

— Sou sempre a responsável.

— Que fraude, Tally. Não há nada de errado em ser uma pessoa especial. — A voz de Zane sumiu no momento em que eles passaram pela entrada principal da Mansão Valentino. Entre as frias paredes de pedra, fazia-se um silêncio sepulcral. — A festa ainda estava rolando quando fomos embora. Eles devem ter ido dormir há pouco tempo — sussurrou.

Tally concordou. Não havia nenhum robô de manutenção em serviço. Os corredores ainda estavam cheios de fantasias rasgadas. Um cheiro doce de bebida se espalhava pelo ar, e o piso permanecia grudento. O encanto da festa tinha desaparecido, como uma euforia que se transforma em ressaca.

Sem o anel de interface no dedo, Tally se sentia meio exposta. As lembranças das travessias do rio na época de feia e do medo de ser pega não saíam de sua cabeça. Entretanto, a tensão a mantinha borbulhante. Seus sentidos ainda conseguiam captar o som do lixo voando pelos corredores e distinguir o aroma de uva do champanhe e o fedor da cerveja. Não se ouvia nada além dos passos dos dois.

— Quem morar no 317 deve estar dormindo — sussurrou Tally.

— Então vamos acordá-los — disse Zane, com os olhos brilhando na penumbra.

Como os quartos do térreo começavam todos com cem, eles procuraram um jeito de subir. A mansão tinha recebido elevadores, mas, sem os anéis de interface, não haveria como acioná-los. A saída foi pegar uma escadaria de pedra, que levou Tally e Zane ao terceiro andar, bem diante do 301. Os números subiam à medida que os dois avançavam: pares de um lado e ímpares do outro. Zane apertou sua mão quando chegaram ao 315.

O problema era que o quarto seguinte tinha o número 319.

Eles refizeram o caminho, conferindo também o outro lado, mas as portas indicavam apenas os quartos 316, 318 e 320. Seguindo em frente, acharam o restante dos 320 e dos 330. Nada do Valentino 317.

— Essa é uma charada borbulhante — disse Zane, dando um risinho.

— Talvez seja uma piada, uma verdade — respondeu Tally.

— Acha que os Novos Enfumaçados adulterariam um convite feito à cidade inteira, cruzariam o rio escondidos e invadiriam uma festa só para nos fazer perder tempo?

— Provavelmente não — admitiu ela, sentindo algo perder força dentro de si. Tally se perguntava se aquela incursão, a história de procurar um segredo deixado por *feios*, não passaria de uma baboseira. Afinal, entrar escondido na mansão dos outros era bem falso. — Será que o café da manhã ainda está quentinho?

— Tally... — Zane a encarou intensamente. Com as mãos tremendo, ajeitou seus cabelos atrás das orelhas. — Fique comigo.

— Estou bem aqui.

Ele chegou perto, até seus lábios quase tocarem os de Tally.

— Continue borbulhante.

Assim que Tally o beijou a pressão em seus lábios tornou o mundo nítido novamente. Ela afastou a fome de sua mente.

— Certo. E o elevador?

— Qual?

Tally levou Zane de volta ao espaço entre os quartos 315 e 319. No meio da parede de pedra, havia uma porta de elevador.

— Costumava haver um quarto aqui.

— E ele foi retirado para dar lugar ao elevador — concluiu Zane, achando graça. — Que perfeitos mais preguiçosos. Não conseguem subir dois lances de escada.

— Talvez o 317 seja o elevador agora.

— Isso é péssimo. Não temos como chamá-lo sem nossos anéis.

— Talvez possamos esperar até que alguém apareça e chame o elevador. Aí aproveitamos para entrar.

Zane examinou o corredor, de um lado e do outro, com copos de plástico e decorações de papel espalhados por toda parte.

— Vai demorar horas. E não estaremos mais borbulhantes — disse Zane.

— Certo. Não estaremos borbulhantes — afirmou Tally.

Uma mancha começava a atrapalhar sua visão outra vez, e seu estômago roncava de fome, trazendo à tona a imagem de um bolo de chocolate quentinho. Ela balançou a cabeça. Tentou apagar o bolo e pensar num uniforme da Divisão de Circunstâncias Especiais. Na noite anterior, a visão da seda cinza tinha ajudado Tally a manter o foco, a seguir Croy e a entrar na escada de incêndio. Tudo aquilo havia sido um teste para verificar o funcionamento de seu cérebro. Talvez estivesse no meio de outro teste. Uma charada borbulhante, nas palavras de Zane.

Ela observou a porta do elevador. Tinha de haver uma forma de entrar.

Gradualmente, uma lembrança veio à sua cabeça. Era dos seus tempos de feia, mas nada muito antigo. Tally se recordava de uma queda num poço escuro — uma das histórias que Shay gostava de ouvir. Algo sobre como ela e David haviam invadido o quartel-general da Divisão de Circunstâncias Especiais...

— O terraço — disse.

— Como é que é?

— Podemos entrar no poço do elevador pelo terraço — explicou ela. — Já fiz isso uma vez.

— Sério?

Em vez de responder, Tally o beijou novamente. Embora não conseguisse se lembrar dos detalhes, sabia que, se permanecesse borbulhante, a resposta acabaria aparecendo.

— Venha comigo.

Chegar ao terraço não foi tão fácil quanto ela esperava: a escada que os dois pegaram acabava no terceiro andar. Tally fez uma cara contrariada, sentindo a frustração lhe roubar as forças. Na Mansão Komachi, era simples alcançar o terraço.

— Isso é muito falso. O que eles vão fazer se houver um incêndio por aqui?

— Pedra não queima — observou Zane. Ele apontou para uma pequena janela, no fim do corredor, onde a luz do sol entrava através dos vitrais. — Aquela é a saída — disse, já correndo para lá.

— Como é que é? Você quer subir pela parede externa?

Zane botou a cabeça para fora, olhou para baixo e deu um assobio.

— Nada como altura para manter as pessoas borbulhantes.

Tally franziu o cenho, não sabia se queria ser *tão* borbulhante assim.

Enquanto isso, Zane subiu no parapeito e se projetou para fora, se segurando na parte de cima da janela. Com cuidado, foi se levantando, até Tally só conseguir ver suas botas sobre a pedra. Seu coração se acelerou; ela sentia os batimentos nas pontas dos dedos. Tudo era claro como água.

Por algum tempo, os pés de Zane não se mexeram. Então, eles se viraram, ficando bem próximos da beirada. De repente, só os dedos de Zane continuavam sobre a pedra, num equilíbrio precário.

— O que você está fazendo aí?

Como resposta, as botas começaram a subir, e logo Tally passou a ouvir um som de sola raspando na pedra. Ela enfiou a cabeça pela janela e olhou para cima.

Lá estava Zane, pendurado na beirada do terraço, balançando as pernas e tentando apoiar as botas na parede. Finalmente um dos pés se encaixou numa fenda, e ele conseguiu subir, sumindo de vista. Um segundo depois, seu rosto apareceu, um sorriso estampado de orelha a orelha:

— Suba aqui!

Tally recolheu a cabeça, respirou fundo e pôs as mãos no parapeito. A pedra era áspera e gelada. O vento que soprava pela janela fazia os pelinhos do braço se arrepiarem.

— Mantenha-se borbulhante — disse, baixinho, a si mesma.

Depois de se sentar na janela, sentindo o frio das pedras em suas coxas, ela olhou para baixo por um instante. Era uma bela queda até as folhas soltas e raízes que a receberiam lá embaixo. Nessa hora, o vento aumentou, fazendo os galhos próximos balançarem. Tally conseguia enxergar cada gravetinho, e o cheiro dos pinheiros invadia suas narinas. Manter-se borbulhante não seria problema.

Ela pôs um dos pés sobre o peitoral, depois o outro.

Ficar de pé era a parte mais assustadora. Tally agarrou a armação da janela com a mão direita, enquanto se levantava, e com a esquerda tentava achar um ponto de apoio no lado externo. A essa altura já não tinha coragem de olhar para baixo. A pedra gelada era cheia de buracos e fendas, mas nenhum lugar parecia largo o bastante para ela enfiar mais que as pontas dos dedos.

Quando suas pernas se esticaram por completo, Tally ficou paralisada. Balançou um pouco ao sabor do vento, como uma torre com problemas estruturais.

— Borbulhante, hein? — A voz de Zane vinha de cima. — Agarre na beirada.

Com esforço, ela tirou os olhos da parede à sua frente e virou a cabeça para cima. Por muito pouco não alcançou a beirada.

— Ei, isso não é justo. Você é mais alto que eu.

— Não esquenta — disse Zane, esticando um braço.

— Tem certeza que me aguenta?

— Vamos logo, Tally-wa. Para que todos esses músculos perfeitos se não os usamos?

— Mas usá-los numa tentativa de suicídio? — resmungou Tally, porém sem deixar de estender os braços para alcançar as mãos de Zane.

Seus novos músculos, no entanto, eram mais fortes do que pensava. Com os dedos bem firmes em torno do pulso de Zane, Tally subiu tranquilamente. A mão livre agarrou a beirada, e a pontinha de um dos pés achou apoio numa fenda na parede. Gemendo, ela deu o último impulso e rolou para cima do terraço. Esparramada na segurança da pedra sólida, sentiu uma onda de alívio percorrer todo o seu corpo e começou a rir.

— O que eu disse antes é verdade — disse Zane, rindo. Tally fez uma cara de quem não tinha entendido. — Estava esperando alguém como você.

Os perfeitos não ficavam vermelhos de vergonha — pelo menos não do mesmo jeito que os feios —, mas Tally precisou se levantar para esconder sua reação. Aquela escalada mortal havia deixado o olhar de Zane intenso demais. Ela se virou para apreciar a vista.

Do terraço, Tally via as torres de Nova Perfeição, ainda muito altas, e as trilhas verdes dos jardins que serpenteavam até a colina central. No outro lado do rio, Vila Feia estava acordada. Um monte de feios recém-transformados corria atrás de uma bola preta e branca, e o vento levava aos seus ouvidos o som de um apito soprado com raiva. A imagem era terrivelmente próxima e nítida. Tally sabia que seu sistema nervoso continuava sensível depois dos instantes que tinha passado pendurada no braço de Zane.

No terraço, destacavam-se apenas as hélices de três dutos de ventilação, uma enorme torre de transmissão e uma cabine de metal não muito maior que o armário de um feio. Tally apontou para a cabine.

— Fica bem em cima do elevador.

Eles atravessaram o terraço. Na porta muito antiga, uma chapa de metal coberta de ferrugem, semelhante às encontradas nas ruínas, alguém tinha escrito com bastante capricho: VALENTINO 317.

— Isso não foi nada falso, hein, Tally? — disse Zane, rindo. Ele puxou a maçaneta, mas uma corrente brilhante se esticou, segurando a porta com um chiado de protesto. — Xii...

Tally observou o dispositivo que travava a corrente. Sua cabeça ainda rodava.

— Isso aí se chama... cadeado, eu acho. — Então ela passou os dedos no objeto de aço, tentando se lembrar de como funcionava. — Eles tinham isso lá na Fumaça. Usavam para proteger coisas de pessoas que as pudessem roubar.

— Ótimo. Tudo isso e ainda precisamos de nossos anéis.

— Os Enfumaçados não usam anéis, Zane. Para abrir um cadeado, você precisa de uma... — Tally vasculhou a memória atrás de outra palavra antiga. — Deve haver uma chave em algum lugar por aqui.

— Chave? Tipo uma senha?

— Não. Essa chave é um pequeno objeto de metal. Você enfia no buraco, gira, e o cadeado abre.

— E essa chave parece com o quê?

— Um pedaço de aço achatado, mais ou menos do tamanho do seu dedão, cheia de dentes.

Zane riu da descrição, mas começou a procurar ao redor. Tally olhava fixamente para a porta. Obviamente, a cabine era muito mais velha que a corrente que a protegia. Ela tentava imaginar qual seria a utilidade daquele lugar. Chegando mais perto da fresta deixada por Zane ao empurrar a porta, usou as mãos para concentrar sua visão e olhou para o interior totalmente escuro. Seus olhos foram se ajustando, devagar, até que ela conseguiu distinguir os contornos das coisas lá dentro.

Parecia haver uma polia gigantesca e um motor mecânico bem rústico, do tipo que era usado na Fumaça. No passado, o elevador devia subir e descer puxado por correntes. Tally estava diante de uma antiga casa de máquinas, provavelmente abandonada depois da invenção dos sustentadores, muito tempo atrás. Os elevadores modernos funcionavam com base nos mesmos princípios que as pranchas e as jaquetas de bungee jump. (Duas opções *muito* mais seguras que ficar pendurado por uma corrente... Tally sentiu um arrepio só de pensar.) Depois da instalação dos sustentadores, o mecanismo antigo devia ter sido esquecido no terraço.

Ela forçou o cadeado de novo, mas não conseguiu nada. Pesado e rústico, o dispositivo parecia deslocado no ambiente da cidade. Quando os inspetores queriam proteger alguma coisa, simplesmente colocavam um sensor que dizia a todos para se manterem afastados. Apenas Novos Enfumaçados usariam um cadeado de metal.

Ali, Tally estava seguindo uma orientação de Croy. Então, tinha de haver uma chave em algum lugar.

— Outro teste estúpido — murmurou.

— Outro o quê? — perguntou Zane, que tinha subido na estrutura de metal, em busca da chave.

— Croy se vestindo de Especial. Depois nos fazendo encontrar Valentino 317. Não vai ser fácil achar a chave, porque tudo isso não passa de um teste — explicou Tally. — O objetivo deles é tornar *difícil* achar o que Croy deixou para mim. Eles não querem que achemos se não provarmos que somos borbulhantes.

— Ou então eles querem que a procura nos *deixe* borbulhantes. Assim, estaremos vendo as coisas nitidamente quando encontrarmos o que tivermos de encontrar — ponderou Zane, agachado na beirada da casa de máquinas.

— Ah, tanto faz — resmungou Tally, dando um suspiro.

A irritação começava a se tornar mais forte. Ela tinha a impressão de que o teste nunca chegaria ao fim, de que cada resposta só os levava ao nível seguinte de charadas, como um videogame idiota. Talvez a decisão mais esperta fosse mandar tudo para o espaço e ir tomar café da manhã. Afinal, o que ela queria provar aos Novos Enfumaçados? Nada daquilo importava. Ela era perfeita, e eles eram feios.

Zane, porém, continuava quebrando a cabeça.

— Então eles devem ter escondido a chave num lugar muito difícil de encontrar. Mas o que seria mais difícil do que subir até o terraço?

Os olhos de Tally percorreram todo o terraço, até pararem na torre de transmissão. Lá no alto, uns 20 andares acima de onde estavam, a bandeira Valentino se agitava ao vento. Voltando a enxergar o mundo com nitidez, ela sorriu.

— Subir ali.

A TORRE ALTA

A torre de transmissão era a parte mais recente da Mansão Valentino. Era feita de aço e pintada com polímeros brancos para evitar a corrosão. Integrava o sistema que rastreava os anéis de interface, supostamente para ajudar a encontrar pessoas perdidas ou feridas que não estivessem no interior de um prédio inteligente.

Vigas brancas se agigantavam acima de Tally e Zane, num emaranhado incrível que brilhava ao sol como porcelana. A escalada não parecia muito difícil, fora o fato de a torre ser cinco vezes maior que a Mansão Valentino, mais alta até que as torres de festa. Enquanto olhava para cima, Tally sentiu seu estômago se apertar. Tinha quase certeza de que não era fome.

— Pelo menos não estou vendo nenhum dragão de guarda — comentou.

Por um momento, Zane desviou seu olhar ansioso da torre.

— Ahn?

— É só um negócio que sonhei — explicou Tally.

— Acha mesmo que a chave está lá em cima?

— Infelizmente, sim.

— Os Novos Enfumaçados escalaram tudo isso?

— Não — respondeu Tally, sentindo antigas lembranças voltarem. — Eles podem ter ido de prancha. As pranchas conseguem alcançar alturas como essa quando estão perto de uma estrutura grande de metal.

— Sabe, podíamos requisitar uma prancha... — sugeriu Zane, bem baixinho. Tally fez cara de surpresa. — É claro que isso não seria muito borbulhante — completou.

— Não seria mesmo. E tudo que voa tem um localizador embutido. Sabe como enganar o sistema de segurança de uma prancha?

— Eu sabia, mas não me lembro.

— Eu também não. Então é isso. Vamos escalar.

— Certo. Mas antes... — Zane segurou Tally pelas mãos, puxou-a para perto, e os dois se beijaram de novo. Ela piscou e depois sentiu um sorriso em seu rosto. — Só para continuarmos borbulhantes.

A primeira metade foi moleza.

Tally e Zane subiram no mesmo ritmo, cada um por um lado da torre, sem dificuldades para encontrar apoios no emaranhado de barras e cabos de metal. Às vezes, o vento soprava mais forte, empurrando Tally de um jeito enervante, mas uma rápida olhada para baixo bastava para ela recuperar a concentração.

Do meio do caminho, ela já conseguia enxergar a Mansão Valentino inteira, os jardins que se espalhavam em todos os sentidos e até os pontos de pouso para carros voadores no terraço do hospital central em que eram realizadas as operações. Com o sol a caminho de seu ponto mais alto, o rio cintilava. No outro lado do rio, em Vila Feia, Tally via o antigo dormitório se destacando entre as árvores. Do campo de futebol, alguns feios observavam e apontavam para eles, provavelmente se perguntando quem estava escalando a torre.

Por sua vez, Tally se perguntou quanto tempo levaria até alguém do seu lado do rio reparar na escalada e avisar aos guardas.

Graças aos seus novos músculos, a escalada não era tão desgastante. Porém, à medida que os dois se aproximavam do topo, a torre se estreitava e os apoios para as mãos já não eram tão seguros. O revestimento de polímero escorregava e, em alguns cantos, o sol da manhã ainda não havia secado o orvalho. Receptores de micro-ondas e tranças volumosas de cabos se espalhavam pela estrutura. Tally começou a ter dúvidas. A chave estaria mesmo lá em cima? Por que os Novos Enfumaçados a fariam arriscar a vida só por causa de um teste? De repente, com a subida ficando mais complicada e a queda mais assustadora, ela não sabia mais como havia parado naquela torre alta e exposta ao vento.

Até a noite anterior, seu único objetivo era se tornar uma Crim, perfeita e popular, sempre cercada de amigos. E ela tinha realizado seu desejo. Como bônus, Zane havia lhe dado um beijo, um desdobramento borbulhante que nunca havia passado pela cabeça de Tally antes daquela manhã.

Naturalmente, depois que você alcança um objetivo, as coisas nunca são como o imaginado. Ser um Crim não era satisfação garantida, e sair com Zane, aparentemente, incluía arriscar a vida e ficar sem café da manhã. Tally tinha sido aceita na noite anterior e já estava diante de outro teste.

E por quê? Ela queria mesmo abrir o depósito enferrujado lá embaixo? O que quer que estivesse escondido lá dentro a deixaria ainda mais confusa e certamente traria lembranças de David, da Fumaça e de tudo que havia deixado para trás. Tinha a impressão de que, sempre que dava um passo adiante em sua nova vida, alguma coisa a atraía de volta aos seus dias de feia.

Com a cabeça distraída por tais divagações, Tally enfiou o pé no lugar errado.

A sola de um de seus sapatos escorregou num cabo com acabamento plástico e suas pernas escaparam no ar, para longe da torre, enquanto suas mãos se soltavam de uma barra de ferro ainda úmida. Tally começou a cair. A sensação causada pela queda livre lembrava as vezes em que havia se soltado de pranchas voadoras ou se jogado do alto de prédios.

Seus instintos diziam que ela podia relaxar. Isso até Tally se dar conta da diferença entre aquela situação e todas as outras: não havia braceletes antiqueda ou jaquetas de bungee jump. Agora estava caindo *mesmo*; nada a salvaria no ar.

Foi a hora de seus novos reflexos de perfeita entrarem em ação. Num movimento rápido, suas mãos agarraram um feixe de cabos, escorregando em contato com o isolamento plástico, o que fazia sua pele queimar como se houvesse algo em chamas. Suas pernas, então, jogaram o corpo na direção da torre. De joelhos dobrados, Tally absorveu o impacto nos quadris, uma pancada que a fez tremer inteira, mas pelo menos não foi o suficiente para que seus dedos queimados soltassem a estrutura.

Ela agitou os pés, à procura de apoio, até encontrar uma larga barra de metal que tirou a maior parte do peso de suas mãos. Tally se abraçou ao cabo, sentindo a tensão em cada músculo. Mal escutava os gritos de Zane lá em cima. Ela olhou para o outro lado do rio e ficou impressionada com o que viu.

Tudo reluzia, como se alguém tivesse espalhado diamantes por Vila Feia. A mente de Tally estava limpa, como se uma chuva houvesse limpado a atmosfera. Finalmente entendeu por que tinha subido ali. O objetivo não era impressionar Zane ou os Enfumaçados, nem passar em qualquer tipo de teste. Simplesmente, uma parte dela queria viver aquele instante, aquela nitidez que não sentia desde a operação. Aquilo era muito mais que borbulhante.

— Você está bem? — perguntava uma voz ao longe.

Tally olhou para cima. Ao ver a distância que a separava de Zane, ela engoliu em seco, mas ainda conseguiu sorrir.

— Estou borbulhante. Completamente. Espere aí.

Ela subiu num ritmo acelerado, ignorando a dor nos quadris. Suas mãos esfoladas reclamavam sempre que se agarravam a alguma coisa, mas, num instante, Tally estava ao lado de Zane. Ele tinha os olhos mais arregalados que o normal, como se a queda da companheira tivesse lhe causado um susto maior do que nela mesma.

— Vamos — disse Tally, deixando-o para trás e começando a subir os últimos metros.

Ao chegar ao topo, ela encontrou um ímã preto na base do mastro, com uma chave nova e reluzente presa a ele. Cuidadosamente, pegou a chave e a enfiou no bolso. A bandeira dos Valentino se agitava lá em cima, fazendo um som alto e claríssimo.

— Consegui — avisou.

Ela desceu e passou por Zane antes mesmo de ele sair do lugar ou pelo menos tirar a expressão de surpresa do rosto.

Tally só percebeu que seu corpo inteiro doía quando já estava de volta ao terraço. Seu coração continuava acelerado, e os detalhes do mundo mantinham uma nitidez cristalina. Ela tirou a chave do bolso e passou um dedo trêmulo por seus dentes, registrando cada detalhe do código gravado no metal.

— Vamos rápido! — gritou para Zane, que ainda estava na metade do caminho.

Ele acelerou a descida, mas Tally perdeu a paciência e, dando as costas, encaminhou-se à cabine de metal.

O cadeado abriu assim que ela virou a chave. A porta enferrujada rangeu e sua parte inferior raspou no chão. Tally entrou, por um momento sem conseguir enxergar devido à escuridão, notando apenas traços vermelhos que pulsavam no ritmo do seu coração, acelerado pela ansiedade. Se o objetivo dos Enfumaçados com tudo aquilo era deixá-la borbulhante, tinha dado certo.

Por dentro, o espaço exalava um cheiro de coisa muito velha. O ar era quente e parado. Embora seus olhos ainda se ajustassem, Tally podia ver as pichações descascadas que cobriam cada centímetro das paredes, camadas sobrepostas de frases de efeito, assinaturas e nomes de pessoas declarando seu amor. Algumas datas citavam anos que não faziam sentido, até ela entender que estavam escritas no estilo dos Enferrujados, ou seja, contando todos os séculos anteriores ao colapso. As pichações também cobriam o maquinário abandonado do elevador. Pelo chão, havia todo tipo de produto antigo: latas de spray, tubos espremidos da nanocola famosa por sua aderência, fogos de artifício com cheiro de queimado. Tally viu um pedaço amarelo de papel, amassado e escurecido numa das pontas, como a imagem de um cigarro dos livros de história dos Enferrujados. Ela o pegou, mas o soltou imediatamente, com o estômago embrulhado pelo cheiro forte.

Um cigarro? Tally se lembrou de que aquele lugar era mais antigo que os elevadores. Talvez mais antigo até que a própria cidade — um pedaço estranho e esquecido da história. Ela se perguntou quantas gerações de feios e novos perfeitos como os Crims teriam usado a cabine.

A bolsa de couro que Croy havia lhe mostrado estava pendurada numa das alavancas do mecanismo do elevador.

Tally a pegou. Era estranho tocar naquele couro antigo e se recordar de todas as texturas dos objetos gastos da Fumaça. Ao abrir a bolsa, encontrou um pedaço de papel. Um barulho baixinho e bem nítido, vindo do chão de pedra, indicou que alguma coisa havia caído. Na verdade, duas coisas. Tally se agachou e, forçando a vista, tateou o chão frio de pedra, as mãos ainda doloridas por causa da escalada. Achou dois comprimidos brancos.

Enquanto os observava com atenção, sentia uma vaga lembrança em algum lugar de sua mente.

De repente, o ambiente escureceu, fazendo Tally olhar ao redor. Zane estava parado na porta, com a respiração acelerada. Seus olhos brilhavam no meio da penumbra.

— Caramba. Obrigado por me esperar, Tally. — Sem ouvir resposta, ele deu um passo adiante e se abaixou ao seu lado. — Está tudo bem? Não bateu com a cabeça quando caiu, né? — perguntou, colocando a mão em seu ombro.

— Não. Pelo contrário, ficou tudo mais nítido. Olhe o que eu achei.

Ela entregou a folha de papel a Zane, que a esticou e a segurou numa posição em que ficasse iluminada pela luz que entrava pela porta. Estava cheia de rabiscos praticamente ilegíveis.

Tally voltou a olhar fixamente para os comprimidos em sua mão. As bolinhas brancas pareciam eliminadores de calorias, mas ela tinha certeza de que eram capazes de fazer muito mais do que aquilo. Estava se lembrando de algo...

Zane baixou a folha de papel bem lentamente, revelando seus olhos arregalados.

— É uma carta. E endereçada a você — disse.

— Uma carta? De quem?

— De você mesma, Tally. — A voz de Zane ecoou nas paredes de metal. — É de você mesma.

LEMBRETE PARA MIM

Querida Tally,

Você sou eu.

Acho que seria melhor dizer que eu sou você... Tally Youngblood. A mesma pessoa. Mas, se estiver lendo esta carta, então nós duas também somos pessoas diferentes. Pelo menos é o que nós, Novos Enfumaçados, achamos que deve ter acontecido a esta altura. Você foi modificada. E é por isso que estou escrevendo.

Será que você se lembra de ter escrito estas palavras? (Na verdade, estou ditando para Shay escrever. Ela fez aula de caligrafia na escola.) Será que elas parecem uma anotação de diário, de quando você era criança, ou até do diário de outra pessoa?

Se você não tiver qualquer lembrança de ter escrito esta carta, então estamos ferrados. Eu, principalmente. Porque não ser lembrada por mim mesma significaria que o eu que escreveu esta carta foi, de alguma maneira, apagado. Ops. Isso pode significar que estou morta ou algo parecido. Então, pelo menos *tente* se lembrar.

Tally parou por um instante e, passando o dedo por cima das palavras, tentou se lembrar de tê-las ditado a alguém. Shay gostava de mostrar como era possível fazer letras com uma caneta-tinteiro, um dos truques que havia aprendido enquanto se preparava para a viagem até a Fumaça. Ela tinha deixado um bilhete para Tally dizendo como chegar lá. Mas seria aquela letra realmente de Shay?

Mais importante que isso: seriam aquelas palavras verdadeiras? Tally não conseguia se lembrar. Ela respirou fundo e continuou lendo...

> Enfim, o que estou tentando dizer é o seguinte: eles fizeram alguma coisa com seu cérebro — com o nosso cérebro —, e é por isso que esta carta pode estar parecendo meio esquisita para você.
>
> Nós ("nós" correspondendo a nós aqui na Nova Fumaça e não "nós" eu e você) não sabemos exatamente como funciona, mas temos certeza de que *alguma coisa* acontece a todo mundo que passa pela operação. Quando deixam as pessoas perfeitas, eles também acrescentam lesões (como se fossem pequenas cicatrizes) aos seus cérebros. As pessoas ficam diferentes, mas não no bom sentido. Olhe no espelho, Tally. Se estiver perfeita, você também tem as lesões.

Tally ouviu um suspiro. Vinha de Zane, que lia por cima do seu ombro.

— Parece que você pode estar certo a respeito de nós, perfeitos — comentou ela.

— É, que ótimo, né? — Ele apontou para o parágrafo seguinte. — E essa parte aí?

Ela continuou a leitura.

> A boa notícia é que existe uma cura. Foi por isso que David foi buscar você: para lhe dar as pílulas capazes de consertar seu cérebro. (Espero que se lembre de David.) Saiba

que ele é um dos caras bons, mesmo precisando trazer você aqui à força. Confie nele. Pode ser assustador estar aqui, longe da cidade, onde quer que seja o esconderijo escolhido pelos Novos Enfumaçados, mas as pessoas que provocaram essas lesões vão procurá-la. Você deve ficar num lugar seguro até ser curada.

Tally parou de ler novamente.

— Trazer à força?

— Parece que houve uma mudança de planos desde que você escreveu essa carta — observou Zane.

Com a imagem de David mais nítida em sua mente, Tally sentiu algo estranho.

— *Se* eu escrevi isso e *se* for tudo verdade. De qualquer maneira, foi Croy que veio atrás de mim, e não... David. — Enquanto dizia as palavras, Tally se lembrava de outras coisas: das mãos de David, calejadas pelos anos de trabalho; de seu casaco feito com pedaços de pele de animais; da cicatriz branca que tinha na sobrancelha. Começou a sentir uma aflição. — Zane, o que aconteceu com David? Por que será que ele não veio?

— Não sei. Você e ele eram...?

Tally tentou voltar à carta. As palavras estavam embaçadas, e logo uma lágrima caiu sobre o papel. A tinta escorreu na pequena poça e a lágrima ficou preta.

— Tenho quase certeza que sim — disse, numa voz rouca, tentando desemaranhar as lembranças. — Mas aconteceu alguma coisa.

— O quê?

— Não sei.

Ela se perguntava por que não conseguia se lembrar. Seria realmente culpa das *lesões* — as cicatrizes no cérebro mencionadas pela carta? Ou ela não queria se lembrar de verdade?

— O que é isso na sua mão? — perguntou Zane.

Tally abriu a mão e mostrou os dois pequenos comprimidos.

— A cura. Deixe eu acabar de ler antes — pediu, respirando bem fundo.

Há mais uma coisa. Maddy (a mãe de David, a inventora da cura) disse que preciso acrescentar esta parte. Uma história de "autorização consciente".

Eu, Tally Youngblood, autorizo Maddy e David a me darem os comprimidos capazes de curar a condição de perfeita. Tenho consciência de que se trata de um teste envolvendo um remédio de eficácia não comprovada e de que as coisas podem dar muito errado. Errado com consequências letais para o meu cérebro.

Ahn, me desculpe pela última parte. Mas é esse o risco que temos de correr. Foi por isso que me entreguei e me dispus a ser uma nova perfeita. É a única maneira de testarmos os comprimidos e de salvarmos Shay, Peris e todo mundo que teve o cérebro modificado.

Então você precisa tomar os comprimidos. Por mim. Peço desculpas antecipadas caso não queira e David e Maddy resolvam forçá-la a isso. Vai ser melhor assim, eu garanto.

Boa sorte.

Com amor,

Tally

Tally deixou o papel cair em seu colo. De alguma maneira, aquelas palavras rabiscadas tinham arrancado toda a nitidez do mundo. Sentia-se mais uma vez confusa e sem rumo. Seu coração batia rápido, mas não do jeito empolgante de quando estava caindo da torre. Parecia mais um tipo de pânico, como se a pequena cabine de metal fosse uma prisão.

— Então foi por isso que você voltou — disse Zane.

— Você acredita mesmo nisso, né? — reagiu Tally.

Os olhos dourados de Zane reluziram no escuro.

— Claro que sim. Tudo faz sentido agora. Você não se lembrar de David, nem da sua volta à cidade. Shay ter tantas recordações confusas dessa época. Os Novos Enfumaçados estarem tão interessados em você.

— Tudo isso porque tenho lesões no cérebro?

— *Todos nós* temos lesões no cérebro, Tally. É exatamente como eu pensei. Mas você se entregou conscientemente. Porque sabia que existia uma cura. — Zane apontou para os comprimidos na mão de Tally. — *Isso aí* é a razão de você estar aqui.

Ela olhou para as pílulas, que pareciam ainda menores e mais insignificantes no escuro daquele lugar.

— A carta diz que talvez elas nem funcionem. Que meu cérebro pode sofrer consequências letais.

Zane tocou de leve no pulso de Tally.

— Se não quiser tomar os comprimidos, eu tomarei.

— Não posso deixar você fazer isso — disse Tally, fechando a mão.

— Mas tenho esperado este tempo todo por isso. Uma chance de fugir da perfeição, de ser borbulhante o tempo todo!

— Acontece que *eu* não esperava nada disso — berrou ela. — Eu só queria me tornar uma Crim!

— Você esperava, sim — corrigiu Zane, referindo-se à carta.

— Não era eu. Ela mesma disse isso.

— Mas você...

— Talvez eu tenha mudado de ideia!

— Não foi *você* que mudou de ideia. Foi a operação — insistiu Zane. Tally abriu a boca, mas não disse nada. — Tally, você se entregou sabendo que teria de tentar a cura. Foi uma atitude incrivelmente corajosa. — Ele tocou o rosto dela. Seus olhos brilhavam sob o facho de luz que entrava pela porta. — Se mesmo assim você não quiser, deixe que eu corra o risco por você.

Tally balançou a cabeça, tentando decidir do que tinha mais medo: de ver os comprimidos falharem consigo mesma ou de assistir a Zane virando um vegetal em seu lugar. Ou talvez o que ela realmente temesse fosse descobrir o que havia acontecido a David. Desejava nunca ter sido achada por Croy ou nunca ter achado o Valentino 317. Se pudesse simplesmente esquecer as pílulas e continuar boba e perfeita, não precisaria se preocupar com mais nada.

— Só quero esquecer David.

— Por quê? — perguntou Zane, chegando mais perto dela. — O que ele fez de mau?

— Nada. Ele não fez nada. Mas por que foi Croy quem veio aqui deixar os comprimidos? Por que David não veio e me levou com ele? E se ele...

Um tremor na casa de máquinas interrompeu Tally. Os dois olharam para cima. Algo grande havia passado sobre o terraço.

— Um carro voador... — murmurou Tally.

— Devem estar só sobrevoando. Para eles, estamos no passeio público.

— A não ser que alguém tenha nos visto lá na... — Ela ficou em silêncio ao notar uma nuvem de fumaça entrando pela porta entreaberta, iluminada pelo facho de luz. — Está pousando.

— Sabem que estamos aqui — reconheceu Zane, rasgando a carta.

— O que está *fazendo*?

— Não podemos deixar que achem isso aqui. Eles não podem saber que existe uma cura.

Em seguida, Zane enfiou um pedaço da carta na boca, fazendo uma careta ao sentir o gosto do papel. Tally olhou para os comprimidos em sua mão.

— E isso aqui?

Com uma expressão de dor, Zane engoliu o papel.

— Tenho de tomar esses comprimidos. *Agora* — disse, mordendo outro pedaço da carta e começando a mastigar.

— Mas são muito pequenos — argumentou Tally. — Podemos escondê-los.

Zane não concordou.

— Se formos pegos sem nossos anéis, tudo ficará muito óbvio, Tally. Eles vão querer saber o que estávamos fazendo. Assim que você comer alguma coisa, não vai mais estar tão borbulhante... talvez não resista e acabe entregando os comprimidos.

Eles já ouviam os passos se aproximando, do lado de fora, no terraço. Zane puxou a maçaneta até quase fechar a porta, depois pegou as pontas da corrente e as prendeu com o cadeado. Os dois mergulharam num escuro absoluto.

— Isso não vai segurá-los por muito tempo. Me dê os comprimidos. Se funcionarem, prometo que vou...

Tally sentiu um arrepio ao escutar uma voz vinda de fora. Tinha um tom que machucava seus ouvidos. Não era a voz de um guarda comum. Era alguém da Divisão de Circunstâncias Especiais.

No escuro da cabine, os comprimidos encaravam Tally, como dois olhos brancos sem alma. Por alguma razão, ela tinha certeza de que era a autora das palavras da carta, das palavras que suplicavam para que tomasse as pílulas. Se fizesse aquilo, talvez tudo se tornasse mais nítido e borbulhante, como Zane dissera.

Ou talvez os comprimidos não funcionassem, e ela acabasse com um cérebro vazio e inútil.

Ou talvez David estivesse morto. Tally se perguntava se, a partir daquele dia, uma parte de si sempre se lembraria do rosto dele, não importava o que viesse a fazer. A não ser que tomasse os comprimidos, nunca saberia a verdade.

Ela os levou até a boca, mas não conseguiu. Imaginou seu cérebro saindo do controle, sendo apagado, exatamente como tinha acontecido com a Tally que havia escrito a carta. Então encarou os belos e suplicantes olhos de Zane. Ele, pelo menos, não parecia ter qualquer tipo de dúvida.

Talvez ela não precisasse resolver tudo sozinha...

A porta soltou um chiado bem alto quando alguém tentou abri-la, parando na corrente esticada. Depois foi a vez de uma pancada, que ecoou como fogos de artifício no interior apertado da cabine. Os Especiais eram muito fortes, mas seriam capazes de derrubar uma porta de metal?

— *Agora*, Tally — sussurrou Zane.

— Não consigo.

— Então passe para mim.

Tally balançou a cabeça e se aproximou de Zane, murmurando para não ser ouvida em meio à sucessão de golpes desferidos contra a porta.

— Não posso fazer isso com você, Zane, mas também não posso fazer isso sozinha... E se cada um de nós tomar um...

— O quê? Isso é absurdo. Não sabemos o que...

— Zane, nós não sabemos de *nada*.

Notando as pancadas pararem, Tally pôs a mão sobre a boca de Zane. Os Especiais não eram apenas fortes e rápidos; também tinham a audição aguçada de predadores.

De repente, uma luz intensa invadiu a casa de máquinas, lançando sombras agitadas em seu interior e deixando marcas na vista de Tally. O equipamento de corte gritava enquanto queimava a corrente e o cheiro de metal derretido invadia as narinas de Tally. Os Especiais estariam com eles em segundos.

— Juntos — sussurrou ela, entregando um comprimido a Zane.

Depois de respirar fundo, Tally pôs o outro na língua. Um gosto amargo se espalhou por sua boca, como se ela tivesse mordido uma semente de uva. Um rastro ácido desceu por sua garganta assim que engoliu o comprimido.

— Por favor — pediu, novamente. — Faça isso comigo.

Zane soltou um suspiro e finalmente engoliu o comprimido, sentindo o mesmo gosto ruim. Estava contrariado.

— Essa pode ter sido uma decisão bem estúpida, Tally.

— Pelo menos, fomos estúpidos juntos — disse ela, tentando sorrir. Curvando-se um pouco, Tally segurou Zane pela nuca e o beijou. David não tinha aparecido para salvá-la. Ou estava morto ou não se importava tanto com seu destino. Além disso, ele era feio, enquanto Zane era bonito e borbulhante. E estava ao seu lado. — Precisamos um do outro agora.

Os dois ainda se beijavam quando os Especiais invadiram a cabine.

Parte II

A CURA

e os beijos são um destino melhor que a sabedoria

— e.e. cummings, *como o sentimento é o primeiro*

RUPTURA

À noite, caiu a primeira geada do inverno. As árvores reluziam como se fossem de vidro, e o gelo preso nos galhos brilhava. As garras escuras se prolongavam do lado de fora da janela, cortando o céu em pequenos pedaços afiados.

Tally encostou a palma da mão no vidro, deixando que o frio a invadisse. A sensação estimulante tornava as luzes da tarde mais claras, tão penetrantes quanto o gelo lá fora, e trazia à tona a parte de sua mente que ainda desejava voltar aos sonhos de perfeita.

Quando finalmente afastou a mão da janela, havia uma marca borrada no vidro, que foi se apagando lentamente.

— Tally embaraçada não existe mais — disse, dando uma risadinha e botando a mão gelada no rosto de Zane.

— O que está acontec... — murmurou ele, revirando-se para afastar aquela sensação.

— Hora de acordar, seu perfeito.

Seus olhos se abriram um pouquinho.

— Escureça o ambiente — ordenou Zane ao bracelete de interface.

O quarto obedeceu imediatamente, deixando a janela opaca.

— Está com dor de cabeça de novo? — perguntou Tally.

Às vezes, Zane ainda era vítima de enxaquecas insuportáveis, que o deixavam de cama por horas. Mas já não eram tão intensas quanto nas primeiras semanas depois de ele tomar o comprimido.

— Não — grunhiu ele. — É o sono.

Tally pegou o controle manual e pôs a janela de volta no modo translúcido.

— Então é hora de levantar. Vamos nos atrasar para a patinação no gelo.

— Patinação no gelo é muito farsa — disse Zane, abrindo um único olho.

— Dormir é farsa. Levante-se logo e fique borbulhante.

— Ficar borbulhante é farsa.

Tally franziu a testa, o que já conseguia fazer sem sentir dor. Ela andava se comportando bem e tinha conseguido consertar a testa inteira, embora ainda homenageasse a cicatriz com uma tatuagem dinâmica. Figuras escuras entrelaçadas, no estilo celta, que se moviam bem em cima do olho, no ritmo do coração. Aliás, ela também havia se submetido a uma cirurgia igual à de Shay, com direito a relógios que andavam ao contrário e todo o resto.

— Ficar borbulhante *não é nada* farsa, seu preguiçoso — respondeu Tally, pondo a mão no vidro mais uma vez, para recarregar a sensação de frio.

Seu bracelete de interface refletiu o sol, exatamente como as árvores congeladas lá embaixo, e pela milionésima vez ela procurou algum tipo de junção na superfície de metal. A peça, porém, parecia ter sido tirada de um único pedaço de aço e se encaixava perfeitamente à forma de seu pulso. Ela puxou o bracelete de leve e sentiu que estava um pouco folgado. A cada dia ficava mais magra.

— Café, por favor — pediu ao bracelete, delicadamente.

Quando os aromas de café começaram a invadir o quarto, Zane voltou a se mexer. Ao sentir que sua mão estava suficientemente gelada, Tally a encostou no peito dele. Zane se encolheu, mas não resistiu; apenas agarrou o lençol com força e tremeu. Seus olhos se abriram, revelando um par de íris que brilhavam como o sol do inverno.

— *Isso*, sim, foi borbulhante!

— Achei que ficar borbulhante fosse farsa — disse Tally.

Ainda cheio de sono, Zane deu um sorriso, que Tally retribuiu. Ele era mais bonito ao acordar. O sono suavizava sua expressão intensa, deixando seus traços duros quase vulneráveis, como os de um garoto perdido e com fome. Obviamente, Tally nunca mencionou aquilo; do contrário, Zane provavelmente pediria uma cirurgia para corrigir o defeito.

Ela abriu caminho até a cafeteira desviando das pilhas de roupas não recicladas e pratos sujos que ocupavam cada centímetro do chão. Como sempre, o quarto de Zane estava uma zona. O excesso de coisas no armário não permitia nem fechar a porta direito. Era um bom lugar para esconder algo.

Com o café na mão, Tally instruiu o buraco na parede a preparar os kits de sempre para patinação: casacos pesados de poliéster revestidos com pele falsa de coelho; calças com proteção nos joelhos para as quedas mais fortes; cachecóis pretos; e, as peças mais importantes, luvas grossas que cobriam até metade do antebraço. Enquanto o buraco cuspia as roupas, Tally levou um café para Zane, o que finalmente o despertou.

Zane e Tally pularam o café da manhã — uma refeição que não faziam havia um mês — e pegaram o elevador até a portaria da Mansão Pulcher. Ao longo do caminho, conversavam como legítimos perfeitos.

— Está vendo o gelo, Zane-la? Tão frio.

— O inverno é totalmente borbulhante.

— Isso aí. O verão é muito... Nem sei. *Quente* ou algo assim.

— Demais.

Eles sorriram para o localizador na entrada e saíram, parando no alto da escadaria da mansão. Tally entregou a caneca de café a Zane e puxou as luvas para dentro das mangas do casaco, cobrindo o bracelete de interface em seu braço esquerdo com duas camadas de roupa. Depois, enrolou o cachecol preto no pulso, para deixar o bracelete bem protegido. Ela pegou as duas canecas, observando a fumaça que subia do líquido preto, enquanto Zane repetia o procedimento com suas próprias luvas.

Assim que ele terminou, Tally disse em voz baixa:

— Achei que era para agirmos como perfeitos normais hoje.

— E eu estou agindo — retrucou Zane.

— Ah, está? "Borbulhante é farsa"?

— O que é que tem? Exagerei?

Ela deu uma risadinha e o puxou na direção do rinque de patinação flutuante.

Fazia um mês que eles tinham tomado os comprimidos, mas os cérebros de Tally e Zane ainda estavam vivos. As primeiras horas, porém, haviam sido totalmente falsas. Os Especiais revistaram os dois e o Valentino 317 freneticamente, botando tudo que encontravam em pequenos sacos plásticos. Cuspiram milhões de perguntas, em suas vozes rascantes, tentando descobrir por que uma dupla de novos perfeitos subiria numa torre de transmissão. Tally tentou dizer que eles só queriam um pouco de privacidade, mas nenhuma explicação parecia convencer os Especiais.

Finalmente, apareceram uns guardas com os anéis de interface abandonados, além de spray curativo para as mãos de Tally e bolinhos. Tally devorou seu café da manhã atrasado como se fosse um cão esfomeado, até não estar nem um pouco mais borbulhante, e passou a exibir um sorriso perfeito e a pedir por uma cirurgia que corrigisse a cicatriz conseguida na noite anterior. Depois de cerca de uma hora, os Especiais permitiram que os guardas a levassem ao hospital, carregando Zane junto.

Era o fim da história, exceto pelos braceletes de interface. Os médicos puseram o de Tally durante sua cirurgia de correção da sobrancelha. Zane também acordou na manhã seguinte com um no braço. Os aparelhos funcionavam exatamente como os anéis. A diferença era que podiam enviar pings de voz, de qualquer lugar, como um celular. Aquilo significava que os braceletes captavam as conversas em toda parte — e, diferentemente dos anéis, não podiam ser tirados. Eram algemas presas a correntes invisíveis, e nenhuma ferramenta testada por Tally e Zane até então tinha se mostrado capaz de abri-las.

Surpreendentemente, os braceletes acabaram se tornando os acessórios da moda naquela temporada. Assim que os outros Crims os viram, a missão de Zane passou a ser evitar que todo mundo pedisse um. Ele conseguiu que o buraco na parede produzisse cópias que não funcionavam e as distribuiu. Nas semanas seguintes, passou a circular um boato de que os braceletes eram um novo símbolo de criminalidade, uma prova de que a pessoa havia escalado a torre de transmissão no topo da Mansão Valentino. Na verdade, centenas de novos perfeitos haviam testemunhado a subida de Tally e Zane, avisando uns aos outros para ir à janela e assistir ao show. Em pouco tempo, apenas aqueles alheios à moda andavam sem algum tipo de peça de metal nos pulsos. E foi preciso instalar monitores na torre para evitar que outros novos perfeitos tentassem subir.

As pessoas começaram a apontar para Tally e Zane na rua, e a cada dia havia mais aspirantes a uma vaga nos Crims. Todo mundo queria ser borbulhante.

Tally andava nervosa com a ruptura, mas ela e Zane não conversaram muito no caminho até o rinque de patinação. Embora seus braceletes não pudessem captar nada embaixo de tantas roupas de inverno, o silêncio tinha se tornado um hábito que os acompanhava a toda parte. Tally havia se acostumado a se comunicar de outras maneiras: piscadas, movimentos de olhos e palavras balbuciadas. A vida numa conspiração não declarada dava significado a cada gesto e a cada toque.

Dentro do elevador de vidro que os levaria até a lâmina flutuante de gelo, atento à grande estrutura do Estádio Nefertiti lá embaixo, Zane segurou a mão de Tally. Seus olhos brilharam, do jeito que costumava acontecer antes de algum truque inesperado, como num ataque-surpresa com bolas de neve do terraço da Mansão Pulcher. Aquele olhar travesso veio na hora exata para acalmar um pouco os nervos de Tally. Afinal, não seria conveniente que os outros Crims notassem sua ansiedade.

A maioria já estava no local, trocando as botas por patins e procurando jaquetas do tamanho certo. Alguns Crims recém-aceitos no grupo se aqueciam, parecendo inseguros no gelo flutuante, fazendo um som que lembrava o funcionário de uma biblioteca pedindo silêncio às pessoas.

Shay deslizou para perto, querendo abraçar Tally, e só parou ao praticamente lhe dar uma trombada.

— Ei, Magrela-wa.

— Ei, Vesguinha-la — respondeu Tally, rindo.

Com os apelidos de feios de volta à moda, Shay e Tally tinham decidido trocar seus velhos nomes, já que Tally andava perdendo peso. Ficar sem comer era um saco, mas ela esperava que, cedo ou tarde, conseguisse emagrecer o suficiente para tirar o bracelete do pulso.

Tally reparou que Shay tinha enrolado um cachecol no braço num gesto de solidariedade. A amiga também usava uma versão de sua tatuagem dinâmica — um monte de cobras contornando uma das sobrancelhas e descendo até a bochecha. Agora vários Crims tinham tatuagens faciais acionadas pelos batimentos cardíacos: bastava olhar para saber se estavam borbulhantes. As canecas de café com autoaquecimento espalhavam uma nuvem de vapor acima dos Crims, e as tatuagens de todos não paravam de girar.

Um coro de saudações teve início assim que Tally e Zane foram vistos. A galera ficou agitada. Peris chegou deslizando, com uma jaqueta de bungee jump e os patins que Tally costumava usar.

— Obrigada, Nariz — disse ela, tirando as botas e sentando no gelo. Patins voadores não eram permitidos no rinque; só lâminas de metal, que reluziam sob a luz fria. Tally apertou bem os cadarços. — Trouxe seu frasco? — perguntou a Peris.

— Vodca dupla — respondeu ele, mostrando o recipiente.

— Ótimo para derretimento.

Tally e Zane haviam parado de consumir álcool, o que costumava deixá-los mais perfeitos que borbulhantes, mas bebidas fortes tinham outras utilidades no gelo.

Ela estendeu as mãos cobertas pelas luvas, e Peris a puxou, num movimento que lançou os dois numa pequena valsa sobre o gelo. Rindo, eles tentaram se equilibrar.

— Não se esqueça da jaqueta, Magrela — avisou ele.

— Isso seria falso, né? — disse Tally, vestindo a jaqueta e ajustando as tiras. Peris parecia meio nervoso. — Alguma notícia dos nossos amigos do outro lado do rio? — perguntou ela, sussurrando.

— Nada. Estão completamente sumidos.

Tally estranhou a informação. A visita de Croy tinha acontecido um mês antes, e desde então nenhum Novo Enfumaçado havia aparecido. O silêncio era preocupante. A não ser que fosse outro daqueles testes irritantes. De um jeito ou de outro, ela mal podia esperar para descobrir, assim que conseguisse arrancar aquelas algemas ridículas.

— Como está o trabalho do Fausto naquela prancha?

Peris deu de ombros. Ele olhava distraído para os outros Crims, que invadiam o rinque, rindo e gritando, deslizando como as máquinas que eram usadas para raspar o gelo da superfície.

Tally reparou na tatuagem que Peris tinha na testa — um terceiro olho que piscava no ritmo do seu coração — e observou seus belos olhos castanhos, delicados e vazios. Ele parecia mais borbulhante do que um mês atrás. Todos os Crims pareciam. No entanto, Tally não conseguia mais detectar progressos diários nele. Era muito mais difícil para os outros, que não tinham ajuda dos comprimidos, que não estavam semicurados como ela e Zane. Embora ficassem animados durante curtos períodos, eles não conseguiam manter a concentração.

Bem, a ruptura poderia dar um empurrãozinho.

— É isso aí, Nariz. Vamos patinar.

Tally pegou impulso com um dos pés e logo ganhou velocidade, percorrendo a parte externa da pista. Ela olhava para baixo através da janela de gelo colorido que tinha sob os pés. Os sustentadores que mantinham o rinque no ar eram bem visíveis, separados por poucos metros, num padrão de grade, que irradiava uma série de estruturas de refrigeração. Bem mais abaixo, estava a forma oval do estádio esportivo, levemente fora de foco, como o mundo enxergado em meio à bruma de uma mente perfeita. Aos poucos, os refletores se acendiam, se aprontando para o jogo de futebol que começaria em 45 minutos. Como sempre, haveria fogos de artifício antes da partida, assim que a plateia ocupasse seus lugares. Isso deixava a mente perfeita.

O céu lá em cima era uma vastidão ininterrupta de azul, pontuada apenas por alguns balões de ar quente amarrados às torres de festa mais altas. Quando estava suspenso, o rinque de patinação era o lugar mais alto de Nova Perfeição. Tally via toda a cidade espalhada lá embaixo.

Ela patinou atrás de Zane e o alcançou na primeira curva.

— Acha que todos estão borbulhantes?

— A maioria só está nervosa — respondeu Zane, dando a volta com elegância e patinando de costas como se fosse a coisa mais natural do mundo.

Seus músculos realçados pela operação agora estavam livres da timidez e da preguiça dos perfeitos. Ele conseguia plantar bananeira sem tremer, subir até a janela de seu quarto na Mansão Pulcher em questão de segundos e correr mais rápido que o monotrilho que trazia os velhos dos subúrbios para o hospital central. Nunca se cansava muito e era capaz de segurar a respiração por pelo menos dois minutos.

Sempre que assistia a esses feitos, Tally se lembrava dos Guardiões, que a haviam salvado do incêndio durante sua viagem de volta à Fumaça. Zane tinha a mesma segurança em sua capacidade física — era rápido e forte, mas sem aquele incômodo traço desumano dos agentes da Circunstâncias Especiais. Tally não ficava muito atrás, mas de alguma forma a cura tinha colocado Zane em outro nível. Ela adorava deslizar pelo gelo ao seu lado, fazendo círculos em torno dos outros, sendo o centro do turbilhão caótico de lâminas cintilantes dos Crims.

— Alguma notícia da Nova Fumaça? — perguntou ele, quase inaudível em meio ao barulho dos patins.

— Peris disse que não.

Zane soltou um palavrão. Fez uma curva fechada, jogando gelo num não Crim que se esforçava para andar num ritmo lento, acompanhando a lateral do rinque. Tally o alcançou.

— Temos de ser pacientes, Zane. Vamos tirar essas coisas dos nossos pulsos.

— Estou cansado de ser paciente, Tally — disse Zane, olhando para baixo, através do gelo. O estádio estava lotado.

O público aguardava o primeiro jogo das finais do campeonato entre cidades. — Quanto tempo falta?

— Vai ser a qualquer momento.

Assim que as palavras saíram de sua boca, os primeiros fogos de artifício explodiram lá embaixo, transformando o rinque de patinação numa confusão de tons vermelhos e azuis. Com um segundo de atraso, um barulho intenso ecoou no gelo, seguido pelos gritos de admiração da multidão.

— Lá vamos nós — disse Zane, com um sorriso substituindo a irritação.

Tally segurou sua mão bem firme e deixou que ele a conduzisse, até os dois pararem no centro do rinque, o ponto mais distante da estrutura que sustentava o gelo. Ela levantou o braço e esperou que os outros Crims se reunissem ao seu redor.

— Os frascos — disse em voz baixa.

A ordem se espalhou num sussurro pela turma. Logo se via o reflexo do sol nos recipientes de metal. Tally começou a ouvir um ruído de tampas sendo tiradas. Seu coração batia rápido; a ansiedade deixava seus nervos à flor da pele. As tatuagens de todos giravam num ritmo frenético. Correndo pela parte externa do rinque, Zane ganhava velocidade.

— Derramem tudo — disse Tally.

O som de líquido derramado — vodca e álcool etílico puro — se multiplicou entre os Crims. Tally achou ter escutado um estalo, um sinal bem baixinho do gelo, indicando a redução do ponto de congelamento pela ação das bebidas.

Desde antes da cura, Zane sonhava em aprontar algo daquele tipo. Às vezes, derramava champanhe no gelo enquanto os Crims patinavam. Mas as coisas agora eram mais sérias. Ele tinha até feito um teste na pequena geladeira de seu quarto. Encheu uma bandeja de cubos de gelo com diferentes misturas de vodca e água. Depois, levou tudo ao congelador. O cubo de água pura congelou normalmente. Aqueles que continham álcool, porém, não ficaram tão sólidos. E o cubo preenchido apenas com vodca permaneceu totalmente líquido.

Tally observou a poça de bebida se espalhando lentamente pelo gelo, por entre os patins, derretendo as marcas das lâminas e das quedas. A imagem do estádio ficava cada vez mais nítida. De repente, Tally conseguia ver todos os detalhes de uma nuvem verde e amarela de fogos de artifício. Quando o barulho retumbante chegou aos seus ouvidos, houve outro estalo assustador. Mais e mais intenso, o espetáculo de fogos devia estar se aproximando do final apoteótico.

Com o braço erguido, Tally fez um sinal para Zane.

Ele contornou a curva seguinte e, patinando a toda velocidade, se dirigiu ao restante do grupo. Tally sentiu uma ponta de medo nas pessoas próximas, como se fossem um rebanho de gazelas avistando um grande felino a distância. Os Crims derramaram as últimas gotas de bebida e depois encheram os frascos com suco de laranja em caixinha, para apagar qualquer evidência do que tinham acabado de fazer.

Tally sorriu, imaginando a cara de perfeita confusa que mostraria aos guardas: *Nós só estávamos lá em cima, conversando e cuidando das nossas vidas, não estávamos nem patinando, quando de repente...*

— Cuidado! — gritou Zane, fazendo o grupo se dividir ao meio e abrir caminho para sua passagem.

Ele deslizou até o centro e então pulou, alcançando uma altura sobre-humana, com os olhos brilhando na mesma intensidade das lâminas dos patins. Em seguida, caiu com tudo, jogando todo o peso sobre o gelo.

Na mesma hora, Zane sumiu de vista, engolido por um estrondo que lembrava vidro se quebrando. Tally ouvia o gelo se partir, emitindo um chiado semelhante ao de uma árvore sendo derrubada na Fumaça. Por uma fração de segundo, ela pairou no ar, arremessada por uma placa de gelo transformada em gangorra sobre a coluna de um sustentador. Um instante depois, a placa se quebrou e Tally começou a cair, sentindo um aperto na garganta. Mãos protegidas por luvas se agarravam ao seu casaco, vindas de todas as direções, num momento de pânico coletivo. Então um berro bem alto marcou o instante em que o bloco central do rinque cedeu, lançando fragmentos de gelo, Crims e máquinas para todos os lados, na direção da grama verde do campo de futebol. Lá embaixo, dez mil rostos assistiam a tudo sem acreditar.

Aquilo, sim, era borbulhante.

QUICANDO

Tudo ficou calmo por um instante.

Ao redor de Tally, pedaços de gelo caíam silenciosamente, refletindo as luzes do estádio enquanto giravam no ar. O vento dissolvia os gritos que saíam das bocas dos Crims. A plateia no estádio continuava a olhar para cima, perplexa e calada. Tally abriu os braços para frear a queda, tentando agarrar alguns segundos preciosos com as mãos semiabertas. Aquela parte do salto sempre parecia um voo de verdade.

Na sequência, uma explosão de luz e som arremessou Tally para longe, com os ouvidos zumbindo. Raios brilhantes obrigavam-na a manter os olhos bem fechados. Passados alguns segundos de estupefação, ela sacudiu a cabeça e abriu os olhos novamente. Fragmentos cintilantes voavam em todas as direções; era como se Tally estivesse no meio da explosão de uma galáxia. Os estrondos continuavam a vir de cima, liberando uma chuva incessante de fagulhas. Ela finalmente entendeu o que havia acontecido...

O grande encerramento do espetáculo de fogos tinha começado no exato momento em que o grupo de Crims atravessava o gelo. O momento da ruptura havia sido perfeito até demais.

Uma das fagulhas estava grudada na jaqueta de Tally, queimando com a insistência típica dos fogos de sinalização e espalhando faíscas que faziam cócegas em seu rosto. Ela agitou os braços, numa tentativa de se posicionar melhor, mas o chão se aproximava rapidamente. Faltavam poucos segundos. Tally ainda não tinha recuperado o controle quando as fitas da jaqueta seguraram seu corpo de ponta-cabeça, com força, interrompendo a queda a alguns metros do chão.

Enquanto a jaqueta a puxava para cima, Tally se encolheu toda, para se proteger de qualquer objeto grande que porventura estivesse caindo. Desde o início, a possibilidade de ser atingida por um bloco de gelo ou por uma das máquinas que polia o ringue tinha sido a parte mais preocupante do plano. No entanto, Tally subiu sem sofrer um arranhão. Ao atingir o ponto mais alto da trajetória, pôde ouvir o grito da multidão confusa. Eles tinham percebido que havia algo de errado.

Tally e Zane chegaram a cogitar uma invasão do sistema de placar eletrônico, para fazê-lo mostrar uma mensagem que penetrasse nas mentes perfeitas do público enquanto estivesse tomado pela confusão. Mas nesse caso os guardas saberiam que a ruptura havia sido planejada, o que certamente traria uma série de complicações falsas.

De qualquer maneira, os Novos Enfumaçados ficariam sabendo daquela ação. E entenderiam seu significado...

A cura tinha funcionado. A Nova Fumaça podia contar com aliados dentro da cidade. O céu estava caindo.

O vaivém de Tally no ar acabou perto do meio-campo, no meio do gramado repleto de pedaços de gelo, máquinas arrebentadas, Crims dando risadas e alguns patinadores inocentes que também caíram, certamente agradecidos pelo fato de as jaquetas serem itens obrigatórios no rinque de patinação. Ela olhou ao redor à procura de Zane. Com o impulso, ele tinha atravessado todo o campo e ido parar dentro de um dos gols. Tally correu em sua direção, verificando as condições dos outros Crims no caminho. As tatuagens de todos giravam sem parar, agitadas pela mágica antiperfeição da ruptura. Não havia nenhum ferimento grave; só algumas manchas roxas e cabelos chamuscados.

— Funcionou, Tally! — disse Fausto, enquanto ela passava, olhando com surpresa para o pedaço de gelo em suas mãos.

Tally continuou correndo e logo encontrou Zane rindo descontroladamente, enrolado na rede. Ao vê-la, ele soltou um berro:

— Goooooooool!

Ela parou de repente, tomada por um alívio imediato, e finalmente se permitiu aproveitar o prazer borbulhante daquilo tudo, do mundo transformado à sua volta. Era como se pudesse observar cada um dos espectadores presentes, ver suas expressões com uma nitidez absoluta sob a iluminação intensa do estádio. Dez mil rostos também a olhavam, totalmente perplexos.

Tally se imaginou fazendo um discurso, contando a todos a verdade sobre a operação, as lesões, o terrível preço de ser perfeito. Revelando que ser encantador significava abrir mão de pensar e que suas vidas fáceis e perfeitas eram completamente vazias. A multidão atônita parecia até capaz de ouvir.

Enviar um sinal aos Novos Enfumaçados era o objetivo principal, mas não o único. Tally e Zane sabiam que uma experiência daquela proporção deixaria os Crims animados por alguns dias. O que não sabiam era se seria o bastante para mudar de modo permanente os perfeitos que não haviam tomado os comprimidos. Ao ver a expressão nos olhos de Fausto, Tally acreditou na possibilidade. E agora, observando os rostos na multidão — perfeitos jovens, de meia-idade e até coroas num estado coletivo de agitação —, ela se perguntava se o fenômeno no céu podia ter despertado algo maior.

A cidade, sem dúvida, tinha notado. Guardas chegavam aos montes ao estádio, levando kits de primeiros socorros. Tally nunca havia visto expressões tão aflitas em perfeitos de meia-idade. Exatamente como a plateia, eles pareciam não acreditar que algo de tão grave pudesse acontecer na cidade. As câmeras voadoras preparadas para gravar o jogo flutuavam sobre o campo, registrando imagens dos destroços. Tally concluiu que, no fim do dia, sua obra seria transmitida em todas as cidades do mundo.

Ela respirou fundo. A sensação era a mesma de quando tinha disparado seu primeiro fogo de artifício, na infância, impressionada como o simples fato de que apertar um botão pudesse provocar tanto barulho e temerosa de se meter em encrencas. À medida que a euforia passava, Tally não conseguia conter a sensação de que, apesar de todo o cuidado para disfarçar as coisas, alguém descobriria que a ruptura tinha sido premeditada.

De repente, ela precisava da presença de Zane, da segurança que ele transmitia mesmo em silêncio. Correu o resto da distância até o gol. Ele estava sendo retirado da rede e recebendo aplicações de spray curativo no rosto por uma dupla de guardas. Tally passou entre os dois para lhe dar um abraço.

Como havia guardas por toda parte, ela se fez de perfeita.

— Borbulhante, hein?

— Demais — respondeu ele.

Apesar de Zane não estar com tatuagens dinâmicas, Tally sentia seu coração bater forte, mesmo por baixo do casaco grosso.

— Quebrou alguma coisa?

— Não, só está doendo. — Com cuidado, ele tocou no próprio rosto, marcado com linhas vermelhas no mesmo padrão da rede. — Parece que foi gol.

Tally riu e deu um beijo bem de leve em sua bochecha. Depois sussurrou em seu ouvido:

— Funcionou. Funcionou mesmo. Acho que podemos fazer qualquer coisa.

— Claro que sim.

— Depois disso tudo, os Novos Enfumaçados *com certeza* vão saber que a cura funciona. Vão mandar mais comprimidos. E aí poderemos transformar tudo.

Zane se afastou um pouco e assentiu. Em seguida, voltou a se aproximar, deu-lhe um beijo perto da orelha e murmurou:

— Se não entenderem essa mensagem, então iremos atrás deles.

PENETRA

Foi uma noite regada a champanhe. Embora tivessem parado de beber, Tally e Zane acharam indispensável brindar ao fato de os Crims terem sobrevivido ao Grande Colapso do Estádio Nefertiti.

Com todas as ações e reações ensaiadas previamente, não houve qualquer menção a derramamento de álcool no gelo ou comentário sobre como o plano tinha funcionado à perfeição — apenas a conversa animada de novos perfeitos se recuperando de uma fuga borbulhante e inesperada da normalidade.

Todos contaram várias vezes as histórias de suas quedas: a sensação do gelo quebrado e de estar no meio do espetáculo de fogos de artifício, o tranco das jaquetas de bungee jump e, ao fim de tudo, as ligações desesperadas de pais que tinham assistido às imagens repetidas inúmeras vezes em todos os canais de TV. A maioria dos Crims havia sido entrevistada, dando depoimentos com expressões inocentes de surpresa. A notícia se espalhava e trazia novos dados a cada instante: pedidos de renúncia no comitê de arquitetura da cidade, remarcação das finais do futebol, fechamento definitivo do rinque de patinação (um resultado falso que Tally não tinha previsto).

Não demorou muito, porém, para que o noticiário ficasse repetitivo. Mesmo seu próprio rosto acabava enchendo o saco depois de aparecer 50 vezes na tela de parede. Então

Zane decidiu levar todos para acender uma fogueira no Parque Denzel.

Os Crims continuavam borbulhantes, com as tatuagens girando sob a luz da fogueira, enquanto contavam suas histórias mais uma vez. Embora todos falassem como perfeitos, para o caso de haver alguém escutando, Tally captava mais que besteiras sem sentido em suas palavras. Eles conversavam do mesmo jeito que ela e Zane: sempre conscientes da presença dos braceletes, mas enchendo o papo perfeito de significados. A conspiração silenciosa construída pelos dois começava a se espalhar. Acompanhando o fogo e prestando atenção aos Crims que a cercavam, Tally passou a acreditar que a empolgação borbulhante causada pela ruptura realmente podia ser permanente. Talvez as pessoas fossem capazes de usar o cérebro para se livrar da prisão da perfeição, sem necessidade de comprimidos.

— É melhor beber logo o champanhe, Magrela — sugeriu Zane, interrompendo os pensamentos de Tally com um leve toque em sua nuca. — Ouvi dizer que o álcool evapora bem rápido.

— Evapora? Que chato — disse Tally, com uma expressão séria, segurando a taça de champanhe diante do fogo.

De hora em hora, os noticiários divulgavam informações atualizadas sobre a investigação da ruptura. Um grupo de engenheiros tentava descobrir como um bloco de gelo de 20 centímetros de espessura, apoiado em sustentadores, podia ter cedido sob o peso de poucas dezenas de pessoas. A culpa inicial havia sido atribuída a ondas de choque provenientes do espetáculo de fogos, ao calor emanado pela iluminação do estádio e até às vibrações de patinadores deslizando em duplas como se fossem soldados em marcha. Nenhum dos especialistas, porém, imaginou que a verdadeira causa da ruptura já tinha evaporado no ar.

Tally ergueu a taça e brindou com Zane. Ele bebeu tudo de uma vez e pegou a taça dela, derramando parte do champanhe na sua.

— Obrigado, Magrela.

— Obrigado pelo quê?

— Por dividir.

Ela deu um sorriso perfeito, sabendo que Zane se referia às pílulas, e não ao champanhe.

— Disponha. Fico feliz por ter sido o suficiente para nós dois.

— Sorte a nossa.

A cura não tinha sido completa, mas, considerando a limitação da dose de cada um, eles podiam considerar o teste um sucesso. No caso de Zane, o efeito foi quase imediato, destruindo o cérebro perfeito em questão de dias. Em Tally, os comprimidos agiram mais lentamente. Ela ainda acordava confusa na maioria dos dias e precisava que Zane a lembrasse de pensar em coisas borbulhantes. A parte boa era que Tally nunca tinha as terríveis dores de cabeça dele.

— Acho que é melhor assim, dividido — disse Tally, brindando mais uma vez.

Ao se lembrar do alerta feito na carta a si mesma, ela sentiu um arrepio. Talvez dois comprimidos fossem demais. Se tivesse tomado tudo sozinha, podia estar com o cérebro destruído àquela altura.

— Como já disse, obrigado — disse Zane, puxando-a para perto.

Ela recebeu o beijo, sentindo o calor dos lábios dele no frio da noite, e viu os olhos dourados de Zane refletindo a luz da fogueira. Os dois continuaram grudados por um bom tempo. Afetada pelo beijo de tirar o fôlego e pelo champanhe, Tally notou que estava quase num estado de perfeita, começando a ver as coisas meio borradas. O que não era necessariamente algo ruim...

Finalmente Zane parou e, virando-se para a fogueira, sussurrou no ouvido de Tally:

— Precisamos tirar essas coisas.

— Shhh.

Mesmo com casacos e luvas cobrindo os braceletes, Tally achava que os dois estavam muito visados para saírem discutindo planos em voz alta. Os Crims já tinham atirado pedras numa câmera voadora que fazia imagens da festa para uma matéria sobre o colapso do rinque.

— Estão me tirando do sério, Tally.

— Não se preocupe. Vamos dar um jeito.

Mas pare de falar, pediu silenciosamente. Zane chutou um galho caído na direção da fogueira. Enquanto a madeira queimava, ele soltou um gemido.

— Zane?

Ele mexia a cabeça, apertando as têmporas com os dedos. Tally suspirou. Outra dor de cabeça. Às vezes, elas passavam em poucos segundos; outras vezes, duravam horas.

— Estou bem, estou bem — respondeu ele, respirando fundo.

— Sabe, você devia ir ao médico — sussurrou Tally.

— Pode esquecer! Eles vão descobrir que estou curado.

Tally puxou-o mais para perto dos estalidos da fogueira e encostou os lábios em sua orelha.

— Eu já falei para você sobre Maddy e Az, os pais de David? Eles eram médicos. Cirurgiões. E durante muito tempo nem eles sabiam a respeito das lesões no cérebro. Simplesmente pensavam que a maioria das pessoas era estúpida. Um médico comum não vai ver problema algum em te curar.

Zane demonstrou total contrariedade e se virou para responder:

— Isso não vai parar no médico comum, Tally. Novos perfeitos não ficam doentes.

Ela observou os rostos iluminados ao seu redor. Os Crims iam para o hospital com alguma frequência, mas apenas para tratar machucados, nunca doenças. A operação reforçava o sistema imunológico, protegia os órgãos e consertava os dentes para sempre. Um novo perfeito com problemas de saúde era tão raro que Zane provavelmente seria submetido a milhares de testes. E, se as dores de cabeça persistissem, os resultados seriam repassados a especialistas.

— Eles já estão nos vigiando. Não podemos permitir que alguém fique bisbilhotando dentro da minha cabeça — argumentou ele, se contraindo todo, com o rosto desfigurado pela dor.

— É melhor voltarmos para casa — disse Tally, desanimada.

— Você pode ficar. Consigo chegar à mansão sozinho.

Fazendo que não, ela o tirou de perto da fogueira.

— Vamos.

Zane acompanhou-a rumo à escuridão, passando por trás dos outros Crims. Shay chamou os dois, mas Tally se livrou dizendo que era só efeito do champanhe. A amiga sorriu e voltou para perto do fogo.

Com alguma dificuldade, os dois caminharam de volta para casa, enfrentando a camada de gelo que reluzia no chão sob a luz do luar e o vento cortante, ainda mais incômodo depois do calor aconchegante da festa. A noite estava bonita, mas Tally só conseguia pensar no que se passava dentro da cabeça de Zane. Seria apenas um efeito colateral da cura? Ou um sinal de que havia acontecido algo terrível?

— Não se preocupe, Zane — disse, numa altura quase inaudível. — Vamos descobrir o que é isso. Ou então vamos dar o fora daqui e buscar ajuda com os Enfumaçados. Essa cura foi inventada por Maddy. Ela vai saber o que está acontecendo.

Sem dar resposta, Zane continuou subindo o morro, aos tropeções.

Quando a Mansão Pulcher apareceu, ele deteve Tally por um instante.

— Volte para a festa. Consigo ir sozinho daqui — insistiu, falando um pouco alto demais.

Tally olhou ao redor, mas não viu nada — nem outros perfeitos, nem câmeras voadoras.

— Estou preocupada com você — sussurrou.

Ele baixou o tom da voz.

— É besteira, Magrela. É só uma dor de cabeça. A mesma coisa de sempre. Provavelmente porque passei mais tempo do que você como perfeito — argumentou, dando um sorriso forçado. — Preciso de mais tempo para me acostumar a ter um cérebro novamente.

— Vamos logo. Quero botar você direitinho na cama.

— Não, você vai voltar à festa. Não quero que eles fiquem sabendo sobre... isso.

— Não vou contar nada — murmurou Tally. Eles não haviam revelado a existência da cura a ninguém. E não o fariam até terem certeza absoluta de que os outros Crims estavam borbulhantes o bastante para guardar segredo. — Vou dizer que você bebeu demais.

— Tudo bem. Mas volte logo à festa. Você precisa manter o pessoal borbulhante. E cuidar para que não se embebedem e comecem a dizer coisas estúpidas.

Tally olhou para trás e enxergou a fogueira por entre as árvores. Com a quantidade certa de champanhe, alguém poderia dar com a língua nos dentes.

— Você vai ficar bem?

— Já estou melhor.

O problema era que ele não parecia nada melhor.

— Zane...

— Escute. Vou ficar bem. E não importa o que aconteça: estou feliz por termos tomado as pílulas.

Tally respirou fundo para se acalmar.

— Como assim "não importa o que aconteça"? — perguntou.

— Não estou falando de hoje. Estou falando de qualquer hora. Entendeu?

Bastou estudar um pouco os olhos dourados de Zane para perceber a dor que ele suportava silenciosamente. Já não importava descobrir qual era o problema; permanecer borbulhante não compensava perdê-lo.

— Não, não entendi.

— É, acho que foi um jeito meio tosco de me expressar. O fato é que estou bem.

— Estou preocupada com você.

— Volte para a festa.

Não havia sentido em prolongar aquela discussão. Ela ergueu um braço, mostrando o cachecol enrolado em seu pulso.

— Tudo bem. Mas, se piorar, mande um ping.

— Pelo menos essas porcarias servem para alguma coisa.

Tally lhe deu um beijo suave e depois ficou observando todo o esforço de Zane para chegar à porta da mansão e entrar.

Na caminhada solitária de volta à festa, o ar parecia mais frio. Tally quase desejou ser novamente uma perfeita desmiolada, só por uma noite, em vez de se ver na obrigação de vigiar os outros Crims. Desde o primeiro beijo, estar com Zane havia tornado tudo mais complicado.

Ela suspirou. Talvez as coisas funcionassem daquele jeito.

Tally sabia que Zane não iria ao médico. Sua dúvida era como agir se as dores de cabeça piorassem. Ela conseguiria *obrigá-lo* a ir? Na verdade, Zane estava certo: qualquer médico que conseguisse resolver o problema provavelmente também descobriria a causa. E poderia deixar Zane com o cérebro perfeito novamente.

Por que Croy tinha desaparecido? Tally se perguntava quanto tempo levaria para os Novos Enfumaçados entrarem em contato. Com a ruptura, eles tinham de concluir que a cura havia funcionado. Mesmo que os noticiários não chegassem ao lugar onde estivessem se escondendo, todos os feios do mundo andavam falando sobre o colapso do rinque de patinação e sobre o olhar inocente de Tally Youngblood nos telões de parede.

Obviamente, ainda faltaria fugir da cidade. Tally não fazia ideia de como se livrar dos braceletes. À medida que emagrecia, tinha a *impressão* de que aquelas algemas estavam perto de sair, mas quanto tempo levaria? Ela não gostava de viver numa corrida entre morrer de fome e ver o cérebro de Zane derreter.

Além disso, quando finalmente conseguisse escapar, Tally não queria abandonar os outros Crims. Ou, pelo menos, Peris e Shay. Naquela noite, os Crims pareciam tão borbulhantes que provavelmente subiriam em pranchas voadoras e a seguiriam para qualquer lugar. Mas e se eles não estivessem tão borbulhantes no dia seguinte?

De repente, Tally se sentiu fraca. Havia muitas possibilidades. Ela se via obrigada a suportar sozinha uma quantidade enorme de preocupações. Antes, seus únicos desejos tinham sido se tornar uma Crim e se sentir segura no meio de um grupo de amigos. Agora era líder de uma rebelião.

— Seu amigo exagerou no champanhe?

Tally congelou. A voz, vinda do meio da escuridão, lembrava uma unha raspando uma superfície de metal.

— Oi?

Uma pessoa saiu das sombras vestindo um casaco com capuz. Em silêncio absoluto, passou por algumas folhas caídas e parou sob a luz do luar. Era uns 10 centímetros mais alta que Tally. Era mais alta até que Zane. Só podia ser uma Especial.

Tally tentou se acalmar, controlar os nervos e obrigar o rosto a assumir a expressão relaxada de uma perfeita recém-transformada.

— Shay? É você tentando me assustar? — perguntou, num tom irritado.

A figura deu mais um passo adiante. Uma tocha do caminho a iluminou.

— Não, Tally. Sou eu — disse a pessoa, tirando o capuz da cabeça.

Era a dra. Cable.

O DRAGÃO

— Eu conheço você?

A dra. Cable deu um sorriso irônico.

— Tenho certeza de que me conhece, Tally.

Tally recuou, deixando transparecer parte de seu medo. Nem o perfeito mais inocente conseguiria permanecer calmo diante da figura da dra. Cable. Seus traços cruéis, ressaltados pelo luar, davam-lhe a aparência de uma mulher linda parcialmente transformada num lobisomem.

As lembranças tomaram conta da mente de Tally. Ela se recordou de como tinha sido enganada, no escritório da dra. Cable, na primeira e terrível vez em que se encontraram; do momento em que tinha sabido da existência da Divisão de Circunstâncias Especiais; e de quando tinha concordado em encontrar e trair Shay, o preço de se tornar perfeita. Depois, a dra. Cable apareceria na Fumaça, acompanhada de um exército de Especiais, para botar abaixo e queimar sua nova casa.

— É, acho que me lembro — disse Tally. — Nós tínhamos algum tipo de contato, né?

— Tínhamos, sim — respondeu a doutora, mostrando os dentes afiados. — Mas o que interessa mesmo, Tally, é que *eu* conheço você.

Tally forçou um sorriso sem graça. Com certeza, a dra. Cable se lembrava do último encontro das duas, no resgate dos Enfumaçados, quando tinha levado uma pancada na cabeça.

A doutora apontou para o cachecol preto enrolado no bracelete de Tally, sob a luva e o casaco.

— Estilo interessante de usar um cachecol — comentou.

— Como é que é? Você não entende nada de moda? Todo mundo está fazendo isso agora.

— Mas imagino que você tenha inventado essa moda. Sempre foi criativa.

Tally deu um sorriso perfeito.

— Acho que sim. Eu aprontava muito nos meus tempos de feia.

— Aparentemente, não tanto quanto hoje em dia.

— Ah, você viu as notícias? Não foi uma coisa totalmente *fraude*? O gelo caindo daquele jeito, sem mais nem menos!

— É... sem mais nem menos — repetiu a dra. Cable, franzindo a testa. — Admito que, no início, vocês conseguiram me enganar. Aquele rinque flutuante era um típico exagero arquitetônico projetado para divertir os perfeitos. Um acidente era algo previsível. Mas então comecei a pensar no momento em que tudo aconteceu... o estádio cheio, centenas de câmeras prontas para filmar.

Meio nervosa, Tally fingiu que não estava entendendo.

— Aposto que foram os fogos de artifício. Nós sentíamos as explosões através do gelo. De quem foi aquela ideia estúpida?

A dra. Cable mexeu a cabeça como se estivesse concordando.

— É, quase dava para acreditar num acidente. Mas aí vi seu rosto na televisão, Tally. Com um olhar assustado e uma expressão inocente, contando sua historinha *borbulhante*. — Os lábios da doutora se curvaram, mas não era um sorriso. — Então percebi que você não tinha desistido de aprontar.

Tally sentiu um incômodo no estômago, algo de que se lembrava dos tempos de feia: a sensação de ser pega. Ela tentou transformar o medo numa cara de surpresa.

— Eu?

— Isso mesmo, Tally: você. Só não sei como.

Sob o olhar severo da dra Cable, Tally se imaginou sendo arrastada até as profundezas da Divisão de Circunstâncias Especiais, onde a cura seria revertida, e todas as suas lembranças, apagadas. Ou, talvez, eles nem se dessem ao trabalho de devolvê-la a Nova Perfeição. Ela sentiu a boca seca.

— Ah, claro. Tudo por aqui é culpa *minha* — conseguiu dizer.

A dra. Cable se aproximou. Tally se esforçou para ficar parada, lutando contra o próprio corpo, que gritava "corra!". A mulher a olhou com frieza, como se examinasse um animal de ventre aberto sobre a mesa.

— Espero que a culpa tenha sido sua.

— Você *espera*?

— Sejamos francas, Tally Youngblood. Esse seu fingimento já me encheu o saco. Não vim aqui para levá-la de volta para a masmorra.

— Não?

— Acha mesmo que me importo se você está destruindo coisas em Nova Perfeição?

— É... acho.

— Não trabalho no departamento de manutenção. A Circunstâncias Especiais só tem interesse por ameaças externas.

A cidade pode cuidar de si mesma, Tally. Existem inúmeros sistemas de segurança para que ninguém precise se preocupar. Por que acha que os patinadores eram obrigados a usar jaquetas de bungee jump naquele lugar?

Tally hesitou. Ela nunca tinha pensado a respeito das jaquetas. As coisas realmente eram muito seguras em Nova Perfeição. Do contrário, os novos perfeitos se matariam a torto e a direito.

— Talvez no caso de os sustentadores falharem. Numa situação de blecaute, quem sabe?

A dra. Cable deu uma risada assustadora que durou menos de um segundo.

— Faz 150 anos que não acontece um blecaute. — Ela parou brevemente antes de completar: — Pode derrubar o que você quiser, Tally. Não ligo a mínima para seus truques... exceto pelo que eles revelam sobre você.

Os olhos da doutora caíram sobre Tally novamente, e ela mais uma vez teve de conter a vontade de sair correndo. Seria apenas uma tentativa de fazê-la confessar o que os Crims haviam feito? Algo na postura da dra. Cable — sua voz penetrante, seus movimentos de predador ou sua própria existência — impedia Tally de agir como uma perfeita. E, àquela altura, qualquer novo perfeito já teria sumido aos berros.

Se a Divisão de Circunstâncias Especiais quisesse mesmo que Tally confessasse seus crimes, não se daria ao trabalho de conversar tanto.

— Então por que você está aqui? — perguntou ela, num tom normal, tentando manter a calma.

— Tally, sempre admirei seu instinto de sobrevivência. Você se mostrou uma excelente traidora quando isso foi necessário.

— Ahn, obrigada... eu acho.

— E agora parece que você tem mais cérebro do que eu achava. Sua resistência ao condicionamento é bem grande.

— *Condicionamento*. É assim que você chama? — reagiu Tally, contrariada. — Como se fosse um tratamento para os cabelos ou algo parecido?

— É incrível. — A dra. Cable se aproximou de novo. Seus olhos pareciam tentar enxergar o interior da cabeça de Tally. — Em algum lugar aí dentro você não passa de uma feia malcomportada, não é? Muito impressionante. Você poderia ser bastante útil.

Tally sentiu uma nova torrente de raiva. Uma chama ardia dentro de sua cabeça.

— Bem, não acha que já me usou o suficiente?

— Quer dizer que você se lembra. Excelente. — Os olhos cruéis da doutora, frios e sem vida, de alguma forma mostraram uma certa satisfação. — Sei que não foi uma experiência agradável, Tally. Mas foi necessária. Precisávamos resgatar nossas crianças da Fumaça, e só você podia nos ajudar. Apesar disso, peço desculpas.

— Pede desculpas? Por me obrigar a trair meus amigos, por destruir a Fumaça, por matar o pai de David? — Agora havia uma expressão de desgosto no rosto de Tally. — Acho que não vai mais me usar, dra. Cable. Já fiz favores demais para você.

A doutora reagiu com outro sorriso.

— Concordo. Por isso, desta vez, eu vou lhe fazer um favor. E o que vou oferecer é algo muito... borbulhante.

A palavra, saída dos lábios finos e cruéis da doutora, provocou um riso seco em Tally.

— E o que você entende de ser borbulhante?

— Você não acreditaria. Na Circunstâncias Especiais, entendemos tudo de sensações, especialmente daquelas que você e seus amigos Crims procuram. Posso lhe proporcionar isso, Tally. Todo dia, o dia todo, mais borbulhante do que possa imaginar. Não só uma fuga da confusão de ser perfeita... algo muito melhor.

— Do que está falando?

— Lembra-se de como é voar numa prancha, Tally? — perguntou a dra. Cable, com uma chama iluminando seus olhos frios. — Aquela sensação de estar viva? Sim, nós podemos deixar as pessoas perfeitas. Vazias, preguiçosas e sem graça. Mas também podemos deixá-las *borbulhantes*, como vocês dizem. Com sensações mais intensas do que você jamais teve como feia, mais vivas do que um lobo capturando uma presa, mais borbulhantes até do que antigos soldados enferrujados se matando por um pedaço de deserto rico em petróleo. Tudo isso com sentidos mais aguçados, um corpo mais rápido que o de qualquer atleta da história, músculos mais fortes que os de qualquer pessoa no mundo.

Quando a voz se calou, subitamente Tally passou a captar todos os sons da noite ao seu redor: as gotas de orvalho caindo no solo, as árvores sacudidas pelo vento, a fogueira lá embaixo soltando fagulhas aleatórias no ar. Ela ouvia a festa perfeitamente: Crims comentando os acontecimentos do dia aos gritos, discutindo quem tinha pulado mais alto ou caído com mais força. As palavras da dra. Cable tinham tornado os detalhes do mundo tão afiados quanto cacos de cristal.

— Precisa ver o mundo do jeito que eu vejo, Tally.

— Está me oferecendo um... emprego? Como uma Especial?

— Não é um emprego. É uma vida nova. — Ela pronunciou as palavras com uma precisão proposital. — Pode se tornar uma de nós.

Tally estava quase ofegante, sentindo o coração acelerado, como se o simples fato de pensar naquilo já provocasse mudanças. Ela encarou a doutora com irritação.

— Acha mesmo que eu trabalharia para você?

— Tally, pense na sua outra opção. Passar a vida inteira em busca de pequenas emoções, conseguir apenas alguns poucos momentos de consciência. Nunca ter a mente realmente livre. Por outro lado, você daria uma boa Especial. Viajar à Fumaça sozinha foi bem impressionante. Nunca duvidei de você. Agora vejo que continua a mesma, não mudou depois da operação e percebo que nasceu para isso. Junte-se a nós.

Tally sentiu algo percorrer seu corpo quando finalmente compreendeu.

— Me conte uma coisa. Como você era em sua época de feia?

— Muito bem, Tally. — A doutora soltou outra risada de um segundo. — Já sabe a resposta, não é mesmo?

— Era uma peste.

— Exatamente como você. Todos nós éramos. Viajávamos até as ruínas, tentávamos ir além, e alguém nos trazia de volta. É por isso que deixamos os feios aprontarem... para identificar os mais espertos. Para saber quem consegue sair da prisão. É para isso que existe toda essa rebeldia, Tally... para que alguns possam ser admitidos na Divisão de Circunstâncias Especiais.

De olhos fechados, Tally sentia que a mulher estava dizendo a verdade. Lembrou-se de seus tempos de feia, de como era fácil enganar os inspetores dos dormitórios, de como todos sempre conseguiam burlar as regras. Soltou um suspiro.

— Mas por que tudo isso?

— Porque alguém precisa manter as coisas sob controle, Tally.

— Não é isso que quero saber. Quero saber por que fazem isso com os perfeitos. Por que alteram seus cérebros?

— Por favor, Tally, ainda não está óbvio? — disse a doutora, desapontada. — O que eles ensinam na escola hoje em dia?

— Que os Enferrujados quase destruíram o mundo.

— Aí está sua resposta.

— Mas nós somos melhores que eles. Deixamos a natureza em paz, não fazemos mineração, não queimamos petróleo. Não temos guerras...

A voz de Tally começou a falhar quando ela entendeu.

A dra. Cable assentiu.

— *Nós* estamos sob controle, Tally, graças à operação. Largados à própria sorte, os seres humanos são uma praga. Eles se multiplicam sem controle, consomem todos os recursos naturais, destroem tudo em que botam as mãos. Sem a operação, os seres humanos sempre se tornam Enferrujados.

— Na Fumaça isso não acontece.

— Pare para pensar, Tally. Os Enfumaçados desmatavam suas terras, matavam animais para comer. Quando chegamos, eles estavam *queimando árvores*.

— Não eram muitas.

— E se existissem milhões de Enfumaçados? Bilhões deles, num curto espaço de tempo? Fora das nossas cidades controladas, a humanidade é uma doença, um câncer num corpo chamado mundo. Mas nós... — Ela esticou o braço e tocou o rosto de Tally. Seus dedos estavam estranhamente quentes naquela noite fria. — Nós da Circunstâncias Especiais... *nós* somos a cura.

Balançando a cabeça, Tally se afastou da doutora.

— Pode parar.

— Isso é o que você sempre quis.

— Está errada! — gritou Tally. — O que eu sempre quis foi ser perfeita. O problema é que você sempre está *no meu caminho*!

Os berros surpreenderam as duas, que não conseguiam falar enquanto as últimas palavras ecoavam no parque. Houve um burburinho na festa, lá embaixo, com todos provavelmente se perguntando quem estaria gritando no meio das árvores.

A dra. Cable foi a primeira a se recompor, soltando um pequeno suspiro.

— Meu Deus, Tally. Relaxe. Não há razão para gritos. Se não tem interesse pela minha oferta, pode voltar à sua festa. Sinta-se à vontade para envelhecer e se tornar um perfeito metido de meia-idade. Em breve, ser borbulhante não vai fazer muita diferença. Não vai se lembrar dessa conversa.

Tally encarou a cara feia da doutora. Tinha vontade de contar sobre a cura, de rebater tudo aquilo. Suas lembranças não se perderiam. Nem no dia seguinte, nem em 50 anos. Não se esqueceria de quem era. E não precisava da Circunstâncias Especiais para se sentir viva. Apesar da dor na garganta causada pelos gritos, Tally conseguiu dizer com voz sonora e firme:

— Nunca.

— Só estou pedindo que pense um pouco. Leve o tempo que for preciso para decidir... não faz diferença para mim.

Mas se lembre de como se sentiu ao cair no meio daquele gelo. Você pode se sentir daquele jeito o tempo todo. — A dra. Cable se despediu com um gesto casual. — E, se isso mudar as coisas, posso até arrumar uma vaga para seu amigo Zane. Há algum tempo o acompanho. Ele já me ajudou uma vez.

Tally sentiu um arrepio.

— Não.

— Sim. Zane foi muito prestativo em relação a David e à Fumaça, naquela vez em que acabou não fugindo — disse a doutora, antes de se virar e desaparecer por entre as árvores.

ROMPIMENTO

Aos tropeços, Tally voltou à festa.

A fogueira estava ainda maior. O calor forçava os participantes a aumentar o círculo ao seu redor. Alguém tinha requisitado turfa industrializada, em quantidade suficiente para consumir a cota mensal de emissão de carbono de todos os Crims. Para completar, eles jogavam galhos recolhidos do parque. O estalido da madeira verde lembrava Tally de quando cozinhava na Fumaça; a água no interior dos troncos recém-cortados evaporava e saía na forma de vapor, dando voz aos espíritos raivosos da floresta.

Ela olhou para a coluna de fumaça que subia, escura, em destaque contra o céu. Aquela era a origem do nome Fumaça. Como a dra. Cable tinha dito, os Enfumaçados arrancavam e queimavam árvores. Os seres humanos faziam aquilo havia milênios; séculos antes, haviam jogado gás carbônico suficiente na atmosfera para quase arruinar o clima para sempre. Só quando alguém soltou no ar uma bactéria capaz de modificar o petróleo a civilização enferrujada interrompeu o processo, e o planeta foi salvo.

Agora, completamente borbulhantes, os Crims seguiam instintivamente na mesma direção. De repente, o calor e a animação em torno da fogueira fizeram Tally se sentir mal.

Ouvia perfeitamente todas as vozes, que relembravam os saltos sobre o campo de futebol e discutiam quem tinha dado a melhor entrevista para os noticiários. A conversa devastadora com a dra. Cable havia deixado os sentidos de Tally mais aguçados. Ela distinguia cada som, registrava nitidamente cada pedaço de conversa. Os Crims pareciam bobos, repetindo relatos de suas vitórias insignificantes, várias e várias vezes. Exatamente como perfeitos.

— Magrela? — chamou uma voz.

Ao tirar os olhos da fogueira, deu de cara com Shay.

— Está tudo bem com Zane? — A expressão do rosto de Tally a deixou assustada. — Tally-wa, você está...

Shay não precisou terminar. Sua cara dizia tudo: Tally estava horrível. Ela tentou sorrir diante da novidade. Evidentemente, era efeito da cura. Tally podia continuar maravilhosa — dona de uma estrutura óssea perfeita e uma pele impecável —, mas seu rosto revelava o caos em seu interior. Agora que tinha pensamentos estranhos aos perfeitos, não se manteria linda o tempo todo. Raiva, medo e ansiedade não combinavam com a perfeição.

— Zane está bem. O problema é comigo.

Shay chegou mais perto e envolveu a amiga com um dos braços.

— Por que está tão triste, Magrela? Conte para mim.

— É só que... — Tally deu mais uma olhada na festa dos Crims. — Acho que é tudo.

— Achei que as coisas tivessem dado certo hoje — disse Shay, em voz baixa.

— Claro que sim. Foi perfeito.

— Até Zane exagerar na bebida. É isso, né?

Tally deu uma resposta vaga. Não queria mentir para Shay. Em breve, contaria tudo sobre a cura, o que incluiria as dores de cabeça de Zane.

Apertando o ombro da amiga, Shay suspirou. Ficou em silêncio por um momento antes de perguntar:

— Magrela, o que aconteceu lá em cima?

— Lá em cima onde?

— Você sabe... quando vocês escalaram a torre de transmissão. Você voltou meio diferente.

Tally mexeu no cachecol em seu pulso, desejando poder contar tudo à amiga. No entanto, era muito arriscado compartilhar a novidade sobre a cura, pelo menos até estarem em segurança, fora da cidade.

— Não sei como descrever, Vesguinha. Foi uma sensação borbulhante. Lá de cima, conseguimos ver a ilha toda. E temos a impressão de poder cair a qualquer momento. Até morrer. É muito diferente.

— Eu sei — sussurrou Shay.

— Sabe o quê?

— Sei como é. Também subi à torre. Eu e Fausto descobrimos como enganar os monitores e, ontem à noite, decidi tentar. Para ficar bem borbulhante para a ruptura.

— Sério? — Tally ficou observando o rosto de Shay. O orgulho era evidente sob a luz da fogueira; as joias implantadas em seu rosto reluziam. Todos os Crims passavam por mudanças, mas, se Shay já andava enganando monitores e escalando a torre, então estava bem à frente do restante. — Isso é ótimo. E você subiu a torre *à noite*?

— Era a única forma de conseguir, depois que você e Zane foram pegos. Nós tínhamos planejado usar uma jaqueta de bungee jump, mas eu queria fazer como você. Eu podia ter caído... até morrido. Cheguei a me cortar num cabo. — Sorrindo, Shay mostrou uma marca vermelha na palma da mão. Logo, porém, uma expressão nada perfeita tomou conta do seu rosto. — Mas foi meio decepcionante.

— Como assim? — perguntou Tally.

— Não mudei tanto quanto achei que mudaria.

— Ah, cada um é de um jeito.

— É, acho que sim. Mas isso me fez pensar... Não foi só a escalada da torre, foi? Aconteceu mais alguma coisa naquele dia, Magrela. Até aquele dia, você não costumava ficar sozinha com Zane, mas desde então vocês dois têm uma espécie de clube secreto, rindo de suas próprias piadas e sussurrando o tempo todo. E nunca mais vão a qualquer lugar sem o outro.

— Vesguinha... Sinto muito por estarmos tão grudados. Mas, sabe como é, ele é meu primeiro namorado como perfeita.

— Foi o que pensei no início — disse Shay, sem tirar os olhos do fogo. — Mas a coisa já passou disso há muito tempo, Tally. Você está muito diferente do restante de nós. Você e ele. O Zane anda com essas dores de cabeça esquisitas, que ele tenta esconder, e você... era você gritando um minuto atrás, não era? — Tally não respondeu. — O que mudou em vocês naquele dia?

Tally apontou para o pulso.

— Shhh.

— Ei, não me mande ficar quieta! Me *conta*!

Nervosa, Tally olhou ao redor. O fogo continuava queimando os galhos, crepitando bem alto, e a maioria dos Crims se divertia cantando músicas sobre bebidas. Ninguém tinha ouvido o chilique de Shay, mas Tally não parava de pensar no metal em torno do seu pulso, sempre atento às conversas.

— Não posso contar, Vesguinha.

— Claro que pode — insistiu Shay. Iluminado pelo fogo, seu rosto parecia mudar, perdendo os traços perfeitos à medida que sua raiva aumentava. — Tally, a verdade é que me lembrei de algumas coisas quando estava na torre, olhando para o chão e pensando se eu ia morrer. E me lembrei de outras enquanto caía no meio do gelo e subia e descia no ar sobre o campo de futebol. Várias recordações dos tempos de feia. Não é ótimo?

Tally não quis encarar a seriedade do rosto de Shay.

— Claro que é.

— Que bom que concorda. Eu me lembrei do seguinte: é por sua causa que estou aqui na cidade, Tally. Todas aquelas histórias que eu costumava contar são besteira. O que aconteceu de verdade foi que você me seguiu até a Fumaça para me trair. Não foi?

Tally sentiu o mesmo desconforto no estômago do encontro com a dra. Cable no meio das árvores. Tinha sido descoberta. Desde que havia começado a notar os efeitos das pílulas em seu organismo, ela sabia de alguma maneira que aquele momento chegaria, que Shay acabaria se lembrando dos acontecimentos de quando as duas eram feias. Só não esperava que fosse tão cedo.

— Sim, segui você para trazê-la de volta. É minha culpa tudo que ocorreu na Fumaça. Os Especiais me rastrearam e foram até lá.

— Isso. Você nos traiu. Claro, *depois* de roubar o David de mim — disse Shay, dando uma risada amargurada. — Não queria tocar no assunto "David", mas quem sabe se vou me lembrar disso amanhã... então achei melhor mencioná-lo enquanto estou borbulhante.

— Você vai se lembrar.

— Talvez. Mas coisas como o que fizemos hoje não acontecem todos os dias. Por isso, talvez amanhã você esteja fora de sintonia.

Tally respirou fundo, sentindo o cheiro da fumaça, da turfa e dos galhos queimados e do champanhe derramado. O fogo destacava os detalhes de tudo, até mesmo as curvas de suas digitais. Ela não sabia o que dizer.

— Olhe para mim — disse Shay. Sua tatuagem dinâmica girava tão rápido que as cobras não passavam de um borrão. — Me conta o que aconteceu naquele dia. Me faça permanecer borbulhante. Você me deve uma.

Era uma decisão difícil. Ela e Zane haviam prometido um para o outro que não contariam a ninguém. Pelo menos, por enquanto. Mas nenhum dos dois sabia do progresso feito por Shay. Ela estava borbulhante a ponto de subir a torre sozinha e se lembrar do que tinha acontecido de verdade em seus tempos de feia. Provavelmente conseguiria guardar o segredo. E saber da existência da cura lhe daria esperança. Era a única maneira de Tally começar a compensar tudo o que havia feito.

Shay estava certa: Tally lhe devia uma.

— Muito bem. Outra coisa aconteceu naquele dia.

— Eu sabia. O que foi?

Tally apontou para o cachecol de Shay. Juntas, as duas o tiraram e enrolaram no pulso de Tally: mais uma camada para isolar o bracelete. Depois de suspirar de novo, Tally disse no tom mais baixo que conseguiu produzir:

— Encontramos uma cura.

Shay fez uma cara de desconfiança.

— É esse negócio de passar fome, não é?

— Não. Bem, isso ajuda. Comer pouco, tomar café, aprontar... todas essas coisas que o Zane faz há meses. Mas a verdadeira cura... é mais simples.

— E o que é? Quero tentar.

— É impossível.

— Ah, Tally, vá para o *inferno*! — Havia raiva nos olhos de Shay. — Se é possível para você, é para mim também!

— É um comprimido — explicou Tally.

— Um comprimido? Um tipo de vitamina?

— Não, um comprimido especial. Croy me entregou na noite da festa na Mansão Valentino. Shay, tente se lembrar. Antes de você e eu voltarmos à cidade, Maddy descobriu uma maneira de reverter a operação. Você me ajudou a escrever uma carta, se lembra?

Por um momento, Shay ficou sem reação, mas logo pareceu se lembrar.

— Foi quando eu era perfeita.

— Isso mesmo. Depois de resgatarmos você, quando estávamos escondidos nas ruínas.

— Engraçado. Para mim, é mais difícil me lembrar dessa época do que dos meus tempos de feia — contou Shay.

— Bem, o fato é que Maddy descobriu uma cura. Mas não tinha sido testada, era muito perigosa. Como você não queria, ela não quis forçá-la a tomar. Sua vontade era continuar sendo perfeita. Então eu tive de me oferecer para o teste. E é por isso que estou aqui.

— E Croy trouxe o comprimido há um *mês*?

Tally segurou a mão de Shay.

— E funciona. Você viu como eu e Zane mudamos. Ficamos borbulhantes o tempo todo. Quando sairmos daqui, você vai poder... — Ao reparar na cara de Shay, Tally parou de falar por um instante. — O que houve?

— Você e Zane tomaram o comprimido?

— Sim. Havia dois comprimidos e resolvemos dividir. Fiquei com medo de tomá-los sozinha.

Shay se virou, largando a mão de Tally.

— É inacreditável, Tally.

— O quê?

— Por que ele? Por que você não deu o outro comprimido *para mim*?

— Mas eu...

— Você deveria ser minha amiga. Fiz de tudo por você. Fui eu que contei a você sobre a existência da Fumaça. Fui eu que apresentei David a você. E, quando voltou a Nova Perfeição, eu ajudei você a entrar para os Crims. Chegou pelo menos a *pensar* em dividir a cura comigo? Afinal, a culpa é sua por eu estar desse jeito.

— Não havia tempo... eu nem... — disse Tally, desconcertada.

— Não, claro que não. Você mal conhecia o Zane. Mas, como ele é o líder dos Crims, ficar com ele virou mais uma das suas missões. Igualzinho ao David, lá na Fumaça. Foi por isso que dividiu a cura com ele.

— Não foi nada disso! — gritou Tally.

— Você é assim, Tally. *Sempre* foi assim! Nenhuma cura vai mudar você... há muito tempo você trai as pessoas. Não precisou de nenhuma operação para se tornar egoísta e fútil e convencida. *Você sempre foi assim.*

Tally quis responder, mas uma sensação terrível lhe subiu pela garganta, retendo todas as palavras. Então ela notou o silêncio em torno das duas. Shay tinha chamado a atenção com seus berros. Agora, os outros Crims observavam perplexos, e só se ouvia o crepitar da madeira. Perfeitos não brigavam. Até as discussões eram raras, e com certeza ninguém gritava com outra pessoa no meio de uma festa. Comportamentos agressivos eram apenas para os feios.

Olhando para o pulso, Tally se perguntou se Shay havia falado tão alto a ponto de sua voz atravessar as camadas de tecido e plástico que isolavam o bracelete. Se a resposta fosse afirmativa, estaria tudo acabado naquela noite.

Shay se afastou dizendo bem baixinho:

— Talvez eu volte a ser perfeita amanhã, Tally. Mas juro que vou me lembrar disso. Não importa que eu diga coisas doces para você. Acredite em mim: eu *não* sou sua amiga.

E, com isso, ela se virou e entrou na floresta, quebrando os galhos congelados do caminho. Tally encarou os outros Crims, todos segurando taças de champanhe que brilhavam com a luz do luar, refletindo a chama grandiosa da fogueira. Ela partiu sozinha, constrangida com os olhares. Passados mais alguns momentos incômodos de silêncio, eles deram as costas e voltaram às suas histórias sobre a ruptura.

Tally estava confusa. A mudança no comportamento de Shay tinha sido muito inesperada e intensa para alguém que nem sequer tinha tomado a pílula. Alguns minutos de raiva de verdade a haviam transformado de uma perfeita tranquila numa criatura selvagem... Não fazia sentido.

De repente, Tally se lembrou das últimas palavras da dra. Cable, algo sobre uma ajuda de Zane à Divisão de Circunstâncias Especiais. Depois da partida de seus amigos, ele devia ter sido entregue a ela e contado tudo que sabia a respeito da Fumaça e do misterioso David, que levava os feios para lá. Talvez por isso houvesse permanecido borbulhante por tanto tempo. Sentia vergonha por não ter fugido e culpa por ter traído seus amigos.

Como Tally carregava seus próprios remorsos, ela também havia permanecido borbulhante, sem se encaixar muito bem ou se convencer do que queria de verdade, mesmo tomando muito champanhe. As antigas emoções de feia esperavam, escondidas em seu interior, prontas para provocar mudanças.

Shay também tinha sido transformada. Não pela culpa, mas por uma raiva escondida. Por trás de seu sorriso perfeito, havia lembranças reprimidas das traições que tinham lhe custado David, a Fumaça e, no fim das contas, sua liberdade. Bastou subir a torre e cair do gelo — estímulos capazes de remover os obstáculos que retinham suas memórias — para que sua raiva aflorasse. E agora ela odiava Tally.

Talvez Shay nem precisasse dos comprimidos. Talvez as lembranças dos velhos tempos fossem suficientes. Talvez, graças a cada uma das coisas terríveis que Tally Youngblood lhe havia feito, Shay conseguisse encontrar sua própria cura.

CHUVA

Tally acordou com a mente de uma feia.

Era o que ela classificava como borbulhante. De alguma forma, a claridade acinzentada da manhã lhe parecia intensa e fulgurante, forte o bastante para causar dor. A chuva batia na janela de Zane em gotas semicongeladas, como se fossem dedos batucando.

Mas Tally não se incomodava. Pelo menos, a chuva borrava os prédios e jardins, reduzindo a vista a manchas cinza e verdes, com as luzes das outras mansões projetando fachos no vidro molhado.

O aguaceiro tinha começado ainda na noite da festa, finalmente apagando a fogueira dos Crims, como um comando da dra. Cable aos céus para inundar a celebração. Nos dois dias seguintes, Tally e Zane permaneceram presos em casa, sem poder conversar livremente entre as paredes inteligentes da Mansão Pulcher. Ela sequer havia falado da erupção de antigas lembranças em Shay ou do encontro com a dra. Cable no meio das árvores. Não que Tally fizesse muita questão de contar o que já havia confessado a Shay ou discutir as revelações da doutora sobre o passado de Zane.

Com a manhã, tinha chegado outra montanha de pings. Tally não aguentava mais tantos pedidos de gente querendo entrar para os Crims. O colapso do estádio e os dois dias de cobertura nos noticiários os haviam transformado no grupo mais badalado de Nova Perfeição. Porém, um bando de novos membros era tudo de que os Crims não precisavam. Eles precisavam permanecer borbulhantes. Tally temia, contudo, que um terceiro dia seguido sem sair de casa acabasse devolvendo todos à sua mentalidade perfeita.

Zane já tinha acordado. Bebia café e olhava pela janela, rodando o bracelete distraidamente com um dedo. Por um instante, observou Tally se revirando, mas não disse nada. O silêncio entre os dois desde que tinham recebido os braceletes criava um ar de conspiração e os segredos sussurrados sugeriam intimidade. Apesar disso, Tally se perguntava se a falta de conversa não estaria, aos poucos, separando os dois. Shay tinha razão a respeito de uma coisa: ela mal conhecia Zane até o dia da escalada da torre. E as revelações da dra. Cable tinham mostrado que ainda não o conhecia muito bem.

Mas assim que se livrassem dos braceletes e saíssem da cidade, suas memórias se libertariam dos borrões do pensamento perfeito e nada os impediria de contar tudo um ao outro.

— Tempinho falso, hein? — comentou Tally.

— Se ficasse um pouquinho mais frio, nevaria.

— É mesmo. Neve seria totalmente perfeito. — Ela pegou uma camiseta suja do chão, fez um bolo e jogou na cabeça de Zane. — Guerra de bolas de neve!

Ele se deixou atingir pela camisa e deu um sorriso tímido. A dor de cabeça da noite da festa tinha passado, mas desde então Zane mantinha um ar sério. Mesmo sem conversar, os dois sabiam que seria necessário fugir da cidade em breve.

O problema todo estava nos braceletes.

Tally deu um puxão no seu só para testar. O bracelete escorregou pela mão e travou a poucos centímetros de sair. Ela não tinha comido quase nada no dia anterior, determinada a desaparecer, se fosse a única maneira de arrancar aquela coisa. Agora se perguntava se um dia conseguiria ficar magra o bastante. A circunferência do bracelete parecia um pouco menor que os ossos de sua mão — uma medida que nenhum regime do mundo seria capaz de alterar.

Ela ficou observando as marcas vermelhas deixadas pelo metal. O osso maior que ligava o dedão à mão era o principal obstáculo. Tally se imaginou puxando o dedo para trás, até quebrá-lo, o que deixaria muito espaço para a passagem do bracelete. Não conseguia pensar em nada mais doloroso.

Ao ouvir um ping vindo da porta, Tally soltou um suspiro. Alguém tinha cansado de ser ignorado e decidira aparecer pessoalmente.

— Nós não estamos, né? — disse Zane.

Tally deu de ombros. Com certeza, não estavam para Shay, nem para candidatos a entrar para os Crims. Depois de pensar um pouco, ela concluiu que não queria ver ninguém.

Outra vez, o ping.

— Quem é? — perguntou Tally ao quarto, sem obter uma resposta.

Quem quer que fosse, não estava usando um anel de interface.

— Isso é... interessante — comentou Zane.

Os dois se entreolharam por um instante. Tally percebeu o exato momento em que a curiosidade falou mais alto.

— Tudo bem, pode abrir — disse ao quarto.

Quando a porta se abriu, quem surgiu foi Fausto, parecendo um gato que acabara de cair num rio. Seu cabelo estava colado na testa e as roupas encharcadas, mas seus olhos brilhavam. Embaixo de cada braço, ele carregava uma prancha, com água pingando de suas superfícies ásperas.

Ele entrou no quarto, sem dizer nada, e soltou as pranchas. As duas pararam no ar, na altura do joelho, enquanto Fausto tirava quatro braceletes antiqueda e dois sensores de cintura dos bolsos. Em seguida, virou uma das pranchas e mostrou o painel de acesso em sua parte inferior. Tally saltou da cama para ver mais de perto. Os parafusos tinham sido retirados. Havia dois fios vermelhos puxados para fora, enrolados e colados com fita isolante.

Com mímica, Fausto fingiu separar os fios. Depois abriu as mãos como se perguntasse: "Aonde foram parar?" Então deu um risinho.

Tally assentia. Fausto continuava borbulhante por causa da ruptura, e sua tatuagem dinâmica continuava girando. Ele, pelo visto, não tinha desperdiçado aqueles dias e noites de chuva. As pranchas eram modificadas, no estilo dos feios. Com os fios separados, os orientadores e rastreadores deixavam de funcionar, liberando as pranchas da rede da cidade.

Assim que se livrassem dos braceletes, Zane e Tally poderiam voar para qualquer lugar que quisessem.

— Muito bom — disse ela, em voz alta, sem se importar que as paredes estivessem ouvindo.

Eles nem esperaram o sol sair.

Voar na chuva era como ficar parado embaixo de um chuveiro congelante. Graças aos óculos de proteção e tênis de solado aderente fornecidos pelo buraco na parede, era possível se manter sobre as pranchas, mas com certa dificuldade. O vento forte fazia o casaco de Tally colar em sua pele, tirando o capuz de sua cabeça e ameaçando derrubá-la em todas as curvas.

Os reflexos dos tempos de feia não tinham sumido. Pelo contrário: a operação tinha melhorado seu equilíbrio. Mesmo com o aquecimento do casaco no máximo, a chuva gelada evitava que Tally mergulhasse num estado de confusão perfeita. Com o coração acelerado e os dentes batendo de frio, seus pensamentos mantinham-se totalmente aguçados.

Ela e Zane dispararam na direção do rio, voando no nível das copas das árvores e seguindo os caminhos do Parque Denzel. Os galhos dançavam ao sabor do vento, como braços tentando agarrá-los e jogá-los no chão. À medida que Tally se virava nas curvas, cortando o ar com as mãos, os últimos sinais da perfeição da manhã desapareciam. O peso do sensor na cintura — responsável por informar seu centro de gravidade à prancha — trazia recordações das expedições às Ruínas de Ferrugem com Shay e lembrava como era fácil sair escondida da cidade em seus tempos de feia.

Só a presença inescapável do bracelete de interface estragava o humor de Tally. Embora a outra pulseira, contra quedas, fosse grande o bastante para cobri-lo, ela ainda pensava na algema cortando sua pele.

Assim que alcançaram o rio, eles passaram a seguir seu percurso, deslizando por baixo de pontes e batendo com a prancha nas ondas causadas pelo vento. Rindo descontroladamente, Zane passou por Tally e deixou a parte de trás da prancha bater na água, respingando para todos os lados.

Tally se agachou, evitando a maior parte da água, e depois se lançou adiante para recuperar a vantagem. Cruzando o caminho de Zane, ela tocou o rio com a prancha, o que fez subir uma parede de água na frente dele. Pôde ouvir seu grito de empolgação ao cruzar o obstáculo.

Encharcada e resfolegante, Tally se perguntou se aquela era a sensação de ser um Especial. Sentidos aguçados, percepção intensa de todos os momentos, corpo funcionando como uma máquina. Ela se lembrou de Maddy e Az dizendo que os Especiais não tinham as lesões — eles eram curados.

Obviamente, havia um preço em ser um Especial, como o novo rosto: dentes de lobo e olhos frios e sombrios que assustavam todo mundo. E a aparência de filme de terror não se comparava a ter de trabalhar para a Divisão de Circunstâncias Especiais; ser obrigado a perseguir feios fugitivos e a acabar com qualquer um que fosse considerado uma ameaça à cidade.

E se a operação dos Especiais mudasse o cérebro de outra maneira? Por exemplo, deixando a vítima obediente em vez de vazia? Com toda aquela velocidade e força, fugir da cidade seria fácil. Mas e se a operação implantasse algo parecido com o bracelete em seu corpo, algo que permitisse sua localização a qualquer instante?

Um jorro d'água lembrou Tally de que tinha de prestar atenção à brincadeira. Ela subiu até passar por cima de uma ponte de pedestres. Lá embaixo, Zane olhava para trás, desconfiado, tentando descobrir para onde Tally havia ido.

Ela despencou bem à sua frente, atingindo o rio com um som semelhante ao de um tapa e provocando uma explosão de água. Na hora, percebeu que tinha ido rápido demais. Naquela velocidade, a água era dura como pedra. Com o impacto, seus pés escorregaram, e Tally percebeu que estava caindo...

Mas não durou muito: os braceletes antiqueda entraram em ação, segurando seus pulsos com tudo e fazendo-a parar com um rodopio.

Ela acabou com metade do corpo embaixo d'agua, suspensa pelos braceletes, gritando desesperadamente ao descobrir o quanto se podia ficar molhado ali. Ao menos, sentiu-se satisfeita por também ter derrubado Zane.

— Manobra *totalmente* borbulhante, Magrela — gritou ele, enquanto subia na prancha.

Sem fôlego para responder, Tally fez o mesmo e depois se deitou de bruços, rindo da situação. Os dois seguiram em silêncio até a terra firme.

Na margem lamacenta do rio, eles se abraçaram para se esquentar. O coração de Tally ainda batia rápido. Os dois observavam a água castigada pela chuva prolongando-se para todos os lados como um campo de flores.

— É lindo — disse Tally, tentando imaginar como seria a vida na natureza ao lado de Zane, experimentando aquela sensação todos os dias, livre das restrições mentais impostas pela cidade.

Ela tirou o bracelete antiqueda para dar uma olhada no pulso, que latejava. Na queda, a algema de metal havia provocado um corte. Tally tentou puxá-la, mas, apesar da pele molhada, o acessório emperrava no mesmo lugar.

— Continua preso.

Zane segurou sua mão.

— Não fique forçando, Tally. — Ele cobriu o bracelete com o casaco. — Só vai conseguir deixar seu pulso inchado — sussurrou.

Depois de soltar um palavrão, ela pôs o capuz na cabeça. A chuva caía no plástico, enquanto dedos impacientes batucavam.

— Achei que com a água...

— Nada disso. O frio faz o metal se retrair. Portanto, o mais provável é que o bracelete esteja mais apertado — explicou Zane.

Tally olhou para ele, como se tivesse descoberto algo.

— Isso quer dizer que fica maior quando está quente?

Por um momento, Zane não soube o que responder. Mas finalmente disse, numa altura que Tally mal conseguia ouvir no meio da chuva:

— Se ficasse *realmente* quente? Talvez se dilatasse um pouco.

— Quanto?

Ele deu de ombros, uma reação quase imperceptível sob o casaco pesado, mas parecia interessado.

— Quanto calor você aguenta?

— Imagino que não esteja falando de uma vela — disse Tally.

— Algo muito mais quente. Algo que, no máximo, poderíamos controlar para não torrar suas mãos. Mas haveria queimaduras.

Tally olhou para o volume sob sua manga comprida e suspirou.

— Deve ser melhor do que quebrar o próprio dedão.

— Quebrar o quê?

— Era só um negócio que eu...

Sua voz sumiu de repente.

Zane seguiu o olhar de Tally até o outro lado do rio. Na margem oposta, duas pessoas os observavam de cima de pranchas, com os rostos escondidos pelos capuzes dos casacos.

Tally ainda tomou cuidado para não falar muito alto.

— Enfumaçados? — perguntou.

— Não, estão usando casacos de alojamentos.

— O que dois feios da cidade estariam fazendo aqui na chuva?

Zane se levantou.

— Talvez devêssemos ir lá perguntar.

CORTADORES

Na margem do rio pertencente a Vila Feia, os quatro buscaram proteção sob uma lona que cobria o reciclador de papel, bem escondidos de curiosos e livres da chuva. Os dois feios não usavam anéis, o que deixou Tally aliviada. Não haveria registro daquele encontro na rede da cidade.

— É você mesma, Tally? — murmurou a garota.

— Ahn, sim. Está me reconhecendo do noticiário?

— Não! Sou eu, Sussy. E esse aqui é o Dex. Não se lembra de nós?

— Refresque minha memória.

A garota ficou sem reação. Ela usava um cordão de couro no pescoço, um objeto que se poderia esperar num Enfumaçado — feito artesanalmente e desbotado pelo tempo. Onde teria conseguido?

— Ajudamos você com aquele negócio. "A Fumaça vive", se lembra? — tentou o garoto. — Quando você era... feia.

Aos poucos, uma imagem se formou na cabeça de Tally: enormes letras incandescentes que serviam de distração enquanto ela e David invadiam a Divisão de Circunstâncias Especiais. Estava diante de dois dos feios que tinham organizado a ação e depois os tinham ajudado a se esconderem nas Ruínas de Ferrugem, trazendo notícias e suprimentos da cidade e desviando a atenção de guardas e Especiais.

— Você se esqueceu mesmo de nós — disse Dex. — Então é verdade que eles mexem nos seus cérebros.

— Sim, é verdade — confirmou Zane. — Mas vamos falar mais baixo, por favor.

O barulho da chuva caindo na lona era equivalente ao de uma turbina de avião, o que obrigava todos a falar alto. Às vezes era preciso avisar aos dois feios que controlassem um pouco o volume da voz.

Dex olhou para o pulso de Tally, onde se viam o bracelete antiqueda e o cachecol enrolado. A impressão era de que ele não acreditava que ainda havia outro dispositivo registrando a conversa por baixo de tudo.

— Foi mal.

Quando voltou a encarar Tally, Dex não conseguiu disfarçar o espanto com sua transformação. Sussy permaneceu em silêncio; estava perplexa e prestava atenção a cada palavra. Sob o olhar dos dois, Tally se sentia mais viva e estranhamente poderosa. Era óbvio que eles fariam qualquer coisa que ela ou Zane pedissem. Depois de ganhar um cérebro perfeito, Tally tinha passado a se achar merecedora daquele tipo de devoção. Mas agora, com a mente liberta, era algo meio embaraçoso.

No entanto, conversar com os dois feios foi menos esquisito do que havia imaginado inicialmente. Os pensamentos nada perfeitos de Tally no último mês tinham tornado mais fácil encarar seus rostos cheios de defeitos. Ela não se sentia tão horrorizada como em seu primeiro encontro com Croy. O pequeno espaço entre os dentes da frente de Sussy não causava repulsa; na verdade, tinha até um certo charme. Nem as espinhas de Dex provocavam reações mais intensas.

— Mas os danos não foram permanentes — dizia Zane. — Estamos começando a ficar mais espertos. Aliás, isso é algo que vocês não podem sair espalhando para todo mundo, combinado?

Obedientes, os dois fizeram que sim. Apesar disso, Tally se perguntou se sugerir a existência de uma cura para uma dupla de feios valia o risco. Por outro lado, Sussy e Dex podiam representar o modo mais rápido de levar uma mensagem à Nova Fumaça.

— Quais são as novidades das ruínas? — perguntou ela.

Sussy se aproximou e disse bem baixinho:

— Foi por isso que viemos aqui. Pelo que sabíamos, todos os Novos Enfumaçados tinham desaparecido. Até a noite passada.

— O que aconteceu na noite passada?

— Bem, desde que eles sumiram, temos ido às ruínas à noite com frequência — respondeu Dex. — Damos uma olhada nos principais lugares, acendemos sinalizadores. Mas não encontramos nada no mês inteiro.

Tally e Zane se olharam. Croy tinha deixado os comprimidos cerca de um mês antes. Aquilo provavelmente não era coincidência.

— Mas ontem encontramos algumas coisas num antigo esconderijo — contou Sussy. — Sinalizadores usados e revistas antigas.

— Revistas antigas? — repetiu Tally.

— Isso. Dos tempos dos Enferrujados. Daquele tipo que mostrava como todos eram feios.

— Não acredito que os Novos Enfumaçados fossem deixar revistas desse tipo jogadas por aí — disse Tally. — São preciosidades. Conheci uma pessoa que morreu para protegê-las. Eles devem ter voltado.

— Mas devem estar bem escondidos — ponderou Dex. — Tomando cuidado.

— Por quê? — perguntou Zane. — E até quando?

— Como vamos saber? — disse Dex. — Foi por isso que viemos aqui hoje. A chuva nos ajudaria a entrar em Nova Perfeição às escondidas para encontrar você, Tally. Achamos que poderia ter alguma pista.

— Depois de ver sua cara nos jornais no outro dia, concluímos que havia algo acontecendo — completou Sussy. — Aquele lance no estádio foi uma armação, não foi?

— Que bom que percebeu — disse Tally. — Era para os Novos Enfumaçados terem percebido também. E, aparentemente, foi o que aconteceu.

— Achamos que vocês deviam saber algo a respeito — prosseguiu Sussy. — Principalmente depois de vermos alguns de seus amigos perfeitos aqui em Vila Feia.

Tally franziu a testa.

— Perfeitos? Aqui?

— Sim, no Parque Cleópatra. Reconheci alguns deles dos noticiários. Se não me engano, eram Crims. Esse é o nome da turma de vocês, não é?

— É, sim, mas...

Foi a vez de Sussy estranhar:

— Vocês não sabiam?

Tally fez que não. Nos últimos dias, tinha recebido pings de outros Crims, a maioria reclamando da chuva. Mas nenhum falava em idas à Vila Feia.

— E o que eles estavam fazendo? — perguntou Zane.

Dex e Sussy trocaram olhares preocupados.

— Ahn, nós não temos certeza — disse Sussy. — Eles não queriam falar conosco. Nos mandaram ir embora.

Tally soltou lentamente o ar dos pulmões. Embora tivessem permissão para frequentar o outro lado do rio — podiam ir aonde quisessem dentro da cidade —, os perfeitos nunca botavam os pés em Vila Feia. Portanto, o Parque Cleópatra seria um excelente lugar para alguns momentos de privacidade, principalmente no meio de uma chuva torrencial. A pergunta era: privacidade para quê?

— Você não pediu para todo mundo manter a discrição por um tempo? — perguntou Zane.

— Pedi, sim — respondeu Tally. Ela se perguntava quais dos Crims estariam por trás de tudo aquilo. E também o que seria "aquilo". — Nos levem até lá — pediu.

Sussy e Dex levaram os dois até o parque, num voo a baixa velocidade, sob a chuva insistente. Imaginando que devia haver alguém monitorando a posição dos braceletes, Tally pediu que pegassem um caminho indireto. A jornada acabou proporcionando visões de lugares de que ela só lembrava parcialmente da infância: alojamentos e escolas para feios, parques encharcados e campos de futebol vazios.

Apesar do dilúvio, alguns feios se aventuravam fora de casa. Um grupo se revezava em descidas de um monte, gritando enquanto corriam para provocar um deslizamento humano. Outros brincavam de pique no pátio do alojamento, escorregando e caindo e acabando tão enlameados quanto os anteriores. Estavam todos se divertindo muito para notar a passagem silenciosa de quatro pranchas lá em cima.

Tally se perguntou se tinha aproveitado tão bem seus tempos de feia. Sua única recordação daquela época era o desejo intenso de se tornar perfeita, de cruzar o rio e deixar tudo aquilo para trás. Agora, pairando sobre a terra, com o rosto perfeito escondido pelo capuz, sentia-se como uma espécie de espírito que invejava os vivos e tentava se lembrar de como era ser um deles.

O Parque Cleópatra, localizado na parte mais alta do cinturão verde em torno de Vila Feia, estava vazio. As passarelas tinham se transformado em pequenos córregos que levavam a água da chuva para o rio. Os animais se escondiam, à exceção de alguns pássaros estropiados que se agarravam aos galhos dos enormes pinheiros, caídos sob a força da tormenta.

Conduzidos por Sussy e Dex, eles chegaram a uma clareira demarcada com bandeiras de slalom. Tally teve a sensação de reconhecer o lugar.

— Este é um dos lugares preferidos de Shay. Ela me ensinou a voar na prancha aqui.

— Shay? — estranhou Zane. — Mas ela nos contaria se estivesse aprontando alguma, não contaria?

— Ahn, talvez não — disse Tally, baixinho. Não tinha recebido nenhum ping de Shay desde a briga. — Faz um tempo que quero contar isto a você: ela está meio chateada comigo atualmente.

— Caramba — comentou Sussy. — Eu achava que todos os perfeitos se adoravam.

— Normalmente é assim — explicou Tally. — Bem-vinda ao novo mundo.

Zane fez uma cara de preocupado.

— Acho que eu e Tally precisamos ter uma conversinha — pediu, olhando para os dois feios.

Eles levaram um tempo para entender o recado.

— Ah, claro — disse Sussy, finalmente. — Vamos nessa. Mas e se...?

— Se os Novos Enfumaçados aparecerem, me mande um ping — disse Tally.

— A cidade não bisbilhota seus pings?

— Provavelmente. Diga apenas que nos viu nos noticiários e que quer se juntar aos Crims quando completar 16 anos. Deixe a verdadeira mensagem embaixo daquele reciclador, que eu mando alguém pegar. Combinado?

— Combinado — respondeu Sussy, com um sorriso que mostrava os dentes separados.

Tally deduziu que os dois iriam às ruínas todos os dias, com ou sem chuva, à procura dos Novos Enfumaçados, satisfeitos por terem recebido uma missão. Ela deu um sorriso perfeito.

— Obrigada por tudo.

Depois da partida dos feios, Tally e Zane permaneceram em silêncio por um minuto, observando a clareira de um ponto cheio de árvores. As bandeiras de plástico se curvavam por causa da chuva; o vento não tinha a força necessária para as levantar. Em alguns pontos, a água se acumulava, e as poças resultantes refletiam o céu cinzento como se fossem espelhos irregulares. Tally se lembrou de voar desviando das bandeiras, em seus tempos de feia, aprendendo a se inclinar e a fazer as curvas. Na época em que ela e Shay eram amigas de verdade...

Tally não conseguia imaginar por que Shay iria àquele lugar. Talvez fossem apenas alguns Crims dando um passeio de prancha, com o objetivo de permanecerem borbulhantes. Nada de mais.

Assim que se sentou, Tally se deu conta de que não havia mais desculpas para não ser sincera com Zane. Era hora de admitir o que tinha feito à Fumaça e que tinha falado da cura com Shay. Também precisava discutir o que a dra. Cable lhe havia revelado sobre Zane. Mas Tally não estava muito disposta a conversar, e a chuva e o frio não ajudavam. Já tinha colocado o aquecimento do casaco no máximo. A sensação borbulhante garantida pelo voo na prancha havia passado, substituída pela raiva por esperar tanto. E os braceletes sempre vigilantes tornavam muito cômodo evitar assuntos delicados.

— Então, o que aconteceu entre você e Shay? — perguntou Zane, num tom sereno, mas revelando certa frustração.

— A memória dela está começando a voltar — disse Tally, com os olhos fixos numa poça de lama, observando as gotas que conseguiam passar pelos pinheiros se desfazerem na superfície da água. — Na noite da ruptura, Shay ficou com muita raiva de mim. Ela me culpa pelo fato de os Especiais terem encontrado a Fumaça. O que, aliás, é verdade. Eu os traí.

— Eu já tinha imaginado isso. Em todas as histórias que vocês contavam antes da cura, você resgatava Shay da Fumaça. Parecia um jeito perfeito de compensar uma traição.

Tally ficou surpresa.

— Quer dizer que você sabia?

— Que você agiu como agente infiltrada para a Circunstâncias Especiais? Deduzi isso.

— Ahn. — Tally não conseguia decidir se sentia alívio ou vergonha. Como o próprio Zane havia colaborado com a dra. Cable, talvez entendesse sua posição. — Não era minha vontade, Zane. No início, fui lá mesmo para buscar Shay, e em troca eles me deixariam perfeita. Acontece que, depois, mudei de ideia. Eu quis ficar na Fumaça. Tentei destruir o rastreador que eles me deram, mas em vez disso acabei transmitindo a localização. Apesar de querer fazer a coisa certa, virei uma traidora.

— Tally, todos nós somos manipulados pelas pessoas que comandam esta cidade. Shay tem de entender.

— O problema é que não foi só isso. Eu também roubei David dela. Quando estávamos na Fumaça.

— Ah, esse cara de novo — disse Zane, contrariado. — Bem, imagino que ela esteja mesmo muito chateada com você. Pelo menos, isso vai mantê-la borbulhante.

— É, muito borbulhante. E há mais uma coisa que a deixou com raiva. Eu contei a ela sobre a cura.

— *Você fez o quê?*

No meio da chuva, as palavras sussurradas por Zane pareceram vapor escapando de um cano.

— Eu precisava — tentou explicar Tally, gesticulando. — Zane, ela já estava quase deduzindo por conta própria. Achava que podia se curar sozinha. Até subiu a torre da Mansão Valentino, como nós, achando que aquele era o segredo da nossa mudança. Obviamente, não funcionou, pelo menos não como os comprimidos. Então ela ficou me perguntando o que havia acontecido. Disse que eu tinha a obrigação de contar, depois de tudo que fiz nos tempos de feia.

— Quer dizer que você contou a ela sobre os comprimidos? Ótimo. Mais uma coisa para dar errado.

— Mas, Zane, ela anda totalmente borbulhante. Não acredito que seja capaz de nos trair. Pelo menos, ficar sabendo dos comprimidos a deixou tão furiosa que talvez continue borbulhante para o resto da vida.

— Como assim furiosa? Só porque você está curada e ela não?

— Não — disse Tally, suspirando. — Porque *você* está curado.

— Como é que é?

— Eu devia isso a *ela*, mas foi você quem ganhou o comprimido.

— Não havia tempo para...

— Sei disso, Zane. Só que ela não entende. Para ela, é como se...

Tally sentiu lágrimas quentes se acumulando em seus olhos. O resto de seu corpo, porém, estava gelado, e seus dedos já estavam dormentes. Ela começou a tremer.

— Está tudo bem, Tally — disse Zane, pegando sua mão e apertando com força por cima da luva.

— Você tinha que ter ouvido, Zane. Ela me odeia de verdade.

— Escute. Sinto muito por isso. Mas fico feliz por ter sido eu.

Tally encarou Zane, já com a visão borrada pelas lágrimas.

— É. Deve ser ótimo ter todas essas dores de cabeça.

— É melhor do que continuar com um cérebro perfeito — disse ele. — Mas não foi isso que eu quis dizer. Não foi apenas por ter encontrado os comprimidos. Fico feliz por... você e eu.

Ela percebeu que Zane estava rindo. Os dedos dele, entrelaçados com os seus, também tremiam por causa do frio. Tally conseguiu devolver o sorriso.

— Eu também.

— Não deixe que Shay a faça se sentir mal a respeito de nós dois, Tally.

— Claro que não.

Tally se deu conta de que suas palavras eram totalmente sinceras. Shay podia pensar o que quisesse; compartilhar a cura com Zane tinha sido a decisão certa. Ele a havia mantido borbulhante, ajudando nos testes impostos pelos Enfumaçados e dando incentivo para que ela corresse o risco de tomar os comprimidos. Naquele dia, Tally tinha encontrado mais que uma cura para a perfeição de seu cérebro; tinha encontrado alguém para seguir em frente ao seu lado e superar todos os acontecimentos infelizes do verão.

Nos seus tempos de criança, Peris tinha prometido que os dois seriam amigos para sempre. No entanto, no dia em que ele completou 16 anos, deixou Tally para trás em Vila Feia. Depois, ela perdeu a amizade de Shay, ao entregá-la à Divisão de Circunstâncias Especiais e roubar David. Agora, até David estava desaparecido, escondido em algum lugar da floresta. Uma vaga lembrança na mente de Tally. Ele sequer tinha se dado ao trabalho de levar os comprimidos, tarefa que acabou cabendo a Croy. Tally sabia muito bem o que aquilo significava.

Mas Zane...

Tally observou seus perfeitos olhos dourados. Ele estava ali naquele momento, em carne e osso, e ela fora burra o bastante para permitir que seu passado confuso atrapalhasse o que havia entre os dois.

— Eu devia ter contado tudo sobre Shay antes. O problema é que as paredes inteligentes...

— Está tudo bem. Só saiba que sempre poderá confiar em mim.

Ela apertou a mão dele.

— Eu sei.

— Naquele dia, ainda não nos conhecíamos muito bem, né? — disse ele, tocando seu rosto.

— Acho que arriscamos. Foi meio esquisito.

— É assim que as coisas acontecem. Geralmente, sem pílulas misteriosas ou Especiais botando a porta abaixo. Fora isso, é sempre um risco... dar um beijo numa pessoa diferente.

Concordando, Tally chegou mais perto. Seus lábios se encontraram num beijo lento e intenso, embaixo da chuva gelada. Ela podia sentir Zane tremendo. Os capuzes dos dois se juntaram para isolá-los do resto do mundo, criando um espaço exclusivo, aquecido pela respiração de ambos.

— Ainda bem que era você comigo naquele dia — sussurrou Tally.

— Sorte a nossa.

— Eu... Ah!

Ela se afastou, esfregando o rosto afoitamente. Uma gota minúscula havia entrado no capuz e corrido pela bochecha de Tally como uma lágrima gélida e malévola.

Zane riu e tratou de se levantar.

— Vamos, não podemos ficar aqui para o resto da vida. Vamos voltar para casa, tomar café da manhã e botar umas roupas secas.

— Eu não estava reclamando.

Mantendo o sorriso no rosto, Zane apontou para o pulso.

— Se ficarmos parados no mesmo lugar por muito tempo, alguém pode ficar curioso para saber o que há de tão interessante aqui em Vila Feia.

— Isso não importa.

Zane estava certo. Eles precisavam voltar para casa. Fora alguns eliminadores de calorias e cafés, não tinham comido nada. Embora seus casacos fossem aquecidos, o esforço físico feito em cima da prancha e a queda inesperada no rio congelante resultavam numa sensação inevitável de cansaço. A fome, o frio e o beijo estavam deixando Tally atordoada.

Com um estalar de dedos, a prancha de Zane subiu no ar.

— Espere um pouco — pediu ela. — Tenho de contar mais uma coisa sobre a noite da ruptura.

— Pode falar.

— Depois que levei você para casa...

A lembrança do rosto animalesco da dra. Cable lhe deu um arrepio, mas Tally se controlou respirando pausadamente. Ela devia ter tirado Zane de perto das paredes inteligentes da Mansão Pulcher antes para lhe contar sobre o encontro com a doutora. Não queria mais guardar segredos.

— O que houve, Tally?

— Ela estava me esperando... A dra. Cable.

O nome deixou Zane sem reação por um momento.

— Eu me lembro dela — disse.

— Sério?

— É meio difícil esquecer alguém como ela.

Com os olhos perdidos na clareira, Zane ficou em silêncio. Como não sabia se ele pretendia dizer mais alguma coisa, Tally tomou a palavra:

— Ela me fez uma oferta meio estranha. Queria saber se eu tinha...

— Shhh!

— O que...

Zane pôs a mão sobre sua boca e depois se agachou no meio da lama, puxando-a para perto de si. Por entre as árvores, um grupo de pessoas caminhava na direção da clareira. Avançavam devagar, usando roupas pesadas quase idênticas, com cachecóis pretos enrolados nos pulsos. Apesar disso, Tally reconheceu os olhos brilhantes e as tatuagens dinâmicas de um dos integrantes imediatamente.

Era Shay.

RITUAL

Tally contou dez pessoas marchando numa determinação silenciosa pelo meio da lama. Ao alcançarem a área central da clareira, eles formaram um círculo em volta de uma das bandeiras de slalom. Shay se posicionou no centro, girando lentamente, observando os companheiros com os olhos escondidos pelo capuz. Os outros, separados por uma distância equivalente a um braço, encaravam Shay, aguardando em silêncio.

Depois de um momento imóvel, Shay deixou o casaco cair no chão, tirou as luvas e abriu os braços. Agora usava apenas uma calça comprida, uma camiseta branca sem manga e um bracelete falso de metal no pulso esquerdo. Curvando a cabeça para trás, sentiu a chuva em seu rosto.

Arrepiada, Tally se encolheu dentro do casaco, numa reação instintiva. Shay estaria tentando morrer de frio?

As outras pessoas permaneceram paradas por um instante. Depois de trocarem olhares estranhos entre si, seguiram o exemplo de Shay, tirando seus casacos, suéteres e luvas. Assim que seus rostos se revelaram, Tally reconheceu mais dois Crims: Ho, um dos velhos amigos de Shay, que tinha fugido para a Fumaça e depois voltado por livre e espontânea vontade; e Tachs, que tinha se juntado ao grupo algumas semanas antes dela.

No entanto, os outros sete perfeitos não tinham relação com os Crims. Eles se abaixaram lentamente, abraçando os casacos com força antes de largá-los no chão. Depois que Ho e Tachs esticaram os braços, os outros acompanharam com relutância. A chuva caía pesada sobre seus rostos e deixava suas camisetas brancas coladas à pele.

— O que eles estão fazendo? — perguntou Zane, num sussurro.

Tally apenas balançou a cabeça para indicar que não sabia. Ela notou que Shay tinha feito uma nova cirurgia, uma espécie de código tatuado em relevo que se estendia do cotovelo ao pulso. E, aparentemente, Ho e Tachs haviam copiado o desenho.

Com o rosto para cima, voltado para a bandeira, Shay começou a falar. Parecia delirante conversando com uma pessoa inexistente. Sua voz não atravessava a clareira, à exceção de palavras esparsas. Por isso, Tally não conseguia entender nada. O ritmo sugeria um cântico, algo parecido com as orações que, num passado distante, os Enferrujados e Pré-Enferrujados ofereciam a heróis invisíveis dos céus.

Depois de alguns minutos, Shay ficou em silêncio. Sem dizer uma palavra, o grupo se levantou. Todos tremiam por causa do frio, menos a aparentemente desequilibrada Shay. Tally percebeu que os que não eram Crims também tinham tatuagens dinâmicas no rosto, com o resultado das cirurgias recentes brilhando sob a chuva. Ela supôs que, depois do desastre no estádio, as tatuagens circulares tinham se tornado uma mania. Mas não deixava de ser uma incrível coincidência que todos os sete as exibissem.

— Aqueles pings dos candidatos a Crims — sussurrou para Zane. — Shay está recrutando.

— Mas por quê? Nós todos concordamos que novatos são a última coisa de que precisamos neste momento.

— Talvez ela precise deles.

— Para quê? — perguntou Zane.

Tally sentiu um calafrio.

— Para isso.

— Não vamos aprová-los — disse Zane, depois de soltar um palavrão.

— Não acho que ela esteja preocupada com nosso veto. Aliás, não tenho muita certeza de que ela ainda seja...

A voz de Shay voltou a se manifestar no meio da chuva. Ela levou a mão ao bolso de trás e pegou um objeto que reluzia sob a luz acinzentada. Era um canivete.

Os olhos de Tally se arregalaram, mas nenhum dos perfeitos do círculo pareceu surpreso. Suas expressões revelavam uma mistura de um leve medo e empolgação.

Segurando o canivete no alto, Shay continuou falando, no mesmo ritmo lento e calculado. Tally ouviu uma palavra tantas vezes que conseguiu entendê-la: "cortadores".

— Vamos sair daqui — disse, tão baixinho que Zane pareceu não ouvir.

Ela queria subir na prancha e ir embora, mas descobriu que não conseguia se mexer, nem desviar ou fechar os olhos.

Shay segurou o canivete com a mão esquerda e encostou a lâmina no antebraço direito. O metal molhado brilhava. Então ela levantou os dois braços, girando devagar, encarando cada um dos presentes com seu olhar penetrante. Depois voltou a virar o rosto para a chuva.

Os movimentos de Shay eram tão sutis que, de onde estava, Tally mal os enxergava. Na verdade, ela sabia o que tinha acontecido pelas reações dos outros. Todos pareciam estar trêmulos e seus olhos se arregalavam num estado de fascinação apavorada. A exemplo de Tally, eles não conseguiam parar de assistir.

Então o sangue começou a escorrer da ferida, descendo pelo braço erguido de Shay até o ombro, alcançando a camiseta e se espalhando numa mancha mais próxima do rosa do que do vermelho.

Ela se virou mais uma vez, para encará-los, um por um. Seus movimentos lentos e calculados eram tão perturbadores quanto o sangue que escorria de seu braço. Agora os outros tremiam de maneira visível, trocando olhares discretos entre si.

Finalmente Shay baixou o braço, balançando um pouco o corpo, e apontou o canivete para a frente. Ho deu um passo adiante para pegá-lo, e os dois trocaram de lugar.

— O que é tudo isso? — perguntou Zane.

Tally balançou a cabeça e fechou os olhos. O barulho da chuva tinha se tornado estrondoso, mas apesar disso ela ainda conseguiu ouvir suas próprias palavras:

— Essa é a nova cura de Shay.

Um por um, os outros repetiram os gestos de Shay.

Durante todo o tempo, Tally esperou que alguém saísse correndo, assustado. Se um deles tentasse fugir, o restante iria atrás, espalhando-se pela floresta como um bando de coelhos. Porém, alguma coisa — o cenário sombrio, a chuva incessante ou talvez a expressão de delírio no rosto de Shay — os mantinha presos aos seus lugares no círculo. Eles assistiam e, quando chegava a vez, se cortavam. E, ao fazerem isso, suas expressões ficavam mais parecidas com a de Shay: enlevadas e insanas.

A cada corte, Tally sentia uma dor profunda. Ela sabia que havia mais que absurdo naquele ritual. A noite da festa a fantasia permanecia em sua memória. O medo e o pânico a tinham deixado suficientemente borbulhante para ir atrás de Croy, mas não a tinham tirado de seu estado de perfeição. Só quando o joelho de Peris acertou sua cara — fazendo um corte em sua sobrancelha — Tally realmente passou a ver as coisas com nitidez.

Shay admirava aquela cicatriz. Tanto que havia sugerido uma tatuagem em sua homenagem. Pelo visto, também tinha compreendido a mudança provocada pelo machucado em Tally, levando-a a Zane, depois a *escalar* a torre de transmissão e, finalmente, à cura.

Agora Shay estava compartilhando seu conhecimento.

— Isso é culpa nossa — murmurou Tally.

— Como assim?

Com os braços abertos, Tally apontou para o cenário diante dos dois. Ela e Zane tinham dado tudo de que Shay precisava para espalhar a cura: fama na cidade inteira e centenas de perfeitos desesperados para se tornarem Crims — capazes de dar o sangue para se tornarem Crims. Ou o que quer que aquilo fosse. "Cortadores", nas palavras de Shay.

— Ela não é mais uma de nós — explicou Tally.

— Por que estamos aqui sem fazer nada? — disse Zane, com os punhos cerrados e o rosto já avermelhado por baixo do capuz.

— Zane, acalme-se.

Tally segurou sua mão.

— Nós devíamos impedir que...

A frase foi interrompida por uma tosse engasgada. Seus olhos estavam bem abertos.

— Zane? — chamou Tally. Ele respirava com dificuldade e agarrava o ar com as mãos. — Zane! — gritou Tally, segurando a outra mão dele e examinando seus olhos arregalados.

Ele não estava respirando. Tally virou-se para a clareira, buscando ajuda, nem que fosse dos Cortadores. Algumas das pessoas tinham ouvido o grito, mas não faziam nada além de olhar em sua direção, com sangue escorrendo e tatuagens girando, distraídos demais para tomar uma atitude.

Tally arrancou o cachecol que cobria o bracelete para enviar um ping de socorro. Antes que pudesse dizer algo, porém, Zane a deteve. Com uma expressão de dor, disse:

— Não.

— Zane, você precisa de ajuda!

— Estou bem... — garantiu, lutando para pronunciar as palavras.

Por um momento, Tally imaginou Zane morrendo ali, em seus braços. No entanto, se ela chamasse os guardas, os dois poderiam acabar na mesa de cirurgia, condenados a serem perfeitos para o resto da vida. E a cura de Shay seria a única existente.

— Tudo bem. Mas vou levar você ao hospital.

— Não!

— Não vamos entrar. Só vamos chegar o mais perto possível e esperar para ver o que acontece.

Tally botou Zane em cima da prancha e, com um estalar de dedos, a fez sair do chão. Em seguida, ela se deitou por cima dele. A prancha balançou, com dificuldade para suportar o peso dos dois. Assim que os sustentadores se firmaram no ar, Tally se projetou para a frente, cuidadosamente.

Quando a prancha começou a se mover, ela olhou para trás, na direção da clareira. Agora todos estavam voltados para Tally e Zane. Shay se aproximava com uma expressão perversa no rosto.

De repente, Tally se viu dominada pelo medo, do mesmo jeito que se sentia ao se deparar com Especiais. Fez força com os pés, curvando o corpo e finalmente subindo por entre as árvores, deixando aquele lugar para trás.

A viagem até o rio foi apavorante. Com os braços e pernas de Zane espalhados em todas as direções, a prancha ameaçava virar a cada curva. Tally passou os braços por trás de seu corpo e cravou as unhas na superfície áspera da parte inferior. As manobras, feitas com as pernas, tinham a mesma graça de um bêbado tentando caminhar. Sentindo a chuva gelada no rosto, ela se lembrou dos óculos que levava no bolso do casaco, mas não havia como pegá-los sem parar.

E não havia tempo para parar.

Desviando das árvores, a prancha foi ganhando velocidade na descida que dava no rio. Os galhos dos pinheiros, pesados e reluzentes por causa do acúmulo de água, castigavam o rosto de Tally. Mas eles conseguiram sair do Parque Cleópatra. A toda velocidade, atravessaram um campo esportivo enlameado e se dirigiram para a extremidade da ilha central.

Àquela distância e com a chuva torrencial, não era possível enxergar o hospital. Tally, porém, avistou as lanternas de um carro voador que parecia seguir naquela direção. Estava alto e ia muito rápido; era provavelmente uma ambulância levando uma pessoa em situação de emergência. Piscando sem parar para ver alguma coisa no meio da chuva, ela conseguiu seguir o veículo. Mas o carro acabou se afastando e, quando Tally e Zane alcançaram o rio, a prancha sobrecarregada começou a perder altura em cima da água.

Tally demorou demais para perceber o que estava acontecendo. A estrutura de metal sobre a qual os sustentadores magnéticos se apoiavam era mais baixa ali. Estavam no leito, dez metros embaixo d'água. À medida que se aproximavam do meio do rio, a prancha descia mais e mais, quase encostando na superfície agitada e gelada.

Na metade da travessia, a prancha tocou a água, e os braços de Zane rebateram como se o rio fosse sólido. Felizmente, logo a outra margem se aproximou, e os sustentadores voltaram a encontrar apoio, elevando a altitude de viagem.

— Tally...

— Vai dar tudo certo, Zane. Estou aqui com você.

— Claro. Tudo parece sob controle.

Tally arriscou um olhar para Zane. Ele estava com os olhos abertos e a vermelhidão tinha sumido de seu rosto. Então ela percebeu o movimento de seu peito, subindo e descendo, o que indicava uma respiração normal.

— Relaxe, Zane. Vou parar quando estivermos perto do hospital.

— Não me leve para lá.

— Só quero chegar mais perto. Para qualquer emergência.

— Que emergência? — perguntou ele, contrariado.

— Se você parar de respirar de novo, por exemplo! Agora *cale a boca*!

Ele obedeceu e fechou os olhos.

Enquanto a superfície do rio, castigada pela chuva, passava lá embaixo, as luzes do hospital tornavam-se mais intensas, e o contorno do prédio parecia cada vez mais próximo. Tally avistou a iluminação amarela intermitente que indicava a área de emergência, mas desviou do caminho antes de alcançá-la, subindo o aclive lentamente. Ela parou a prancha sob a proteção de uma fileira de ambulâncias vazias. Os carros estavam estacionados de três em três, numa enorme estrutura de metal, aparentemente à espera de um grande desastre.

Assim que sentiu a prancha parar, Zane rolou para fora, caindo no chão molhado. Tally se ajoelhou ao seu lado.

— Fale alguma coisa.

— Estou bem — disse ele. — Fora as minhas costas.

— Suas costas? O que...

— Acho que tem algo a ver com a viagem na prancha. Embaixo de você.

Tally segurou a cabeça dele e examinou seus olhos. Zane parecia exausto, mas tinha forças para sorrir e piscar para ela.

— Zane... — Tally começou a chorar de novo, sentindo as lágrimas quentes se misturando às gotas de chuva gelada. — O que está acontecendo com você?

— Eu já disse: acho que precisamos de um café da manhã.

Ela começou a soluçar.

— Mas...

— Eu sei — disse Zane, pondo as mãos nos ombros dela. — Precisamos sair daqui.

— Mas e os Novos Enfum...

A mão de Zane cobriu a boca de Tally, abafando as palavras seguintes. Pega de surpresa, ela tentou se afastar. Zane se levantou apoiado num ombro, de olhos fixos no bracelete de Tally, totalmente à mostra na chuva. Durante o início da crise, ela havia tirado a luva para fazer uma chamada.

— Ah... Foi mal.

Ele a puxou para perto e disse baixinho:

— Está tudo bem.

Tally fechou os olhos e tentou se lembrar do que os dois tinham falado durante a viagem até ali.

— Nós discutimos sobre ir ou não ao hospital — sussurrou.

Zane se levantou e disse em voz alta:

— Bem, já que estamos aqui...

E então se virou e deu um soco na estrutura que segurava as ambulâncias. O metal chegou a reverberar.

— Zane!

Ele se contorceu de dor, sacudindo a cabeça e agitando o braço no ar por um instante. Havia sangue nas dobras dos dedos.

— Como eu dizia, já que estamos aqui, não custa nada dar uma olhada nisso. Mas, na próxima vez, *me pergunte* se quero vir, está bem?

Tally finalmente entendeu o plano. Por um momento, tinha achado que a falta de juízo de Shay era contagiosa. No entanto, um machucado na mão era uma razão plausível para a viagem apressada até ali e se encaixava com quase tudo que o bracelete havia captado. Além disso, Tally podia dizer aos guardas que os dois tinham passado dois dias sem comer. Talvez uma injeção de vitaminas e açúcar ajudasse a aliviar a dor de cabeça de Zane.

Apesar de manter a aparência horrível, cheio de lama e totalmente encharcado, ele conseguia andar sem mancar. Na realidade, Zane parecia bastante borbulhante depois de arrebentar a mão. Talvez Shay não fosse tão desequilibrada assim. Pelo menos, ela sabia o que funcionava.

— Vamos lá — disse Zane.

— Quer uma carona? — perguntou Tally.

A segunda prancha se aproximava pela grama, depois de seguir o sinal emitido pelo bracelete antiqueda de Zane.

— Acho que prefiro ir a pé — respondeu ele, caminhando na direção das luzes da entrada de emergência.

Tally viu que Zane estava pálido e que suas mãos tremiam. Naquela hora, decidiu que se ele tivesse outro ataque ela chamaria os guardas.

Nem pela cura valia a pena morrer.

HOSPITAL

O soco dado por Zane tinha resultado em três ossos da mão quebrados, o que levaria meia hora para consertar.

Na sala de espera, Tally tinha a companhia de dois perfeitos recém-transformados, que aguardavam um amigo que havia quebrado a perna — algo relacionado a descer correndo a escadaria molhada no lado de fora da Mansão Lillian Russell. Ela ignorou a história, preocupando-se mais em devorar biscoitos acompanhados de café com muito leite e açúcar e aproveitar o calor do hospital, totalmente livre da chuva. A sensação quase esquecida de ingerir calorias deixava o mundo mais suave, e Tally ficou feliz por poder curtir alguns instantes de confusão perfeita. Até então as lembranças do que Shay e sua turma andavam fazendo no Parque Cleópatra tinham estado vivas demais.

— E o que aconteceu com *você*? — perguntou um dos perfeitos.

A ênfase na última palavra devia-se às roupas enlameadas e encharcadas, à cara de cansaço e à vergonhosa aparência geral de Tally.

Ela enfiou um biscoito com gotas de chocolate na boca e respondeu sem dar muita importância:

— Voando de prancha.

A outra perfeita deu um cutucão no amigo, arregalando os olhos e apontando para Tally com o dedão.

— O que foi? — perguntou o garoto.

— Shhh!

— *O que foi?*

A perfeita se virou para Tally:

— Desculpa. Meu amigo acabou de passar pela cirurgia. Está um pouco desnorteado. — Sussurrando, ela tentou explicar para o outro perfeito: — *Essa aí é a Tally Youngblood.*

O garoto precisou de alguns instantes para fechar a boca.

Tally apenas sorriu antes de engolir outro biscoito. Em que outro lugar, se não numa emergência de hospital, poderiam encontrar Tally Youngblood?, pensavam os garotos. Deviam estar imaginando que grande obra da arquitetura teria caído sobre a cabeça dela daquela vez.

Embora a condição de celebridade de Tally garantisse o silêncio da dupla, seus olhares furtivos a incomodavam. Com certeza, aqueles dois perfeitos não eram do tipo capaz de entrar para os Cortadores. Ainda assim, ela não conseguia parar de pensar que sua notoriedade criminal estava alimentando o pequeno projeto de Shay, criando uma legião de perfeitos desesperados para conhecer um certo tipo de estado borbulhante. Mesmo cheia de café, leite e biscoito, Tally começou a sentir algo ruim no estômago, principalmente ao considerar que visitas a emergências de hospital podiam se tornar a nova mania do verão.

— Tally? — chamou um funcionário, parado na porta da sala de espera, fazendo um gesto para que entrasse.

Finalmente. Tally não via a hora de sair daquele lugar.

— Juízo, hein, crianças — disse aos perfeitos, antes de ir atrás do funcionário pelo corredor.

Quando a porta se fechou atrás de si, Tally percebeu que não tinha sido levada ao ambulatório, mas sim a uma pequena sala em que se destacava uma mesa enorme repleta de objetos e papéis. Uma tela de parede exibia um campo num dia ensolarado — o tipo de imagem que costumavam mostrar na escola antes da hora da soneca.

— Passeando na chuva? — perguntou o funcionário, bem-humorado.

Ele tirou o jaleco azul, revelando um terno por baixo. *Semi*formal, pensou Tally, na hora. Ela se deu conta de que não estava diante de um funcionário do hospital. Seu sorriso largo era do tipo que políticos, professores e analistas adoravam.

Tally se sentou na cadeira do outro lado da mesa, suas roupas encharcadas fizeram um barulho engraçado.

— Como adivinhou?

Ele sorriu.

— Bem, acidentes acontecem. Você tomou a decisão certa ao trazer seu amigo para cá. E foi sorte minha estar aqui bem na hora. A verdade é que ando tentando falar com você, Tally.

— É mesmo?

— Pode acreditar — disse ele, dando outro sorriso.

Havia perfeitos de meia-idade que sorriam em qualquer situação: quando estavam felizes, decepcionados ou prontos para anunciar uma punição. Naquele caso, era um sorriso acolhedor e entusiasmado, confiável e tranquilo — e, por isso, deixava Tally nervosa. Ele era o tipo de perfeito de meia-idade que a dra. Cable havia descrito como o futuro dela.

Convencido e confiante, com seus traços perfeitos indicando satisfação, experiência e sabedoria.

— Não tem checado seus pings nos últimos dias, não é mesmo? — perguntou ele.

— Muitos pings estúpidos. Por causa do noticiário, sabe? Fiquei famosa demais.

As palavras garantiram a Tally um sorriso orgulhoso.

— Imagino que isso tudo seja muito empolgante para você e seus amigos.

— No início, foi borbulhante, mas agora está cada vez mais falso — disse Tally, recorrendo à falsa modéstia. — Mas quem é você mesmo?

— Dr. Remmy Anders. Sou um conselheiro pós-traumático aqui no hospital.

— Pós-traumático? Isso tem algo a ver com o negócio do estádio? Porque, se tiver, eu estou totalmente...

— Sei que está bem, Tally. Quero saber mesmo é de uma amiga sua. Para ser sincero, andamos meio preocupados.

— De quem está falando?

— De Shay.

Por trás de sua expressão perfeita, um alerta se acendeu dentro de Tally. Ela tentou manter o tom calmo da voz.

— E por que isso?

Lentamente, como se fosse controlado por um aparelho, o sorriso do dr. Anders ganhou um ar preocupado.

— Uma noite dessas, houve uma confusão, na festinha que vocês fizeram em volta de uma fogueira. Uma discussão entre você e Shay. Um tanto quanto inquietante.

O nervosismo fez Tally piscar, sem dizer nada enquanto se recordava dos gritos perto da fogueira. Mesmo embaixo de um monte de roupas, o bracelete devia ter captado a raiva de Shay, bem diferente das pequenas discussões que às vezes aconteciam entre novos perfeitos. Tally tentou se lembrar das palavras exatas, mas a combinação de champanhe e culpa não ajudava sua memória.

— É, ela estava bem bêbada. E eu também.

— Não pareceu algo muito amistoso.

— Dr. Remmy, você anda, ahn, nos espionando? Isso é muito fraude.

O conselheiro voltou ao sorriso preocupado.

— Temos mantido um interesse especial em todos que se envolveram naquele infeliz acidente. Por vezes, é difícil se recuperar de eventos assustadores e inesperados. Foi por isso que me designaram para ser seu conselheiro pós-traumático.

Tally fingiu não reparar que ele tinha ignorado a pergunta sobre a espionagem. Afinal, ela já sabia a resposta. Talvez a Divisão de Circunstâncias Especiais não se importasse com os Crims destruindo Nova Perfeição, mas os guardas estavam sempre a postos. Considerando-se que a cidade havia sido construída para manter todos num estado perfeito, era compreensível que nomeassem um conselheiro para qualquer um que passasse por uma experiência borbulhante. A tarefa do dr. Anders era garantir que a ruptura não desse aos Crims outras ideias novas e empolgantes.

— Para o caso de perdermos a sanidade? — perguntou Tally, estampando um sorriso perfeito no rosto.

O dr. Anders deu uma risada.

— Não, não achamos que vocês vão perder a sanidade. Estou aqui apenas para garantir que não ocorram efeitos de longa duração. Amizades podem ser negativamente afetadas pelo estresse.

Tally decidiu dar corda ao doutor:

— *Então foi por isso* que ela estava tão insuportável naquela noite?

— Sim, Tally, é tudo por causa do estresse — disse ele, satisfeito. — Mas não se esqueça de que provavelmente não era essa a intenção dela.

— É, só que eu não agi do mesmo jeito com *ela*.

Hora do sorriso tranquilizador.

— As pessoas reagem de maneiras diferentes aos traumas, Tally. Nem todos são fortes como você. Em vez de sentir raiva, por que não vê isso como uma oportunidade para demonstrar seu apoio a Shay? Vocês são amigas há muito tempo, não são?

— Somos, sim. Desde que éramos feias. Nascemos no mesmo dia.

— Isso é ótimo. Velhas amizades são importantes em momentos como esse. Qual foi a razão da briga?

— Não sei. Não tenho a mínima ideia.

— Não consegue se lembrar de nada? — insistiu o dr. Anders.

Tally se perguntou se haveria um detector de mentiras instalado na sala. E, nesse caso, o quanto conseguiria mentir sem ser pega. Ela fechou os olhos, concentrando-se nas calorias se movendo por seu corpo semiesfomeado, até sentir uma confusão perfeita invadir sua mente.

— Tally? — chamou o doutor.

Ela resolveu revelar um pedacinho da verdade.

— Foram só... alguns assuntos antigos.

Juntando as mãos, ele assentiu, satisfeito com a resposta. Tally temeu ter falado demais.

— Dos tempos de feias? — perguntou o Dr. Anders. Sem confiar no que poderia dizer, Tally fez que não com a cabeça.

— E como tem sido a relação entre vocês depois daquela noite?

— Normal.

Ele deu um sorriso, mas Tally notou uma breve olhada para um ponto perdido no espaço, provavelmente uma tela oculta. O dr. Anders estaria conferindo os dados da rede da cidade? Assim, ficaria sabendo que ela e Shay não haviam trocado pings desde a festa. E três dias sem pings era algo bem estranho entre perfeitos. Ou estaria ele verificando a ocorrência de alterações na voz de Tally?

Dados invisíveis ou qualquer outra coisa, a informação deixou o dr. Anders contente.

— Ela tem sido mais amistosa com você?

— Acho que normal. — Nada além de um pouco de automutilação, cânticos esquisitos e talvez um projeto de formar seu próprio grupo esquisito. — Na verdade, não a vejo desde que essa fraude de chuva começou. Mas eu e ela somos melhores amigas para sempre.

As últimas palavras saíram num tom seco demais. Tally tossiu para disfarçar, o que causou uma intensificação do sorriso preocupado do dr. Anders.

— Fico feliz por ouvir isso, Tally. E você também está se sentindo bem, não está?

— Borbulhante. Mas com um pouco de fome.

— Claro, claro. Você e Zane precisam comer mais. Está um pouco magra, e fui informado de que o nível de açúcar no sangue dele estava excessivamente baixo quando chegou aqui.

— Pode deixar que vou fazê-lo comer alguns daqueles biscoitos com gotas de chocolate da sala de espera. São uma delícia.

— Ótima ideia. Você é uma boa amiga, Tally. — Ele se levantou e estendeu a mão. — Bem, me parece que Zane já foi atendido, então não vou mais prendê-la aqui. Obrigado pelo seu tempo e, por favor, entre em contato se você ou qualquer de seus amigos sentir necessidade de conversar com alguém.

— Ah, com certeza — disse Tally, dando seu sorriso mais perfeito. — Esta conversa foi ótima.

Do lado de fora, a chuva gelada envolveu Tally como se fosse uma velha e inevitável amiga. Mas o incômodo era quase um alívio depois dos sorrisos radiantes do dr. Anders. Tally comentou sobre ele com Zane no caminho de casa. Embora o bracelete estivesse novamente envolvido por roupas, ela tomou o cuidado de falar tão baixo que o vento levava as palavras embora enquanto os dois cortavam o céu acinzentado.

— Parece que eles estão tão preocupados com ela quanto nós — comentou Zane, depois de ouvir tudo.

— Devem ter escutado nossa briga naquela noite. Ela gritou comigo de um jeito nada perfeito.

— Que maravilha.

Zane sentia o vento frio nos dentes. Não parecia que os analgésicos estivessem ajudando muito com a dor de cabeça. Ele trocava os pés em cima da prancha, procurando o equilíbrio meio sem jeito.

— Eu não disse muita coisa. Só que ela estava bêbada e exagerando.

Tally não aguentou e deu um pequeno sorriso de satisfação pelo seu desempenho. Desta vez, pelo menos, não havia traído Shay. Ou pelo menos era o que achava.

— Tenho certeza de que você não disse nada de mais, Tally. Shay precisa de ajuda, mas não de um terapeuta de meia-idade. O que temos de fazer é tirá-la daqui e lhe dar a verdadeira cura. Quanto antes, melhor.

— Isso. Tomar os comprimidos é muito melhor do que ficar se cortando.

Se os comprimidos não provocarem danos no cérebro, pensou Tally consigo mesma. Ela havia resolvido não contar a Zane sobre sua decisão de levá-lo ao hospital se sofresse outro ataque. Com sorte, não seria necessário.

— E com os seus médicos, como foi? — perguntou ela.

— Nada de anormal. Gastaram uma hora me passando um sermão sobre a importância de comer mais. Quando finalmente começaram a consertar meus ossos, só fiquei inconsciente por uns dez minutos. Fora minha magreza, eles não pareceram notar nada de estranho em mim.

— Excelente.

— Obviamente, isso não quer dizer que eu esteja bem. Afinal de contas, eles não examinaram minha cabeça, só a minha mão.

— Suas dores de cabeça estão piorando, não estão? — perguntou Tally.

— Acho que era mais fome e frio do que qualquer outra coisa.

— Zane, também não tinha comido nada hoje, e nem por isso eu...

— Esquece a minha cabeça, Tally! Não estou nem pior nem melhor. Minha preocupação é com os braços de Shay. — Ele levou a prancha mais para perto de Tally. — Agora eles também vão ficar de olho nela. Se esse dr. Remmy souber o que ela anda fazendo, a coisa toda vai para o espaço.

— É, não tenho como negar isso.

Tally visualizou a sequência de cortes ao longo dos braços de Shay. De longe, tinha pensado que eram tatuagens. Mas, de perto, qualquer um perceberia do que se tratava de verdade. Se o dr. Anders visse aquilo, dificilmente teria um sorriso apropriado para a situação. Alertas seriam divulgados na cidade inteira, e o interesse dos guardas por todos os envolvidos no colapso do estádio cresceria enormemente.

Com o braço esticado, Tally fez Zane parar. Agora sua voz não passava de um sussurro.

— Então não temos muito tempo. Ele pode querer conversar com Shay a qualquer momento.

Zane respirou fundo.

— Você vai ter de conversar com ela antes. E convencê-la a parar com a história dos cortes.

— Ah, claro. E se ela não quiser?

— Diga que estamos perto de partir. Diga que vamos conseguir a verdadeira cura para ela.

— Partir? Mas como?

— Vamos embora... hoje, se for possível. Vou arrumar tudo de que precisamos, enquanto você reúne os outros Crims.

— E isso aqui? — perguntou Tally, cansada demais para levantar o punho enfaixado, mas mesmo assim conseguindo transmitir a ideia.

— Vamos nos livrar disso. Hoje. Estou guardando uma carta na manga.

— Que carta, Zane?

— Ainda não posso contar. Mas vai funcionar... só é um pouco arriscado.

Tally ficou encucada. Ela e Zane já tinham tentado todas as ferramentas imagináveis, e nada tinha conseguido sequer arranhar o bracelete.

— Do que está falando?

— Vai ver hoje à noite.

— Deve ser mais que um pouco arriscado.

Zane olhou para Tally. Ele tinha o rosto pálido, o que refletia a falta de comida dos últimos dias. Por trás dos óculos de proteção, havia um ar sombrio em seu olhar.

— Vamos dar uma mãozinha à garota — disse, rindo. — Talvez ela precise de uma.

Tally se virou para não ter de encarar aquele sorriso.

— Vamos [illegible] dar nisso. Hoje. Estou guardando uma e uma [illegible]...

— [illegible] Zumé?

PRENSA

Situada no extremo de Nova Perfeição em que os dois braços do rio se reencontravam, a oficina não ficava longe do hospital. Naquele horário, tarde da noite, os tornos mecânicos, mesas de digitalização e moldes de injeção estavam ociosos, e o lugar, praticamente vazio. A única luz vinha da outra ponta do galpão, onde uma perfeita de meia-idade modelava vidro fundido.

— Está muito frio aqui dentro — disse Tally.

Ela conseguia ver o vapor saindo de sua boca em meio à luz vermelha proveniente da iluminação de serviço. Enquanto o restante dos Crims se aprontava para fugir a chuva finalmente tinha parado, mas a atmosfera permanecia úmida e fria. Mesmo dentro da oficina, Tally, Fausto e Zane vestiam seus casacos.

— Geralmente eles têm fornalhas em operação — disse Zane. — E alguns desses equipamentos liberam muito calor. — Ele apontou para os dois lados do galpão que ficavam abertos. — Mas o sistema de ventilação faz com que não haja paredes inteligentes por aqui, entendeu?

— Entendi.

Tally ajeitou o casaco de novo, enfiando a mão no bolso para aumentar a potência do aquecedor.

Fausto apontou para uma máquina que parecia uma prensa gigante.

— Ei, lembro de ter mexido numa dessas na época da escola de feios, na aula de desenho industrial — contou. — Nós fabricávamos bandejas com apoios na parte de baixo, para que escorregassem no gelo.

— Foi por isso que trouxe você junto — disse Zane, guiando Tally e Fausto pelo chão de concreto.

A parte de baixo da máquina consistia numa mesa de metal, que parecia marcada com um milhão de pontos minúsculos. Paralelamente à mesa, havia um pedaço idêntico de metal suspenso.

— Como é que é? Você quer usar uma prensa? — perguntou Fausto, preocupado.

Zane ainda não tinha revelado seu plano, mas Tally não gostava nada da aparência daquela máquina colossal.

Nem do seu nome.

Zane pôs o balde para garrafas de champanhe que carregava no chão, espalhando água gelada para todo lado. Depois, pegou um cartão de memória no bolso e o enfiou no leitor da prensa. A máquina se iniciou e luzes se acenderam em suas extremidades. O piso começou a tremer sob os pés de Tally.

A impressão era de que uma onda havia passado pela superfície, tornando o metal fluido e vivo.

Quando o movimento parou, Tally resolveu examinar a prensa mais de perto. Os pontinhos minúsculos, aparentemente gravados, eram na verdade pontas de pequenos discos, que podiam ser erguidos ou baixados para desenhar formas. Ela passou os dedos na mesa, mas os discos eram tão finos e tão perfeitamente alinhados que o metal parecia totalmente liso.

— Para que serve isso? — perguntou ela.

— Para gravar coisas — respondeu Zane.

Ele apertou um botão e a mesa acordou. Uma coleção simétrica de pequenas elevações apareceu na parte central. Tally notou que cavidades com o mesmo formato tinham surgido na parte de cima da prensa.

— Ei, essa aí é minha bandeja — disse Fausto.

— Claro. Acha que me esqueci? Aquelas coisas eram ótimas para deslizar — comentou Zane, animado.

Ele puxou uma chapa de metal da parte de baixo da máquina e, com cuidado, alinhou-a às extremidades da mesa.

— É mesmo. Nunca entendi por que eles não as produziam em escala industrial — disse Fausto.

— Muito borbulhante — respondeu Zane. — Mas aposto que, de tempos em tempos, um feio reinventa essa bandeja. Atenção. Vou acionar.

Os outros dois deram um passo para trás por precaução.

Zane segurou as duas alavancas localizadas numa ponta da mesa e as abaixou ao mesmo tempo. A máquina fez um breve barulho e depois entrou em movimento. A parte de cima caiu sobre a de baixo com um estrondo que ecoou pelo galpão. Tally ainda ouvia um zumbido quando as partes se separaram novamente e revelaram a chapa de metal.

— Lindo, não é? — disse Zane.

Ele segurou a chapa de metal remodelada pelo impacto. Agora parecia uma bandeja, com pequenas divisões para salada, prato principal e sobremesa. Zane virou-a ao contrário e percorreu com um dedo o relevo da parte de baixo.

— Nos dias em que a neve estava boa, conseguíamos alcançar velocidades incríveis nessas belezinhas.

O rosto de Fausto estava totalmente branco.

— Não vai funcionar, Zane.

— Por que não?

— Muitos mecanismos de segurança. Mesmo que conseguisse convencer um de nós a...

— Você só pode estar brincando, Zane! — gritou Tally. — Não vai botar sua mão aí. Essa coisa vai arrancá-la!

Zane apenas sorriu.

— Não, não vai. Como Fausto disse, há muitos mecanismos de segurança. — Ele tirou o cartão de memória do leitor da prensa e botou outro no lugar. A máquina se mexeu de novo e logo apareceu um conjunto de protuberâncias pontudas numa extremidade, como se fosse uma fileira de dentes. Zane pôs o pulso esquerdo ao lado das presas de metal. — A luva atrapalha um pouco, mas vocês conseguem ver onde a prensa vai arrebentar o bracelete?

— E se ela errar, Zane? — perguntou Tally.

Ela se esforçava para controlar o tom da voz. Embora os braceletes estivessem cobertos, como sempre, não podia chamar a atenção da perfeita de meia-idade na outra ponta do galpão.

— A máquina não erra. Você pode modelar as peças de um cronômetro com esse tipo de equipamento.

— Não vai funcionar — garantiu Fausto, botando a própria mão na prensa. — Pode ligar.

— Eu sei, eu sei — admitiu Zane, baixando as alavancas.

— O que está fazendo? — berrou Tally, horrorizada.

No entanto, a máquina nem se moveu. Uma fileira de luzes amarelas começou a piscar, e uma voz artificial disse: “Afaste-se, por favor.”

— Ela detecta a presença de pessoas — explicou Fausto. — Pelo calor do corpo.

O coração de Tally ainda batia nervosamente quando Fausto tirou a mão do meio da prensa.

— Não *faça* mais isso!

— Mesmo que você engane a máquina, não há como funcionar — continuou Fausto. — A prensa vai arrebentar o bracelete, que vai esmagar seu pulso.

— Não a uma velocidade de cinquenta metros por segundo. Olhe — disse Zane, curvando-se sobre a mesa e passando um dedo na sequência de dentes que ele havia programado. — Essa ponta vai quebrar o bracelete. Ou pelo menos vai bater com uma força suficiente para destruir o que estiver dentro dele. Nossos braceletes não vão passar de pedaços de metal morto depois disso.

Fausto também se curvou, para examinar mais de perto. Tally, por sua vez, deu as costas, sem querer ver os dois com as cabeças enfiadas na prensa. *Metal morto*. Ela olhou para a sopradora de vidro na outra extremidade do galpão. Sem saber da conversa absurda daquele canto, a mulher enfiava calmamente um monte de vidro num pequeno forno incandescente, girando-o lentamente por cima do fogo.

Tally caminhou na direção dela, até um ponto em que acreditava não poder mais ser ouvida por Zane e Fausto. Então tirou os panos que cobriam seu pulso.

— Ping para Shay.

— Indisponível. Deixar recado?

Ela fez uma cara feia.

— Sim. Olhe, Shay, eu sei que já é o décimo oitavo ping de hoje, mas preciso que você responda. Sinto muito por termos espionado vocês. É só que... — Tally não sabia mais o que dizer, ciente de que poderia haver guardas, ou até Especiais, ouvindo. Não podia revelar que pretendiam fugir naquela noite. — Estamos preocupados com você. Entre em contato assim que puder. Precisamos conversar... pessoalmente.

Tally encerrou a comunicação e enrolou de novo o pulso com o cachecol. Shay, Ho e Tachs — os Cortadores — tinham desaparecido e se recusavam a responder qualquer ping. Provavelmente Shay estava com raiva por ter sido espionada durante sua cerimônia secreta. Mesmo assim, com sorte, um dos Crims acabaria os encontrando e lhes contaria sobre a fuga.

A tarde inteira tinha sido gasta nos preparativos. Os Crims arrumaram as coisas e assumiram seus postos por toda a ilha, prontos para entrar em ação assim que recebessem o sinal vindo da oficina indicando que Tally e Zane haviam se livrado dos braceletes.

A sopradora de vidro tinha acabado de aquecer seu material de trabalho. Ela puxou a massa incandescente de dentro da fornalha e começou a soprar seu interior com ajuda de um longo tubo. A substância derretida logo passou a ganhar formas sinuosas. Relutante, Tally se voltou para a prensa.

— E os mecanismos de segurança? — insistia Fausto.

— Posso me livrar do meu calor corporal.

— Como?

Zane chutou o balde com gelo.

— Trinta segundos dentro da água gelada e minha mão vai estar tão fria quanto um pedaço de metal.

— É, mas sua mão *não* é um pedaço de metal — interveio Tally. — Nem a minha. Esse é o problema.

— Escute, Tally. Não estou pedindo que você vá primeiro.

— Zane, não vou nem antes, nem depois. Aliás, você também não.

— Ela está certa — disse Fausto, observando os dentes de metal que se projetavam da mesa e os comparando às protuberâncias correspondentes da parte de cima. — Parabéns pelo projeto, mas enfiar a mão aí é bizarrice. Se tiver errado o cálculo por um centímetro que seja, a prensa vai acertar um osso. Eles falaram sobre isso na aula prática. A onda de choque vai viajar pelo seu braço, arrebentando tudo que estiver no caminho.

— Ei, se a prensa errar, eles me consertam depois. Mas não vai haver erro. Até tomei o cuidado de desenhar um molde diferente para a sua mão — disse Zane a Tally, mostrando outro cartão de memória. — Seu bracelete é menor que o meu.

— Se isso der errado, pode esquecer qualquer conserto — retrucou Tally, em voz baixa. — Nem o hospital da cidade consegue reconstruir uma mão esmagada.

— Esmagada não — disse Fausto. — Seus ossos vão ser *liquidificados*, Zane. O que eu quero dizer é que a onda de choque vai transformá-los numa *pasta*.

— Olhe, Tally. — Zane se abaixou para pegar a garrafa de champanhe que estava mergulhada no balde. — Eu também não queria fazer isso. Mas tive um ataque hoje de manhã, se lembra?

Ele abriu a garrafa.

— Você teve *o quê*? — perguntou Fausto.

Tally balançou a cabeça.

— Precisamos achar outra saída.

— Não temos tempo — disse Zane, tomando um gole no gargalo. — E então, Fausto, vai me ajudar?

— Ajudar? — estranhou Tally.

— São necessárias duas mãos para acionar a prensa — explicou Fausto. — Outro mecanismo de segurança, para que a pessoa não esqueça uma das mãos em cima da mesa por distração. Zane precisa de um de nós para baixar as alavancas. — Ele cruzou os braços. — Pode esquecer.

— Eu também não vou ajudar! — disse Tally.

— Tally, se não sairmos da cidade hoje à noite, é bem provável que eu acabe enfiando a cabeça nessa prensa. As dores de cabeça vêm mais ou menos a cada três dias e estão ficando piores. Precisamos ir embora.

Fausto franziu a testa.

— Do que vocês estão falando?

— Há alguma coisa errada comigo, Fausto. É por isso que precisamos partir hoje à noite. Achamos que os Novos Enfumaçados podem me ajudar.

— E por que você precisa deles? O que há de errado com você?

— O que há de errado comigo é que estou curado.

— Como é que é?

Zane respirou fundo antes de responder:

— Bem, a verdade é que tomamos uns comprimidos...

Tally resmungou e deu as costas para os dois, consciente de que aquele era outro passo perigoso. Primeiro Shay, agora Fausto. Ela se perguntava quanto tempo levaria até todos os Crims saberem a respeito da cura — algo que só tornaria mais indispensável que saíssem da cidade, quaisquer que fossem os riscos envolvidos.

Contrariada, Tally voltou a acompanhar o trabalho da sopradora. Podia sentir a incredulidade de Fausto cedendo à medida que Zane explicava tudo que havia acontecido aos dois no último mês: os comprimidos, o efeito borbulhante da cura e as dores de cabeça insuportáveis.

— Então Shay tinha razão sobre vocês dois! — disse Fausto. — É por isso que vocês andam tão diferentes...

Shay tinha sido a única a comentar o assunto com Tally, mas todos os outros Crims deviam ter notado as mudanças e se perguntado o que teria acontecido. Eles também queriam ficar borbulhantes como Tally e Zane. Agora que Fausto sabia da existência de uma cura, uma cura que dependia apenas de se engolir um comprimido, talvez não achasse mais um absurdo arriscar uma ou duas mãos na prensa.

Tally suspirou. Talvez não fosse mesmo um absurdo. Afinal, naquela manhã, ela tinha demorado a levar Zane ao hospital, preferindo esperar do lado de fora, embaixo de chuva, desperdiçando o que podiam ser preciosos minutos. E arriscando a vida dele, não apenas a mão.

Ela engoliu em seco. Qual era a palavra que Fausto havia usado? *Liquidificado?*

Enquanto isso, a mulher fazia o objeto de vidro crescer. As esferas se sobrepunham, ganhando formas incrivelmente delicadas, que jamais poderiam ser restauradas caso se quebrassem. A mulher segurava o objeto com todo cuidado; algumas coisas simplesmente não podiam ser consertadas.

Tally pensou no pai de David, Az. Quando a dra. Cable tentou apagar suas lembranças, o processo acabou levando-o à morte. A mente era muito mais frágil que a mão de um ser humano. E ninguém ali fazia ideia do que estava acontecendo dentro da cabeça de Zane.

Ela olhou para a própria mão esquerda e dobrou os dedos lentamente. Teria coragem de colocá-la entre os dentes de metal? Talvez.

— Tem certeza de que podemos achar os Novos Enfumaçados? — perguntou Fausto. — Parece que ninguém os vê há algum tempo.

— Os feios que encontramos hoje de manhã disseram que havia sinais da presença deles.

— E eles são capazes de curar você?

A voz de Fausto dizia tudo: ele estava se convencendo, num processo lento, mas irreversível, e acabaria concordando em acionar a prensa. De um jeito cruel, a coisa toda fazia sentido. Havia uma cura para a condição de Zane em algum lugar, e, se eles não o ajudassem, ele morreria de qualquer maneira.

Qual era o problema, afinal, de pôr sua mão em risco?

Tally se virou e disse:

— Eu faço. Eu aciono os comandos.

Os outros dois ficaram sem reação por um instante, até Zane abrir um sorriso.

— Que bom. Prefiro que seja você.

— Por quê? — perguntou ela, insegura.

— Porque confio em você. Não quero ficar tremendo.

Tally respirou fundo, tentando segurar as lágrimas.

— Obrigada, então.

Um silêncio constrangedor tomou conta do lugar por um momento.

— Tem certeza, Tally? — perguntou Fausto, finalmente. — Posso cuidar disso.

— Não. É melhor que seja eu.

— Bem, não há razão para perdermos tempo — disse Zane, largando o casaco no chão.

Ele desenrolou o cachecol do pulso e tirou a luva que também cobria o bracelete. Sua mão esquerda parecia pequena e frágil ao lado da grandeza sombria da prensa. Zane fechou a mão e a enfiou no balde, tremendo ao sentir a água gelada sugar o calor do seu corpo.

— Prepare-se, Tally — avisou.

Antes, ela olhou para as mochilas no chão, verificou se estava com o sensor de cintura e conferiu, mais uma vez, as pranchas na saída do galpão. Os fios soltos indicavam que não havia mais ligação com a rede da cidade. Elas estavam prontas para sair dali.

Então Tally fixou os olhos no seu bracelete. Assim que o de Zane estivesse em pedaços, o sinal de rastreamento seria interrompido. Eles teriam de cuidar do seu o mais rápido possível e fugir. Seria uma longa viagem só para deixar os limites da cidade.

Havia mais de vinte Crims à espera, em vários pontos da ilha, prontos para se espalharem pelo mato e atraírem os perseguidores para todas as direções. Cada um levava um sinalizador com uma mistura especial de cores — roxo e verde — para transmitir um sinal assim que Zane e Tally estivessem livres.

Livres.

Tally olhou para os controles da prensa e engoliu em seco. As duas alavancas tinham uma proteção de plástico amarelo bem chamativo. Pareciam controles de videogame. Quando ela as segurou, sentiu a força da máquina, ainda parada, percorrer suas mãos, como o tremor provocado por um avião suborbital passando no céu.

Ela tentou se imaginar acionando o mecanismo, mas não conseguiu. Contudo, Tally não tinha mais argumentos, e a hora das discussões já havia passado.

Depois de 30 intermináveis segundos, Zane tirou a mão da água gelada.

— Feche os olhos, para o caso de o metal se estilhaçar. O frio vai deixá-lo quebradiço — explicou, num tom de voz natural.

Não importava mais o que o bracelete captasse. Quando alguém entendesse o significado daquelas palavras, eles já estariam voando a toda velocidade em direção às Ruínas de Ferrugem.

Zane pôs o pulso na extremidade da mesa e fechou os olhos.

— Tudo bem. Manda ver.

Com as mãos tremendo em torno das alavancas, Tally respirou fundo mais uma vez. Então fechou os olhos e pensou: *Vamos lá, é agora...*

Mas seus dedos não a obedeciam.

Sua cabeça começou a rodar, repassando todas as coisas que podiam dar errado. Ela se viu levando Zane ao hospital de novo, com o braço transformado em geleia. Imaginou os Especiais invadindo o local e detendo todo mundo depois de descobrir o que estava acontecendo. Tally até se perguntou se Zane havia tirado as medidas certas e se ele havia se lembrado de que o bracelete encolheria um pouco por causa da água gelada. Ela se ateve a essa ideia achando que talvez fosse melhor confirmar.

Tally abriu os olhos: o bracelete reluzia como um pedaço de ouro sob a luz amarelada da prensa.

— Tally... acione a máquina!

O frio faria o metal se retrair, mas o calor... Tally deu uma olhada para a sopradora no outro lado do galpão, graciosamente alheia à coisa terrível e violenta que estava prestes a acontecer.

— Tally! — disse Fausto, em voz baixa.

O calor faria o bracelete se expandir...

A mulher estava com o vidro incandescente nas mãos e o virava para conferi-lo de todos os ângulos. *Como ela conseguia segurar vidro derretido sem proteção?*

— Tally — chamou Fausto de novo. — Se quiser, eu posso...

— Espere um pouco — disse ela, tirando as mãos dos controles da prensa.

— O que houve?! — berrou Zane.

— Esperem aqui.

Ela tirou o cartão de memória da prensa, ignorando os gritos de protesto, e saiu correndo em meio aos tornos mecânicos e fornos, até a outra ponta do galpão. Ao vê-la chegar, a mulher reagiu com tranquilidade, recebendo-a com um sorriso de perfeito de meia-idade.

— Olá, querida.

— Oi. Isso é lindo — disse Tally.

O sorriso agradável se tornou ainda mais intenso.

— Obrigada.

Agora Tally podia ver as mãos da mulher, que tinham um brilho prateado, em contraste com o vermelho do vidro quente.

— Você está usando luvas, não está? — perguntou.

A mulher deu uma risada.

— É claro! É muito quente dentro dessa fornalha.

— Mas não sente nada?

— Com essas luvas, não. Acho que o material foi desenvolvido para uso nos ônibus espaciais. Para o momento em que entram novamente na atmosfera. Elas suportam uns dois mil graus.

— E são muito finas, né? Lá do outro lado, eu não conseguia ver que você estava de luvas.

— Isso mesmo — confirmou a mulher, com satisfação. — E consigo sentir a textura do vidro através delas.

— Caramba. — Tally deu um sorriso perfeito. As luvas certamente passariam *por baixo* dos braceletes. — Onde consigo um par? — A mulher apontou para um armário. Ao abri-lo, Tally encontrou dezenas de luvas amontoadas, brilhando como neve sob a luz do sol. Pegou duas. — São todas do mesmo tamanho?

— Sim. Elas esticam até passar do cotovelo — explicou a mulher. — Mas não se esqueça de jogá-las fora depois de usar. Não funcionam muito bem na segunda vez.

— Entendido.

Ela se virou, segurando as luvas com firmeza, e sentiu um alívio percorrer seu corpo. Não precisaria mais acionar os controles, nem assistir à prensa caindo sobre a mão de Zane. Tinha um plano novo e muito melhor na cabeça. E sabia exatamente onde encontrar uma fornalha poderosa — uma que poderia ser levada até os limites da cidade.

— Espere um pouco, Tally — disse a mulher, agora com um traço de preocupação na voz.

Tally gelou ao perceber que a mulher a tinha reconhecido. Nada mais natural: todo mundo que assistia aos jornais conhecia o rosto de Tally Youngblood. Ela quebrou a cabeça tentando bolar uma justificativa inocente para precisar das luvas, mas tudo em que pensava soava falso demais.

— Ahn, o que foi?

— Você levou duas luvas esquerdas — disse a mulher, rindo. — Seja lá o que estiver tramando, não vão ser úteis assim.

Tally sorriu e deixou uma risadinha escapar por entre os dentes. *Isso é o que você pensa*. Mas ela voltou ao armário e catou duas luvas direitas. Não custava nada proteger as duas mãos.

— Obrigada pela ajuda.

— Disponha. — A mulher deu um sorriso encantador e depois voltou a se concentrar nas curvas do seu pequeno objeto de vidro. — E tome cuidado.

— Não se preocupe — disse Tally. — Eu sempre tomo.

SEQUESTRO

— Está brincando? Como vamos requisitar uma coisa dessas no meio da noite? — perguntou Fausto.

— Não podemos requisitar. Vamos ter de sequestrar uma. — Tally pôs uma mochila no ombro e estalou os dedos para chamar sua prancha. — Na verdade, precisamos de mais de uma. Quanto mais de nós conseguirem sair desse jeito, melhor.

— Sequestrar? — repetiu Zane, conferindo o cachecol que estava de volta ao seu pulso. — Você quer dizer roubar?

— Não, vamos pedir educadamente — respondeu Tally, rindo. — Não se esqueça, Zane, nós somos os Crims. Somos famosos. Venha comigo.

Do lado de fora da oficina, ela pulou na prancha e, imediatamente, seguiu rumo à região central da ilha, onde os terraços das torres de festa estavam sempre cercados de paraquedas, balões de ar quente e fogos de artifício. Zane e Fausto tiveram de se esforçar para acompanhar seu ritmo.

— Passe a informação aos outros Crims — gritou ela para Fausto. — Conte a eles sobre a mudança nos planos.

Ele olhou para Zane, à espera de sua aprovação, e depois sentiu alívio pela ideia de a prensa ter sido substituída por um plano menos violento.

— Com quantas pessoas você quer subir? — perguntou.

— Nove ou dez — respondeu Tally. — Serve qualquer um, desde que não tenha medo de altura. O resto pode ir de prancha, como o planejado. Estaremos prontos em vinte minutos. Nos encontre no centro da cidade.

— Estarei lá — disse Fausto, já se afastando no céu escuro.

Tally se virou para Zane.

— Está tudo bem?

Ele assentiu, mexendo os dedos da mão esquerda por baixo da luva.

— Vou ficar bem. Só preciso de um tempo para digerir o que houve.

Tally chegou mais perto e segurou sua mão sem luva.

— O que você tentou fazer foi muito corajoso.

— Acho que foi uma estupidez — retrucou ele.

— Sim, talvez. Mas, se não tivéssemos ido à oficina, eu não teria pensado nisso.

Zane sorriu.

— Para ser sincero, fico feliz por você ter pensado nisso. — Ele mexeu os dedos de novo. Logo em seguida, apontou para um ponto à frente. — Estou vendo dois.

Tally seguiu seu olhar até o centro da ilha, onde dois balões de ar quente flutuavam acima de uma torre de festas, com os cabos que os seguravam refletindo a luz trêmula dos fogos de artifício.

— Perfeito — disse.

— Temos um problema — observou Zane. — Como vamos chegar tão alto com as pranchas?

Tally pensou por um momento.

— Com muito cuidado — respondeu ela.

Tally nunca tinha ido tão alto. Eles subiram lentamente ladeando a torre de festa, tão perto que era possível esticar o braço e tocar as paredes de concreto. O metal no interior do prédio garantia um mínimo de apoio para os sustentadores das pranchas. Tally sentia uma tremedeira enervante sob os pés; era como se tivesse voltado à infância e estivesse na ponta de uma plataforma de saltos bem alta. Depois de um minuto interminável, eles alcançaram o ponto em que um dos balões estava preso à torre. Bastou um toque no material escorregadio para Tally confirmar o que havia previsto.

— Tudo certo. É metal.

— Tudo bem, mas esse metal é *suficiente*? — perguntou Zane. Ele revirou os olhos ao notar a indiferença de Tally. — E você achou o *meu* plano arriscado. Ótimo, vamos tentar o plano que parece um absurdo.

Zane deu a volta na torre, até onde o outro balão balançava ao vento. Tally riu ao perceber que tinha a forma de uma cabeça de porco gigante, com orelhas em relevo e grandes olhos pintados no náilon rosa.

Pelo menos o balão que lhe cabia tinha uma cor normal: um prateado reflexivo com uma faixa azul dando a volta bem no meio. Lá da cesta veio o som inconfundível de uma garrafa de champanhe se abrindo, seguido por risos. A distância não era muito grande, mas chegar lá não seria fácil.

Seus olhos seguiram toda a extensão do cabo de aço, que caía um pouco antes de se curvar para cima até atingir a cesta. As curvas lembravam-na da montanha-russa das Ruínas de Ferrugem. No entanto, a montanha-russa continha muito mais metal; era uma estrutura perfeita para se andar de prancha. Aquele cabo estreito, por sua vez, ofereceria pontos escassos de sustentação para a prancha.

Além disso, diferentemente da montanha-russa, aquela coisa estava em movimento constante. O balão descia gradualmente, à medida que o ar dentro do envelope esfriava, mas Tally sabia que, de repente, poderia subir e esticar o cabo. Bastava que alguém acionasse o queimador. Para piorar, talvez os Esquentados se cansassem de ficar parados ali e decidissem dar um passeio noturno, soltando o cabo e tirando o único apoio que separava Tally de uma queda até o chão.

Zane tinha razão: aquele não era o jeito mais fácil de se conseguir um balão. Entretanto, não havia tempo para requisitar um pelos meios adequados, nem para esperar os Esquentados que ocupavam a cesta se cansarem e decidirem pousar. Se quisessem chegar às Ruínas de Ferrugem antes do amanhecer, a fuga não poderia demorar. E talvez alguém encontrasse Shay enquanto o plano era concretizado.

Tally subiu mais um pouco pela parede da torre, até estar bem em cima da argola que segurava o cabo metálico. A partir desse ponto, ela se afastou do prédio e passou a conduzir a prancha por sobre o cabo, como um equilibrista segurando uma vara de madeira em cima de uma corda esticada.

Ela avançou lentamente, sentindo o esforço dos sustentadores, que, com seus dedos magnéticos invisíveis, faziam o cabo se curvar para baixo. Uma ou duas vezes, a prancha chegou a tocar no apoio, aumentando o nervosismo de Tally. Com o peso dela atrapalhando o delicado equilíbrio entre ar quente e gravidade, o balão perdeu um pouco de altura.

Até a metade do caminho, Tally desceu, e a partir daí ela passou a subir na direção do balão. A prancha começou a tremer mais, à medida que se afastava da torre. Uma hora, Tally teve certeza de que os sustentadores parariam de funcionar, provocando uma queda de 50 metros. Daquela altura, os braceletes antiqueda não funcionariam tão bem quanto as jaquetas de bungee jump. Ser puxada pelos pulsos, até parar no ar, provavelmente resultaria num ombro deslocado.

Obviamente, aquilo nem se comparava ao que a prensa poderia ter feito.

No fim, os sustentadores aguentaram o tranco, e a prancha continuou a subir rumo à cesta do balão. Ao ouvir gritos vindos das varandas da torre de festa, Tally soube que ela e Zane tinham sido avistados. Que brincadeira nova era aquela?

Um rosto surgiu de dentro da cesta, olhando para baixo com uma expressão de surpresa.

— Ei, olhem isso! Tem alguém subindo!

— Como é que é? Por onde?

Os outros três perfeitos se aproximaram do lado mais próximo para vê-la. A redistribuição de peso fez o cabo se agitar. Sentindo a prancha balançar perigosamente sob seus pés, Tally soltou um palavrão.

— Não se mexam aí em cima! — gritou. — E não acionem o queimador!

As ordens foram recebidas com um silêncio perplexo, mas eles acabaram ficando parados em seus lugares.

Com mais um minuto de subida, a prancha estava quase encostada na cesta. Tally dobrou os joelhos e pulou, entrando em queda livre por uma fração de segundo, antes de se agarrar à beirada de vime. Logo apareceram mãos esticadas para ajudá-la a subir. Num instante, ela estava dentro da cesta, encarando quatro Esquentados surpresos. Livre do peso de Tally, a prancha continuou a ascender, até que ela a pegou.

— Uau! Como você fez isso?

— Eu não sabia que pranchas conseguiam chegar tão alto!

— Ei, você é a Tally Youngblood!

— Quem mais poderia ser? — disse ela, rindo e se projetando para fora da cesta.

O chão estava se aproximando; o peso de Tally e o da prancha empurravam o balão para baixo.

— Bem, espero que não se importem em pousar esta coisa. Eu e meus amigos precisamos dar uma voltinha.

Na mesma hora em que o balão pousava na grama, diante da Mansão Garbo, um bando de Crims em cima de pranchas, liderados por Fausto, chegava ao local. Tally avistou as duas orelhas rosadas do balão de Zane e assistiu à sua descida num ponto próximo, com alguns quiques antes de parar.

— Não saiam ainda! — gritou para os Esquentados sequestrados. — Não queremos que esta coisa saia voando vazia por aí.

Eles esperaram Peris e Fausto atravessarem o gramado e subirem na cesta.

— Quantas pessoas isto aguenta, Tally? — perguntou Fausto.

A cesta era feita de vime. Ela passou as mãos pelos gravetos trançados, que continuavam sendo o material perfeito para quem desejava algo firme, leve e flexível.

— Vamos quatro em cada um — decidiu Tally.

— Então, qual é o lance de vocês? — perguntou um Esquentado mais corajoso e menos tímido.

— É só esperar para ver. E, quando forem entrevistados pelos noticiários, fiquem à vontade para contar todos os detalhes — explicou Tally. Os quatro ficaram olhando para ela, embasbacados, entendendo aos poucos que ficariam famosos. — Mas não digam nada por pelo menos uma hora. Senão, nosso truque não vai funcionar, e o resultado não vai ser tão borbulhante. — Eles assentiram como bons meninos. — Ei, como faço para soltar o cabo? — perguntou Tally, que apesar de sempre ter pensado naquilo nunca havia andado de balão.

— Puxe essa corda — respondeu um dos Esquentados. — E aperte esse botão quando quiser que um carro venha buscá-la.

Tally sorriu. Eles não precisariam daquele último recurso.

— Vocês vão para um lugar bem distante, não vão? — perguntou outro Esquentado, ao ver a expressão no rosto dela.

Tally parou para pensar por um instante, consciente de que suas palavras acabariam nos noticiários e depois seriam repetidas por gerações de feios e novos perfeitos. Chegou à conclusão de que valia a pena contar a verdade. Aqueles quatro não se arriscariam a arruinar seu primeiro contato com a fama criminosa; só falariam com as autoridades quando já fosse tarde demais.

— Vamos até a Nova Fumaça — disse ela, com toda a certeza do mundo.

Engula essa, dra. Cable!, pensou animada.

A cesta se sacudiu, e Tally logo percebeu que Zane tinha pulado para dentro.

— Posso me juntar a você? Já são quatro no meu balão. E há mais um grupo providenciando outro.

— O resto está pronto para partir ao nosso sinal — informou Fausto.

Desde que ela e Zane fossem de balão, Tally não se importava muito como os outros sairiam dali. Lá em cima, o queimador fazia um barulho semelhante ao de um jato, pronto para aquecer o ar do interior do envelope novamente. Tally só esperava que conseguissem expandir os braceletes o suficiente — ou, pelo menos, destruir seus transmissores internos.

Ela tirou as luvas resistentes ao fogo do bolso e entregou um par a Zane.

— Seu plano é muito melhor, Tally — disse ele, observando o queimador. — Uma fornalha voadora. Estaremos quase fora da cidade quando conseguirmos nos livrar dessas coisas.

Tally sorriu e depois se virou para os Esquentados.

— É isso aí, meninos. Podem descer agora. Obrigada pela ajuda e lembrem-se de não contar nada a ninguém por no mínimo uma hora.

Eles saíram da cesta, um por um, e se afastaram alguns metros para dar espaço ao balão, que começava a ganhar força e a se agitar ao sabor do vento.

— Prontos? — gritou Tally.

Os outros Crims responderam que sim. A uma distância não muito grande, um terceiro balão se aproximava. Eles partiriam em pouco tempo. Quanto mais balões, melhor. Se todos deixassem os anéis de interface nas cestas ao pular, os guardas teriam uma noite bem movimentada.

— Estamos prontos — disse Zane. — Vamos embora.

Os olhos de Tally percorreram a paisagem. A Mansão Garbo, as torres de festa, as luzes de Nova Perfeição: o mundo que ela tinha desejado durante toda a sua vida como feia. Não sabia se um dia voltaria a ver aquela cidade.

Naturalmente, ela teria de voltar, caso Shay ainda não tivesse sido avisada. Aquela coisa toda de se cortar não passava de uma tentativa desesperada de se curar. Tally nunca a deixaria para trás, mesmo que Shay a odiasse.

— Certo, vamos lá — respondeu ela, para dizer em seguida, num sussurro: — Desculpe, Shay. Eu volto para buscar você.

Tally esticou o braço e puxou a corda para a subida. O queimador explodiu num rugido, espalhando uma onda de calor, e o envelope lá em cima começou a se estufar. Logo o balão passou a subir.

— Caramba! — gritou Peris. — Estamos indo embora.

Fausto deu um berro e tratou de soltar o cabo. A cesta sacudiu ao se ver livre da amarra.

Tally não tirava os olhos de Zane. Agora eles subiam rapidamente, passando pelo alto da torre, de onde uma dezena de perfeitos bêbados acenava.

— Estou mesmo indo embora — disse Zane. — Finalmente.

Ela sorriu. Dessa vez não haveria desistência. Tally não deixaria.

Num instante, a torre de festa ficou para trás, com o balão subindo mais alto que qualquer construção de Nova Perfeição. Tally já conseguia ver as linhas prateadas do rio para todos os lados, a escuridão de Vila Feia e as luzes dos subúrbios. Logo estariam a uma altura da qual poderiam avistar o mar.

Soltando a corda, ela silenciou o queimador. Não precisavam chegar tão alto. Os balões não serviam para fugir dos carros dos guardas; para isso, usariam as pranchas. Em breve, teriam de se lançar numa queda livre, até que as pranchas encontrassem sustentação na estrutura magnética da cidade e os pegassem no ar.

Não era tão simples quanto pular de jaqueta, mas também não era tão perigoso assim. Olhando para baixo, Tally sacudia a cabeça e suspirava. Às vezes, tinha a impressão de que sua vida consistia numa sucessão de quedas, de alturas cada vez maiores.

Agora o vento os empurrava em alta velocidade, levando o balão para longe do mar. Estranhamente, no entanto, o ar ao redor deles parecia parado. Tally se deu conta de que, como o balão se movia na mesma direção das correntes, aquela era uma sensação natural. Pelo menos, o mundo continuava passando lá embaixo.

Em pouco tempo, as Ruínas de Ferrugem já estavam ficando para trás. Mas havia muitos rios em torno da cidade, com leitos repletos de depósitos minerais capazes de sustentar uma prancha. Os Crims tinham planejado fugir em diferentes direções — e todos sabiam voltar às ruínas, não importava aonde o vento os levasse.

Tally tirou o casaco, os braceletes antiqueda e as luvas e os deixou no piso da cesta. Graças ao calor que ainda emanava do queimador, não sentia muito frio. Então ela pôs a primeira luva resistente, por baixo do bracelete no pulso esquerdo, puxando-a para além do cotovelo, quase até a axila. Na sua frente, Zane também se preparava.

Só faltava aproximar os braceletes da chama.

Ela olhou para cima. O queimador era preso à cesta por uma armação com quatro braços que se projetava como uma aranha gigante de metal. Com os pés na grade de proteção e a mão na estrutura do queimador, Tally conseguiu chegar aonde precisava. Dali, olhou para a cidade que passava embaixo e torceu para que o balão não fosse sacudido por uma repentina corrente de ar.

— Fausto, o sinal — disse.

Ele assentiu e acendeu o fogo de artifício, que começou a crepitar e a espalhar faíscas verdes e roxas. Tally viu o mesmo sinal sendo emitido por Crims nas proximidades. Num instante, as cores tomaram conta do céu, em toda a ilha. Agora não havia mais volta para ninguém.

— É isso aí, Zane. Vamos tirar essas coisas.

QUEIMADOR

Os quatro bicos do queimador estavam a menos de um metro de seu rosto, ainda incandescentes, espalhando um calor que se perdia no ar quente da noite. Ela esticou o braço e tocou num deles com cuidado. A mulher da oficina tinha dito a verdade. Tally conseguia sentir as formas do queimador por baixo do tecido resistente ao fogo e até identificar com os dedos alguns pontos de solda. No entanto, não fazia ideia da temperatura do metal. O queimador não estava quente, nem frio... Era uma sensação estranha, como se ela estivesse mergulhada em água com a mesma temperatura de seu corpo.

Tally olhou para Zane, que tinha se posicionado do outro lado do queimador.

— Essas coisas funcionam mesmo, Zane. Não estou sentindo nada.

Ele examinou a luva em sua mão esquerda, desconfiado.

— Você disse dois mil graus?

— Isso mesmo. — Pelo menos, para qualquer um capaz de confiar numa informação dada por uma artista perfeita de meia-idade soprando vidro no meio da noite. — Eu vou primeiro — disse Tally.

— Nada disso. Vamos juntos.

— Não seja dramático. — Ela se virou para Fausto, cujo rosto estava tão pálido quanto no momento em que Zane havia botado a mão no meio da prensa. — Dê uma puxadinha na corda, a mais sutil possível, assim que ouvir meu comando.

— Esperem aí! — disse Peris. — O que vocês estão fazendo?

Somente naquela hora Tally se deu conta de que ninguém tinha explicado o plano a Peris. Agora, num estado de absoluta confusão, ele esperava uma resposta. Mas não havia tempo para explicações.

— Não se preocupe. Estamos usando luvas — disse Tally, posicionando a mão esquerda sobre o queimador.

— *Luvas?* — estranhou Peris.

— Sim... luvas especiais. Manda ver, Fausto! — gritou Tally.

Uma onda de calor se projetou no ar. A chama azulada do queimador atrapalhou a visão de todos por alguns instantes. Tally fechou os olhos ao sentir o ardor infernal, como se o vento de um deserto soprasse em seu rosto. Enquanto se protegia do fogo, podia ouvir o grito de horror e surpresa que saía da boca de Peris.

Menos de um segundo depois, a chama já havia sumido. Ao abrir os olhos, Tally viu manchas amareladas em to-dos os lados. Mas também viu seus dedos se mexendo. Ilesos.

— Não senti nada na mão! — gritou.

Ela piscou para se livrar das manchas na visão e logo percebeu que o metal do bracelete ainda estava em brasa. O problema era que não parecia muito maior.

— O que você está *fazendo*? — berrou Peris, levando uma bronca de Fausto pelo escândalo.

— Muito bem — disse Zane, colocando a mão sobre o queimador. — Vamos ser rápidos. Eles já devem saber que estamos armando alguma coisa.

Tally concordou. O bracelete certamente tinha registrado o calor intenso. A exemplo do pingente dado a Tally pela dra. Cable, antes de sua viagem à Fumaça, o mecanismo provavelmente era projetado para emitir algum tipo de sinal caso fosse danificado. Ela respirou fundo, recebendo o ar gelado da noite nos pulmões, e em seguida pôs a mão sobre o queimador, sem se esquecer de baixar a cabeça.

— Vamos lá, Fausto. Mantenha o fogo aceso até eu mandar parar!

Outra onda de calor inimaginável se lançou sobre a mão de Tally. Peris observava a cena, com uma expressão de terror que assumia um aspecto demoníaco sob o fogo intenso. Tally preferiu desviar o olhar. Acima deles, o envelope se inchou, e o balão foi puxado para o alto pela carga de ar superquente. A cesta balançou, obrigando Tally a segurar firme no queimador.

A parte mais castigada pelo calor era seu ombro esquerdo, protegido apenas pela camiseta. Sem a cobertura da luva, a pele da região ardia como uma queimadura de sol. O calor impiedoso provocava rios de suor que desciam por suas costas.

Incrivelmente, as partes de Tally que menos sentiam o inferno eram as mãos, incluindo a esquerda, posicionada bem em cima da fonte de calor. Ela tentou visualizar o bracelete, escondido pela chama, ficando vermelho, depois branco... e se expandindo gradualmente.

Depois de quase um minuto, gritou:

— Pare, pare!

O queimador se desligou, e num instante o ar ao seu redor voltou a esfriar, e a noite ficou mais escura. Tally se levantou, com os pés ainda apoiados na grade de proteção, e piscou, impressionada pelo silêncio que fazia após o desligamento da chama.

Ela tirou a mão de cima do queimador, esperando encontrar uma massa escura, apesar de suas terminações nervosas sugerirem algo diferente. Mas todos os cinco dedos se mexiam normalmente. O bracelete estava quase branco, com manchas azuis ainda percorrendo suas extremidades. Tally sentia um cheiro de metal fundido.

— Rápido, Tally! — gritou Zane, pulando na cesta. Ele começou a puxar o bracelete. — Antes que esfriem.

Ela também desceu da grade e seguiu o exemplo dele. Nesse momento, agradeceu por ter pegado duas luvas para cada um. O bracelete escorregou pelo pulso, mas parou, empacado no mesmo ponto de sempre. Tally examinou o metal de perto, tentando perceber se havia se dilatado. Embora parecesse maior, talvez a luva resistente ao fogo fosse mais grossa do que o imaginado, o que podia anular parte da diferença.

Tally espremeu bem os dedos de sua mão esquerda e puxou de novo: o bracelete avançou mais um centímetro. O metal ainda irradiava calor, mas começava a assumir um tom avermelhado mais suave... Quando esfriasse, ficaria mais apertado, esmagando seus ossos?

Cerrando os dentes, ela deu mais um puxão, o mais forte que pôde... e o bracelete saiu, caindo no piso da cesta como um pedaço de carvão em brasa.

— Isso!

Finalmente, Tally estava livre.

Ela olhou para os outros. Zane ainda não tinha obtido sucesso; Fausto e Peris corriam para desviar do bracelete de Tally, que soltava chiados enquanto rolava pelo chão.

— Consegui — prosseguiu ela. — Saiu.

— Ahn... o meu continua aqui — resmungou Zane. O bracelete estava preso em seu pulso e já não brilhava tanto. Ele soltou um palavrão antes de voltar para cima da grade de proteção. — Manda ver de novo.

Fausto assentiu e deu outro puxão na corda que acionava o queimador.

O calor obrigou Tally a se virar. Ela olhou para a cidade lá embaixo, tentando se livrar das manchas que embaçavam sua visão. Eles já tinham passado do cinturão verde; estavam sobrevoando os subúrbios. Tally conseguia ver a zona industrial se aproximando, pontuada por luzes alaranjadas, e mais adiante a escuridão absoluta que indicava o fim da cidade.

Não podiam demorar a pular. Em mais alguns minutos, a estrutura de metal por baixo da cidade acabaria. Sem aquele apoio, as pranchas não conseguiriam voar ou mesmo deter uma queda. Eles seriam forçados a lançar os balões ao solo em vez de fugir tranquilamente.

Tally olhou para o envelope cheio do balão, que continuava subindo, e se perguntou quanto tempo levaria para passar a descer. Talvez, se conseguissem rasgá-lo de alguma forma, para acelerar o processo... mas qual seria a violência da queda de um balão? Além disso, sem pranchas que funcionassem, os quatro teriam de caminhar até algum rio, o que daria bastante tempo aos guardas para encontrar o balão enrolado e ir atrás deles.

— Vamos lá, Zane! — disse Tally. — Temos de ir!

— Estou tentando!

— Que cheiro é esse? — perguntou Fausto.

— Do que está falando?

Tally pulou para a cesta, tentando distinguir algo no ar quente.

Havia alguma coisa queimando.

LIMITE DA CIDADE

— Somos nós! — gritou Fausto.

Ele soltou a corda do queimador e deu um pulo para trás. Não conseguia tirar os olhos da cesta.

Só então Tally sentiu o cheiro: lembrava o fedor de plantas quando jogadas na fogueira. Em algum lugar, o bracelete incandescente tinha começado a queimar o vime da cesta.

Ela olhou para Zane, que continuava agachado em cima da grade de proteção, ignorando os gritos desesperados dos outros e puxando seu bracelete com raiva. Peris e Fausto corriam à procura da origem do cheiro.

— Calma! — disse Tally. — Ainda temos a opção de pular!

— Não! Ainda não — berrou Zane, lutando com o bracelete.

Peris parecia prestes a saltar do balão sem sequer se dar ao trabalho de pegar sua prancha.

Com a visão finalmente livre de manchas, Tally reparou em algo perto de seus pés. Havia uma garrafa, abandonada pelos Esquentados. Ao pegá-la, percebeu que estava cheia.

— Segurem as pontas, meninos — disse ela. Com toda sua prática, ela tirou a proteção de estanho e posicionou os polegares sob a rolha. No instante seguinte, um projétil se perdia na escuridão. — Está tudo sob controle.

Assim que a espuma começou a transbordar, Tally pôs o dedão no gargalo. Então ela sacudiu a garrafa e espalhou champanhe por todo o piso da cesta. Um chiado marcou o último sopro de vida das chamas.

— Consegui! — gritou Zane, na mesma hora.

O bracelete caiu e rolou para perto dos pés de Tally, que, com toda a calma, esvaziou o resto da garrafa. O cheiro de metal fundido subiu misturado a um estranho aroma adocicado de champanhe fervido.

Depois de admirar um pouco sua mão recém-libertada, Zane tirou as luvas resistentes ao calor e as lançou pelos ares.

— Funcionou! — disse, dando um abraço em Tally.

Ela abriu um sorriso, largou a garrafa no chão e também arrancou as luvas.

— Teremos tempo para comemorar depois — disse ela. — Vamos tratar de sair daqui antes.

— Claro. — Zane equilibrou a prancha sobre a grade de proteção e olhou para baixo. — Caramba. É uma queda e tanto.

Fausto deu uma puxadinha numa outra corda pendurada.

— Vou liberar um pouco de ar quente... Talvez consigamos descer um pouco.

— Não temos tempo — gritou Tally. — Estamos quase fora da cidade. Se nos perdermos, o ponto de encontro é o prédio mais alto das ruínas. E lembrem: não se soltem da prancha no caminho até lá embaixo.

Todos se apressaram para pegar as mochilas, se esbarrando no espaço apertado. Zane e Tally puseram de volta seus casacos e braceletes antiqueda. Fausto jogou seu anel de interface no chão, agarrou a prancha e pulou dando um berro. O balão ascendeu um pouco com a redução da carga a bordo.

Assim que ficou pronto, Zane se virou e deu um beijo em Tally.

— Conseguimos. Estamos livres!

Ela o encarou, atordoada pela ideia de finalmente deixar a cidade, para mergulhar na liberdade.

— Sim, conseguimos.

— Nos vemos lá embaixo. — Por cima dos ombros, Zane espiou a terra que o esperava. Em seguida, deu as costas a Tally. — Amo você.

— Vejo você lá... — As palavras se perderam no ar. Ela precisou de um instante para repassar o que Zane tinha dito, antes de conseguir responder. — Ah, eu também.

Ele deu uma risada e, ao se desgarrar da grade, soltou um grito. A cesta balançou de novo com seus dois passageiros remanescentes.

Tally ainda estava surpresa com as palavras inesperadas de Zane. Mas logo tirou aquilo da cabeça. Não era hora de ter pensamentos perfeitos. Precisava pular.

Depois de se certificar de que a mochila estava bem presa ao corpo, ela ajeitou a prancha sobre a grade.

— Vamos logo! — gritou para Peris. Ele estava parado, com o olhar perdido. — Está esperando o quê?

— Não consigo.

— Claro que consegue. A prancha vai deter a queda... é só segurar firme! É só pular! O resto fica por conta da gravidade!

— O problema não é o salto, Tally — explicou Peris, virando-se para encarar a amiga. — Não quero ir embora.

— Como é que é?

— Não quero ir embora da cidade.

— Mas passamos esse tempo todo esperando por isso.

— Eu não — disse Peris. — Sempre gostei de ser um Crim e de ficar borbulhante. Acontece que nunca achei que fôssemos chegar tão longe. Ir embora para nunca mais voltar?

— Peris...

— Sei que você já esteve lá. Você e Shay. E Zane e Fausto sempre falaram de fugir. Só que não sou igual a vocês.

— Mas eu e você, nós somos...

Tally engasgou. Ela queria dizer "melhores amigos para sempre", porém as antigas palavras não saíram. Peris nunca havia estado na Fumaça, nunca havia arrumado confusão com a Circunstâncias Especiais, nunca havia se metido numa fria. Tudo sempre fora mais superficial para ele. Suas vidas eram muito diferentes.

— Tem certeza de que quer ficar? — perguntou Tally.

— Tenho sim. Mas ainda posso ajudar. Vou distraí-los para vocês ganharem tempo. Vou ficar no ar pelo máximo de tempo possível e depois acionar o botão de resgate. Aí eles vão ter de aparecer para me pegar.

Tally queria argumentar, mas se lembrou de quando tinha atravessado o rio, logo após a operação de Peris, para uma visita à Mansão Garbo. Ele havia se adaptado tão rapidamente, adorando Nova Perfeição desde o início. Talvez toda a história de ser integrante dos Crims não passasse de uma brincadeira...

Mesmo assim, ela não podia abandonar um amigo na cidade.

— Peris, pense bem. Sem nenhum de nós por perto, você não vai mais ficar borbulhante. Vai voltar a ser um perfeito como os outros.

— Não importa, Tally. Não preciso continuar borbulhante — disse ele, com um sorriso triste.

— Não? Você não acha que... *é muito melhor*?

— É empolgante. Mas ninguém consegue lutar contra as coisas para sempre. Em algum momento, você é obrigado a...

— Desistir?

Peris fez que sim, ainda com o sorriso no rosto. Para ele, desistir não era algo tão negativo, e lutar só valia a pena enquanto era divertido.

— Tudo bem. Então você fica. — Sem saber o que mais dizer, Tally se virou. Porém, ao olhar para baixo, não viu nada além de escuridão. — Ah, merda — disse baixinho.

A cidade tinha acabado. Era tarde demais para pular.

Lado a lado, eles ficaram olhando para o nada, enquanto o vento os carregava para mais longe.

Finalmente, Peris resolveu quebrar o silêncio:

— Uma hora nós vamos descer, né?

— Não vai dar tempo — respondeu Tally. — Os guardas provavelmente já sabem que eu e Zane tostamos os braceletes. Eles vêm atrás de nós. E somos presas fáceis aqui em cima.

— Ahn. Juro que não queria atrapalhar seus planos.

— Não é culpa sua. Eu esperei demais.

Tally se perguntou se Zane conseguiria descobrir o que havia acontecido. Talvez pensasse que ela tinha caído e morrido. Ou que ela tinha desistido, como Peris.

De um jeito ou de outro, Tally estava assistindo ao seu futuro sumir, desaparecer como as luzes distantes da cidade que ficava para trás. Quem seria capaz de dizer o que a Circunstâncias Especiais faria com seu cérebro quando botasse as mãos nela novamente?

— Eu realmente achava que você quisesse vir com a gente — disse a Peris.

— Olhe, Tally, eu simplesmente me deixei levar. Ser um Crim era empolgante, e vocês eram meus amigos, minha turma. O que eu devia ter feito? Dizer que era contra fugir? Seria totalmente fraude.

— Achei que estivesse borbulhante, Peris.

— E estou, Tally. Mas só quero chegar até aqui. Gosto de quebrar regras. Agora, viver *por aí*? — disse ele, gesticulando na direção do oceano de escuridão que passava lá embaixo.

— Por que não me contou antes?

— Não sei. Acho que, antes de chegarmos lá em cima, eu não acreditava que estivessem falando sério sobre... nunca mais voltar.

Tally fechou os olhos e se lembrou de como era ter um cérebro de perfeito... tudo vago e confuso, um mundo que não passava de uma fonte de diversão, um futuro indefinido. Umas poucas armações provavelmente não eram o suficiente para deixar uma pessoa borbulhante; era preciso *desejar* uma mudança em seu cérebro. Talvez algumas pessoas já nascessem perfeitas antes mesmo do surgimento da operação.

E talvez algumas pessoas fossem mais felizes daquele jeito.

— Mas agora você pode ficar comigo — continuou Peris, passando o braço em torno de Tally. — Vai ser do jeito que devia ter sido desde o início. Eu e você perfeitos... melhores amigos para sempre.

Tally teve uma sensação terrível.

— Eu *não* vou ficar, Peris. Mesmo que eles me levem de volta, vou encontrar uma maneira de fugir.

— Por que você é tão infeliz na cidade? — perguntou Peris.

Com o olhar perdido na escuridão, Tally deu um suspiro. Zane e Fausto já deviam estar a caminho das ruínas, achando que ela vinha logo atrás. Como havia deixado aquela oportunidade escapar? Parecia que a cidade sempre dava um jeito de ficar com ela no fim. Talvez, bem lá no fundo, fosse igual a Peris.

— Por que sou infeliz? — repetiu Tally. — Porque a cidade obriga você a ser como *eles* querem, Peris. E eu prefiro ser eu mesma. É por isso.

Ele apertou o ombro dela com uma expressão triste no rosto.

— Mas as pessoas são melhores agora. Podem existir boas razões para eles terem nos mudado, Tally.

— Peris, as razões deles não significam nada, a não ser que eu tenha o direito de escolher. E eles não dão esse direito a ninguém — disse ela, tirando o braço dele do ombro e se voltando para a cidade que se distanciava.

Um conjunto de luzes estava subindo no ar: um esquadrão de carros voadores se reunindo. Tally se lembrou de que os veículos dos Especiais se mantinham suspensos graças a hélices, exatamente como os antigos helicópteros dos Enferrujados. Por isso, conseguiam voar mesmo longe da estrutura de metal da cidade. Deviam estar indo atrás dela, rastreando os últimos sinais emitidos pelos braceletes.

Tally tinha de sumir daquele balão *imediatamente*.

Antes de pular, Fausto havia amarrado a corda de descida, o que fazia um pouquinho de ar quente escapar do balão em intervalos regulares. O problema era que, depois do superaquecimento durante o processo de retirada dos braceletes, a descida tinha se tornado bem lenta... mal se podia notar que o chão firme estava mais próximo.

E então Tally avistou o rio.

Ela conseguia ver todo o percurso lá embaixo, uma espécie de cobra prateada, iluminada pelo luar, saindo das montanhas ricas em minério e se dirigindo ao mar. Em seu leito, devia haver depósitos de metal com séculos de existência. Uma quantidade suficiente para permitir que sua prancha voasse e talvez amortecer sua queda.

Podia ser uma chance de recuperar seu futuro.

Tally voltou a posicionar a prancha sobre a grade de proteção.

— Estou indo.

— Mas, Tally, você não...

— O rio.

Peris olhou para baixo.

— Parece tão pequeno. E se você errar?

— Não vou errar — disse ela, cerrando os dentes. — Você já viu aqueles saltos em formação, não viu? Eles só contam com os braços e as pernas para controlar a trajetória. Eu tenho uma prancha. É praticamente como ter asas!

— Você está fora de si.

— Estou indo.

Depois de dar um beijo rápido em Peris, ela passou uma perna por cima da grade.

— Tally! — gritou ele, segurando a mão dela. — Você pode morrer! Não quero perder você...

Tally deu um empurrão em Peris, que hesitou, surpreso com a reação da amiga. Os perfeitos não gostavam de brigas. Os perfeitos não se arriscavam. Os perfeitos nunca diziam não.

Mas Tally não era mais uma perfeita.

— Acontece que você já perdeu.

Em seguida, agarrada à prancha, ela se lançou rumo ao nada.

Parte III

DO LADO DE FORA

A beleza do mundo... tem dois gumes,
um de riso, outro de angústia,
que cortam o coração em pedaços.

— Virginia Woolf, *Um teto todo seu*

DESCIDA

Tally despencou para o silêncio, girando fora de controle.

Depois da calma dentro do balão, ela sentia o vento bater com uma força inesperada, quase arrancando a prancha de suas mãos. Apesar de mantê-la firmemente contra o peito, a resistência do ar continuava agindo, ávida para lhe arrancar a única esperança de sobrevivência. Tally juntou as mãos por trás da prancha e, agitando as pernas, tentou assumir o controle da queda. Aos poucos, o horizonte parou de rodar.

Mas ela estava de cabeça para baixo, olhando para as estrelas, agarrada à prancha. Conseguia até ver a silhueta do balão lá em cima. De repente, a chama se acendeu novamente, dando um tom prateado ao envelope, que passou a contrastar com a escuridão como uma enorme lua parada no céu. Tally imaginou que Peris estava subindo para confundir seus perseguidores. Pelo menos tentava ajudar.

A decisão de Peris tinha sido dolorosa, mas ela não podia perder tempo pensando naquilo. Não enquanto caía rumo ao chão firme.

Tally se esforçava na tentativa de se virar. Infelizmente, a prancha era maior que ela e, por isso, retinha o ar como uma espécie de vela e ameaçava escapar de suas mãos. Era uma experiência similar a tentar soltar pipa numa ventania. O problema era que, no caso daquela pipa em particular, se Tally perdesse o controle, acabaria espatifada no chão em cerca de 60 segundos.

Ela tentou se acalmar um pouco. Nessa hora, percebeu que havia alguma coisa puxando seu pulso. Embora os sustentadores da prancha não servissem para voar no meio daquele nada, não deixava de haver uma interação com o metal dos braceletes antiqueda.

Diante da constatação, Tally ajustou o bracelete do pulso esquerdo para maximizar a conexão. Com um apoio mais firme da prancha, ela esticou o braço direito, sentindo a força do vento. Era como em sua infância, nos passeios de carro com os pais, botando a mão para fora da janela. Com o braço aumentando a resistência, Tally aos poucos se viu voltando à posição correta.

Bastaram alguns segundos para a prancha estar embaixo dela.

Tally engoliu em seco ao ter uma visão completa da vastidão sombria e faminta que a esperava. O vento gelado parecia entrar por todas as frestas de seu casaco.

Embora a queda já durasse uma eternidade, o chão não parecia mais próximo. Nada servia de referência, à exceção do rio sinuoso, que ainda não passava de um pedaço de barbante. Então, como teste, Tally virou a palma da mão, e as águas prateadas começaram a se deslocar no sentido horário. Assim que recolheu o braço, o rio parou no lugar.

Ela sorriu. Pelo menos, tinha algum *controle* sobre a queda.

Agora o rio já crescia, e cada vez mais rápido, com o horizonte da terra se expandindo como um enorme predador que avançava em sua direção. O céu estrelado, por sua vez, ficava mais longe. Agarrada à prancha com as duas mãos, Tally descobriu que suas pernas abertas podiam direcionar a descida, mantendo-a sempre diretamente acima do rio.

Nos últimos dez segundos, ela se deu conta do tamanho do rio, que além de tudo tinha uma superfície agitada. E havia coisas se movendo na água.

Ele crescia mais e mais rapidamente...

Quando os sustentadores entraram em ação, foi como se Tally levasse com uma porta na cara, uma pancada que amassou seu nariz e abriu um corte em seu lábio inferior. Ela sentiu imediatamente um gosto de sangue na boca. Seus pulsos foram violentamente torcidos pelos braceletes, e a interrupção brusca da queda a espremeu contra a prancha, arrancando-lhe o ar dos pulmões como um imenso torno. Tally se esforçou para respirar.

A prancha perdia velocidade, mas não o suficiente para evitar a aproximação do rio, cada vez maior em todas as direções, refletindo o brilho das estrelas. Até que...

Tum!

A prancha bateu na água, como a mão de um gigante, submetendo o corpo de Tally a outro violento solavanco. Ela sentiu uma explosão de luz e som tomar conta de sua cabeça. Em seguida, caiu na água e não ouviu mais nada além do rugido do rio. Tally soltou a prancha e agitou os braços na tentativa de voltar à superfície. O impacto a havia deixado sem ar. Abrindo os olhos com dificuldade, ela enxergou apenas uma luz bem fraca, que atravessava a água turva. Apesar da debilidade do esforço, a luz foi crescendo gradualmente, até que finalmente Tally emergiu, arfando e tossindo.

As águas se agitavam em volta de Tally. A corrente veloz lançava ondas em várias direções. Nadando cachorrinho, ela tentava suportar o peso da mochila. Com os pulmões buscando ar desesperadamente, Tally tossiu e sentiu gosto de sangue na boca.

Jogada de um lado para o outro, percebeu que tinha exagerado na precisão: estava bem no meio do rio, a 50 metros das margens. Ela soltou um palavrão e continuou nadando, à espera de um movimento de seus braceletes.

Onde estaria a prancha? Já devia ter dado um sinal àquela altura.

A verdade era que os sustentadores haviam demorado muito para funcionar. Tally esperava ser puxada no meio do caminho, em vez de acertar o rio em alta velocidade. Depois de alguns minutos pensando no assunto, entendeu o que tinha acontecido. O rio era mais fundo do que pensava; os minerais em seu leito estavam muito abaixo de seus pés. Tally se lembrou de que, às vezes, as pranchas balançavam ao passar na parte central do rio da cidade. A distância dos depósitos de minerais impedia que os sustentadores funcionassem plenamente.

Podia se considerar sortuda pelo fato de a prancha ter reduzido um pouco a velocidade da queda.

Tally olhou ao redor. Pesada demais para flutuar, a prancha devia ter afundado, e a corrente, cuidado de carregá-la para longe. Ela decidiu ampliar a área de contato dos braceletes para um quilômetro e depois ficou esperando a ponta da prancha aparecer na superfície da água.

De repente, Tally notou formas se movendo na água que a cercava, lembrando um grupo de jacarés perdidos na corrente intensa. O que eram aquelas coisas?

Então, algo tocou na sua perna...

Ela se virou. Era apenas um pedaço de tronco; nada de jacaré, *nem* de prancha. De qualquer maneira, Tally se agarrou ao pedaço de madeira, pois estava exausta de tentar se manter na superfície. Em todos os lados, havia troncos, galhos, juncos e montes de folhas apodrecidas. O rio carregava todo tipo de detrito.

A chuva, pensou Tally. Três dias de tempestade deviam ter castigado as montanhas e levado uma variedade de coisas soltas na direção do rio, aumentando o volume das águas e acelerando a corrente. O tronco ao qual se agarrava era velho e já estava preto, mas havia alguns segmentos de madeira esverdeada. Talvez a árvore tivesse sido arrancada do solo pela enchente.

Tally passou os dedos no pedaço em que a árvore tinha se partido e percebeu que um objeto bem regular tinha causado sua queda.

Quem sabe a ponta de uma prancha?

Alguns metros à frente, achou outro pedaço de madeira boiando, cortado da mesma forma. A queda brusca de Tally tinha partido a velha árvore ao meio. Havia sangue em seu rosto; ela sentia o gosto na boca. Que tipo de estrago a prancha teria sofrido?

Tally voltou a mexer nos controles dos braceletes, colocando-os na potência máxima, o que logo consumiria completamente suas baterias. A cada segundo, a corrente a levava para mais longe do ponto do impacto inicial.

Nenhuma prancha emergiu da água, e Tally também não sentiu nenhum puxão nos pulsos. Com os minutos passando, ela começou a aceitar que a prancha tinha se perdido, virado lixo no fundo do rio.

Tally desligou os braceletes e, ainda agarrada ao tronco, passou a agitar as pernas para se aproximar da terra firme.

A margem estava escorregadia por causa da lama. A chuva e a cheia do rio tinham encharcado todo o terreno. Tally caminhou por uma pequena reentrância, abrindo caminho por entre galhos e juncos, ainda com água na altura da cintura. Aparentemente, a torrente tinha carregado tudo o que flutuava e reunido o entulho naquele ponto.

Inclusive Tally Youngblood.

Ela subiu pela margem, desesperada pàra alcançar um lugar seco, com todos os seus instintos dizendo para que continuasse a se afastar do rio. Com o corpo parecendo pesar uma tonelada, ela escorregou e, de repente, se viu toda coberta de lama. Finalmente, desistiu de sair dali e abraçou o lodaçal, tremendo de frio. Não se lembrava de ter se sentido tão cansada depois de se tornar uma nova perfeita. A impressão era de que o rio havia arrancado a vitalidade de seu corpo.

Tally pegou o acendedor de fogo na mochila e, com as mãos tremendo, reuniu um monte de gravetos. Contudo, a madeira estava tão molhada, depois de três dias de chuva, que a pequena chama não conseguiu arrancar mais do que um chiado do arremedo de fogueira.

Pelo menos, seu casaco ainda funcionava. Ela pôs o aquecimento no máximo, sem se preocupar com as baterias, e se encolheu para se manter aquecida.

Torcia para que o sono chegasse, porém seu corpo não parava de tremer, como se fosse uma febre dos tempos de feia. Mas os novos perfeitos nunca ficavam doentes. A não ser que tivesse ultrapassado os limites naquele mês, comendo quase nada, andando no frio, vivendo à base de adrenalina e café. Para completar, das últimas 24 horas, havia passado no máximo uma sem estar completamente encharcada.

Talvez estivesse apresentado a mesma reação de Zane à cura. Talvez o comprimido estivesse começando a danificar seu cérebro, justamente numa circunstância em que não havia qualquer esperança de obter ajuda médica.

A cabeça de Tally latejava e pensamentos delirantes tomavam conta de sua mente. Sem a prancha, a única maneira de chegar às Ruínas de Ferrugem era a pé. Ninguém sabia do seu paradeiro. O mundo consistia apenas em mato, frio congelante e Tally Youngblood. Até a ausência do outro bracelete em seu pulso causava uma sensação estranha, como a lacuna deixada por um dente perdido.

O pior, porém, era a falta que sentia de Zane ao seu lado. Ao longo do último mês, ele havia passado todas as noites com ela, e os dois estavam quase sempre juntos também durante o dia. Mesmo na fase do silêncio forçado, Tally tinha se acostumado à presença constante de Zane, à familiaridade do seu toque, às conversas sem palavras. E, de repente, ele havia sumido. Para ela, era como se tivesse perdido uma parte de seu corpo na queda.

Tally havia imaginado aquele momento milhares de vezes. Voltar à natureza, estar livre da cidade. Mas nunca tinha pensado naquilo sem a companhia de Zane.

Mesmo assim, lá estava ela, completamente sozinha.

Ainda passou um bom tempo acordada, revivendo mentalmente o frenesi dos momentos derradeiros dentro do balão. Se tivesse pulado antes, ou pelo menos pensado em olhar para baixo, antes de a cidade acabar... Depois de ouvir as palavras de Zane, sabendo que a fuga era a única chance de conquistarem juntos a liberdade, ela não podia ter hesitado.

Mais uma vez, as coisas tinham dado errado, e a culpa era toda dela.

Finalmente, a exaustão falou mais alto do que as preocupações, e Tally mergulhou num sono agitado.

SOZINHA

Era uma vez uma linda princesa.

Ela estava trancafiada no alto de uma torre, uma torre com paredes inteligentes e buracos que lhe forneciam qualquer coisa que desejasse: comida, uma turma de amigos incríveis, roupas maravilhosas. E, para completar, havia um espelho em que a princesa podia admirar sua beleza o dia todo.

O único problema era que não existia saída da torre. Os responsáveis pela construção tinham se esquecido de instalar um elevador ou mesmo incluir uma escadaria. Ela estava presa lá em cima.

Um dia, a princesa percebeu que vivia entediada. A vista da torre — montanhas suaves, campos cheios de flores brancas e uma densa floresta — era fascinante. Todos os dias, ela passava mais tempo olhando para a paisagem da janela do que para seu próprio reflexo, uma situação comum nas vidas de garotas complicadas.

Não havia dúvida de que nenhum príncipe apareceria por ali. Ou, pelo menos, de que ele estava muito atrasado.

Assim, a única opção era pular.

O buraco na parede lhe deu uma charmosa sombrinha para frear a descida, um deslumbrante vestido novo para passear nos campos e na floresta e uma chave de ferro para que pudesse retornar à torre se quisesse. No entanto, a princesa, rindo arrogantemente, jogou a chave na lareira, convencida de que nunca precisaria voltar àquele lugar. Sem se olhar no espelho, foi até a sacada e se lançou no ar.

A questão era que se tratava de uma queda considerável, muito maior que a esperada pela princesa, e a sombrinha acabou se revelando uma porcaria. Enquanto caía, ela se deu conta de que devia ter pedido uma jaqueta de bungee jump, um paraquedas ou *qualquer coisa* melhor que uma sombrinha.

O impacto foi forte. Ela ficou caída, confusa e dolorida, pensando em como tudo tinha acabado daquele jeito. Não havia nenhum príncipe por perto para buscá-la, o vestido novo estava um lixo e, graças à sua arrogância, não possuía uma chave para voltar à torre.

E o pior de tudo era que, como não dispunha de um espelho, a princesa não tinha como saber se continuava bonita... ou se a queda tinha mudado a história por completo.

Quando Tally despertou daquele sonho fraude, o sol já estava no meio do céu.

Ela se levantou com dificuldade, tendo de se livrar do abraço pegajoso da lama. Durante a noite, em algum momento, a bateria do casaco havia se esgotado. Sem aquecimento, a peça de roupa não passava de uma coisa fria grudada à sua pele, ainda molhada do mergulho no rio e com um cheiro esquisito. Tally tirou o casaco e o estendeu sobre uma pedra, na esperança de que secasse sob o sol.

Pela primeira vez em vários dias, o céu estava limpo. Mas a mudança também tinha trazido um vento frio e cortante; a chuva tinha trazido um tempo mais quente e o levado embora consigo. Nas árvores, a geada reluzia, e sob os pés de Tally a lama estava coberta por uma fina e quebradiça camada de gelo.

Embora a febre tivesse passado, Tally sentiu uma tontura ao ficar de pé. Por isso, resolveu se ajoelhar e examinar o que havia dentro da mochila. Todos os seus pertences estavam ali. Fausto tinha conseguido reunir alguns dos equipamentos normalmente usados pelos Enfumaçados: faca, filtro de água, localizador, acendedor de fogo, sinalizadores e dezenas de pacotes de sopa. Lembrando-se de como a comida desidratada era valiosa na Fumaça, Tally havia levado o suficiente para três meses e, felizmente, enfiado tudo num plástico impermeável. Ao ver os dois rolos de papel higiênico, porém, ela soltou um grunhido. Tinham se transformado em duas enormes bolas brancas. Tally ainda os colocou em cima da pedra, ao lado do casaco, mas na verdade não via qualquer utilidade em secá-los.

Ela suspirou. Nem em seus tempos de Enfumaçada tinha se acostumado ao negócio de usar folhas.

Ao dar de cara com seu patético monte de gravetos, Tally se lembrou de ter tentado acender uma fogueira na noite anterior, algo que, mesmo que desse certo, seria extremamente estúpido. Os carros da Divisão de Circunstâncias Especiais que buscavam o balão avistariam facilmente o fogo no meio da escuridão.

Embora não houvesse sinal de patrulhas no ar naquela manhã, Tally resolveu se afastar um pouco do rio. Como o aquecimento do casaco não estava funcionando, ela seria obrigada a acender uma fogueira à noite.

Mas antes precisava cuidar de outra coisa: comida.

Andando com dificuldade, ela foi até o rio para encher o purificador. Pedaços de lama ressecada caíam de sua pele e roupas a cada passo. Tally nunca tinha estado tão suja na vida. Mas tomar banho naquela água congelante não era uma opção. Não até acender uma fogueira para se esquentar depois. A febre da noite anterior havia passado, graças à ação de seu sistema imunológico de perfeita, mas ela não queria correr qualquer risco.

De repente, Tally se deu conta de que não era com sua própria saúde que devia se preocupar. Zane estava em algum lugar, talvez sozinho como ela. Apesar dos saltos quase simultâneos, ele e Fausto podiam ter caído a quilômetros de distância um do outro. Se Zane tivesse um ataque a caminho das ruínas, sem uma pessoa para ajudá-lo...

Tally tentou não pensar mais naquilo. Tudo que podia fazer naquele momento, por Zane ou por qualquer outra pessoa, era se preparar para chegar às ruínas. E aquilo significava comer em vez de se preocupar com coisas que estavam fora de seu controle.

O purificador precisou ser enchido duas vezes até filtrar água numa quantidade suficiente para o preparo de uma refeição. Ela pegou um pacote de MacaThai e pôs para ferver. Logo começou a sentir o cheiro do macarrão reconstituído e do tempero saindo da água.

Quando finalmente ouviu o sinal de que a comida estava pronta, Tally sentia-se completamente esfomeada.

Ao acabar com o MacaThai, ela concluiu que não havia sentido em passar fome e, na mesma hora, botou outro pacote de MacaCurry para ferver. A dieta forçada podia ter sido útil para se livrar do bracelete e permanecer borbulhante, mas agora Tally dispunha do frio e dos perigos da natureza selvagem para mantê-la no estado ideal. Não havia muito risco de voltar a uma confusão perfeita naquele lugar.

Depois do café da manhã, ela recebeu péssimas notícias do localizador. Precisou confirmar os cálculos duas vezes para acreditar na distância que havia percorrido na noite anterior. As correntes vindas do oceano tinham empurrado o balão para o leste, no sentido oposto ao das Ruínas de Ferrugem. Depois, o rio havia cuidado de carregá-la mais um longo trecho para o sul. Tally estava a mais de uma semana a pé das ruínas, se conseguisse percorrer uma linha reta até lá. E andar numa linha reta estava fora de cogitação, pois ela teria de contornar a cidade e se manter na floresta para se esconder das equipes de busca pelo ar.

Tally se perguntou por quanto tempo os Especiais ficariam atrás dela. Por sorte, eles não sabiam que sua prancha tinha sumido dentro do rio. Assim, presumiriam que ela estava voando, em vez de se deslocando a pé. Pelas informações de que dispunham, Tally tentaria se manter próxima do rio ou de algum outro veio de depósitos minerais.

Quanto mais rápido se afastasse da margem, melhor.

Ela desfez seu acampamento improvisado com desânimo. Na mochila havia comida mais que suficiente para a viagem, e as montanhas estariam cheias de água da chuva prolongada, mas mesmo assim Tally se sentia derrotada. Pelo que Sussy e Dex haviam dito, os Novos Enfumaçados não tinham se estabelecido de modo permanente nas ruínas. Eles podiam partir a qualquer momento, e ela estava a uma semana de distância.

Sua única esperança era que Zane e Fausto ficassem para trás esperando que Tally aparecesse. A não ser que achassem que ela tivesse sido capturada ou morta pela queda. Ou que simplesmente tivesse desistido.

Não, Zane nunca pensaria aquilo. Ele podia estar preocupado, mas Tally tinha certeza de que esperaria por ela, pelo tempo que fosse necessário.

Tally suspirou enquanto amarrava o casaco ainda molhado na cintura e botava a mochila nos ombros. Não havia sentido em ficar imaginando onde os outros estariam; sua única opção era caminhar na direção das ruínas e confiar que haveria alguém à espera quando chegasse.

Tally não tinha outro lugar para ir.

A travessia por dentro da floresta foi complicada; cada passo representava uma verdadeira batalha. Na época da Fumaça, Tally se deslocava basicamente de prancha. Quando precisava caminhar na mata, usava trilhas bem demarcadas. Agora, ela enfrentava a natureza em sua forma primitiva, hostil e impiedosa. A vegetação rasteira densa atrapalhava seus passos, tentando insistentemente derrubá-la, com um arsenal de arbustos, raízes traiçoeiras e paredes impenetráveis de espinhos.

No meio das árvores, ainda se ouviam ecos da tempestade. Nos pinheiros, pedacinhos de gelo brilhavam, derretendo lentamente sob o calor do dia. Aquele processo resultava numa chuva permanente de gotinhas geladas. Era como um majestoso palácio de gelo, com fachos de luz passando por entre as árvores, lembrando lasers atravessando uma névoa fina. Entretanto, sempre que Tally esbarrava num galho, levava um banho de água congelante na cabeça.

Ela se lembrou de, na viagem até a Fumaça, ter passado pela antiga floresta devastada pelas sementes modificadas dos

Enferrujados. Ao menos, andar naquela paisagem plana tinha sido mais fácil que desbravar a mata fechada. Às vezes, quase dava para entender por que os Enferrujados haviam se empenhado tanto em destruir a natureza.

A natureza podia ser um saco.

À medida que andava, Tally começou a achar que suas dificuldades em relação à floresta eram fruto de um problema pessoal. Os arbustos incômodos pareciam ter consciência de sua presença, empurrando-a para onde queriam, a despeito do que o localizador indicava. Em alguns pontos, a vegetação se abria de maneira receptiva, oferecendo passagens convidativas que acabavam tirando Tally de seu caminho. Andar numa linha reta era impossível. Ela estava na natureza, não numa autoestrada dos Enferrujados, passando por entre montanhas e cruzando desertos, sem preocupação com o relevo.

No entanto, com o cair da tarde, Tally começou a se convencer de que estava seguindo um caminho de verdade, como as trilhas naturais que os Pré-Enferrujados tinham percorrido um milênio antes.

Ela se lembrou das palavras ditas por David na Fumaça: a maioria das trilhas dos Pré-Enferrujados havia sido aberta originalmente por animais. Nem cervos, lobos e cachorros selvagens gostavam de ficar se embrenhando no meio da mata virgem. A exemplo do ser humano, os animais se aproveitavam dos mesmos caminhos geração após geração, demarcando trilhas na floresta.

Obviamente, Tally sempre tinha achado que só David era capaz de reconhecer uma trilha de animal. Depois de crescer em contato com a natureza, ele era praticamente um Pré-Enferrujado. Porém, com as sombras se tornando cada vez maiores, Tally percebeu um caminho ficando mais direto e fácil de seguir. Era como se tivesse tropeçado numa misteriosa fissura no meio do mato.

Uma sensação angustiante atacou seu estômago. Os barulhos aleatórios dos pingos que caíam das árvores começaram a confundir sua cabeça, e seus nervos se agitaram, suspeitando de que estivesse sendo observada.

Provavelmente era apenas sua visão de nova perfeita destacando as marcas sutis da passagem de um animal. Ela devia ter desenvolvido mais habilidades do que se lembrava durante sua temporada na Fumaça. Aquela era uma trilha de animais. Era impossível haver uma *pessoa* vivendo ali. Não tão perto da cidade, num lugar em que os Especiais a teriam detectado muitas décadas antes. Mesmo na Fumaça, ninguém sabia da existência de outras comunidades fora das cidades. A humanidade havia decidido, dois séculos atrás, deixar a natureza em paz.

Em paz, repetia Tally. Não havia mais ninguém ali. Curiosamente, ela não sabia se o fato de ser a única pessoa no meio da floresta tornava sua situação mais ou menos preocupante.

Finalmente, com o céu já ganhando tons rosados, Tally decidiu fazer uma parada. Achou uma clareira que tinha passado o dia inteiro exposta ao sol. Talvez ali houvesse bastante madeira seca para acender uma fogueira. Apesar de ter suado muito — sua camiseta estava grudada no corpo e o casaco andava esquecido na mochila —, Tally sabia que, assim que o sol se pusesse, o ar se tornaria incrivelmente frio novamente.

Encontrar galhos secos foi fácil. Ela pesou alguns pedaços menores com as mãos, tentando escolher os mais leves, que deviam conter menos água. Todos os seus conhecimentos de Enfumaçada tinham voltado, e desde a fuga não havia sinal de pensamentos perfeitos. Agora que Tally estava fora dos limites da cidade, a cura parecia instalada em sua cabeça para sempre.

Apesar de tudo, ela hesitou em encostar o fogo do acendedor na pilha de madeira. A paranoia detinha sua mão. Sons ainda saíam da floresta: pingos d'água, cantos de pássaros, ruídos produzidos por pequenos animais que passavam pelas folhas úmidas. Era fácil imaginar alguém a observando de pontos escuros no meio das árvores.

Tally suspirou. Talvez ainda fosse perfeita e estivesse imaginando histórias sobre a floresta desabitada. Quanto mais tempo passava sozinha naquele lugar, melhor entendia por que os Enferrujados e seus antepassados acreditavam em criaturas invisíveis e rezavam para acalmar os espíritos, ao mesmo tempo que destruíam a natureza ao seu redor.

Mas Tally não acreditava em espíritos. A única coisa com que se preocupava eram os Especiais, e eles concentrariam as buscas no percurso do rio, a quilômetros dali. A noite havia caído enquanto ela montava a fogueira, e agora já fazia um frio considerável. Ela não podia se arriscar a ter outra febre sozinha na floresta.

Tally acionou o acendedor e o manteve encostado nos gravetos até surgir uma chama. Cuidadosamente, ela tratou de proteger o fogo com galhos maiores, até que estivesse forte o bastante. Depois queimou alguns pedaços mais leves e aproximou outros para que secassem.

Em pouco tempo, a fogueira emitia calor suficiente para fazê-la se afastar. Tally sentiu o ardor penetrar seus ossos pela primeira vez em vários dias.

Ela sorriu e ficou observando o fogo. A natureza era implacável e podia ser perigosa, mas, diferentemente da dra. Cable, de Shay ou Peris — e das pessoas em geral —, fazia sentido. Os problemas criados por ela podiam ser resolvidos de maneira racional. Se sentir frio, acenda uma fogueira. Se precisar chegar a um lugar, ande. Tally sabia que conseguiria alcançar as ruínas com ou sem a ajuda de uma prancha. E, de lá, ela acabaria encontrando Zane e a Nova Fumaça. E tudo daria certo.

Naquela noite, concluiu com satisfação, teria um sono tranquilo. Mesmo sem Zane ao seu lado, Tally tinha encarado bem o primeiro dia de liberdade na natureza e continuava borbulhante e inteira.

Ela se deitou e observou a madeira em brasa dentro do fogo, aquecendo-a como uma velha amiga. Suas pálpebras começaram a pesar e, num instante, se fecharam.

Tally estava mergulhada num sono cheio de sonhos agradáveis quando os gritos começaram.

CAÇADA

No início, ela achou que fosse um incêndio na floresta.

Havia fogo se movendo entre as árvores, projetando sombras trêmulas na clareira, espalhando no ar fagulhas que lembravam insetos em chamas. Os gritos vinham de todos os lados; alaridos inumanos pontuados por palavras sem significado.

Tally se levantou com pressa e tropeçou nos restos de sua fogueira. Os galhos em brasa soltaram fagulhas para todos os lados. Ela sentiu o calor através das solas das botas e quase caiu com mãos e joelhos por cima da madeira incandescente. Ouviu outro grito vindo de perto — um brado agudo de raiva. Então algo com forma humana correu em sua direção carregando uma tocha. A cada passo, o fogo chiava e crepitava, como se fosse uma coisa viva que impelia seu portador a avançar.

A figura agora balançava algo à sua frente: um bastão lustroso que brilhava sob a luz do fogo. Tally pulou para trás na hora certa e só ouviu o zumbido do golpe desferido no vazio. Rolando no chão, sentiu nas costas pontadas provocadas pelas brasas. Novamente de pé, ela se virou e correu na direção das árvores. Outra figura bloqueou seu caminho, também empunhando um pedaço de pau.

Uma barba escondia seu rosto, mas, apesar da dança das sombras, Tally conseguia ver que se tratava de um feio. Além de ser gordo e narigudo, tinha marcas de doença na pele branca da testa. Seus reflexos também eram de feio: os movimentos do bastão eram lentos e previsíveis. Tally rolou por baixo da arma e, com os pés, golpeou as pernas do sujeito, fazendo-o cair.

Quando ouviu o barulho do corpo se estatelando no chão, já estava novamente de pé e correndo, desviando dos galhos, dirigindo-se à parte mais sombria da floresta.

O volume dos gritos voltou a subir, e as tochas dos perseguidores projetavam sombras que se agitavam nas árvores à sua frente. Tally enfrentava a vegetação rasteira quase sem enxergar, aos tropeções, levando golpes de galhos molhados no rosto. De repente, uma raiz enroscou no seu pé e a fez perder o equilíbrio. Ela esticou os braços para deter a queda e, no momento do impacto, sentiu um dos pulsos virar demais e, em seguida, uma explosão de dor.

Tally segurou a mão machucada por um instante, sempre de olho em seus perseguidores feios. Eles não eram tão rápidos quanto ela, mas se agachavam e desviavam dos obstáculos da floresta com agilidade, reconhecendo os melhores caminhos, mesmo no escuro. As tochas começaram a se espalhar, e a confusão de gritos agudos num instante voltou a cercar Tally.

Mas quem eram *eles*? Pareciam muito baixos e gritavam sem parar numa língua desconhecida. Era como se fantasmas Pré-Enferrujados tivessem se erguido das tumbas...

Qualquer que fosse a resposta, não havia tempo para ficar pensando naquilo. Tally se levantou e correu novamente rumo à escuridão, tentando passar pelo espaço entre duas tochas.

Os dois perseguidores fecharam o caminho assim que ela chegou perto. Eram homens de barba, com rostos marcados por cicatrizes e machucados. Tally se enfiou entre eles, perto o bastante para sentir o calor das tochas. Um golpe violento de bastão acertou seu ombro de raspão, mas ela conseguiu se manter de pé e logo estava descendo uma encosta rumo ao nada.

Aos gritos, os dois foram atrás, e outros berros se juntaram aos deles lá em cima. Quantos seriam? Tally tinha a impressão de que aquelas pessoas simplesmente brotavam da terra.

De repente, ela sentiu seu pé mergulhar em água gelada. Antes que pudesse entender, Tally escorregou e caiu num pequeno córrego. Lá atrás, os dois perseguidores mais próximos desciam pela encosta, espalhando fagulhas sempre que esbarravam em troncos e galhos. Não deixava de ser surpreendente que a floresta toda não estivesse em chamas.

Tally se levantou de novo e correu pelo leito do córrego, satisfeita por encontrar um caminho no meio da vegetação. Ela tinha dificuldade para se manter de pé sobre as pedras escorregadias, mas de qualquer maneira conseguiu se distanciar dos olhos iluminados que a acompanhavam das duas margens. Sabia que, se conseguisse chegar a um terreno aberto, poderia deixar para trás aqueles pequenos e lentos feios.

Ela ouviu que alguém tinha entrado na água e logo em seguida um tipo de reclamação e uma leva de xingamentos numa língua desconhecida. Um deles tinha caído. Talvez Tally conseguisse escapar.

Obviamente, a comida e o purificador de água continuavam dentro da mochila, deixada na clareira, agora dominada por feios que berravam e agitavam bastões. Perdidos.

Tally tentou esquecer aquilo e se concentrou em correr. Seu pulso ainda latejava por causa da queda. Podia estar quebrado.

Repentinamente, ela começou a ouvir um rumor bem alto e percebeu que a água se agitava em torno de seus tornozelos. Tudo parecia tremer. Então seus pés perderam o apoio no meio da corrida...

Mergulhando no ar, Tally descobriu tarde demais de onde vinha o barulho... ela tinha despencado de uma queda-d'água. Mas seu voo durou pouco. Num instante, Tally caiu num poço, cercada pela água revolta e gelada. O som agora se resumia a um burburinho em seus ouvidos. Ela notou que continuava afundando, rumo ao silencio e à escuridão, sendo virada de cabeça para baixo.

Finalmente, quando um de seus ombros tocou o fundo, Tally conseguiu pegar impulso para voltar a subir. Emergiu quase sem ar, agitando as mãos até encontrar apoio numa pedra. Agachada, arrastou-se para a parte mais rasa, tossindo e tremendo.

E numa emboscada.

As tochas se espalhavam por toda parte, refletidas na água agitada como um enxame de vagalumes. Ao erguer os olhos, Tally se deparou com pelo menos uma dezena de perseguidores a observando das margens do córrego, com seus rostos pálidos e feios tornados ainda mais abomináveis pela luz do fogo.

Havia um homem de pé diante dela. A barriga proeminente e o nariz enorme indicavam que era o mesmo caçador que Tally tinha derrubado na clareira. Seu joelho sangrava no exato ponto em que Tally havia acertado. Ele soltou um berro indistinto e ergueu o bastão bem alto.

Tally observava sem acreditar. Ele ia mesmo bater nela? Aquelas pessoas matavam estranhos sem qualquer motivo específico?

Mas não houve pancada. Enquanto o homem olhava para ela, seu rosto era tomado gradualmente por uma expressão de medo. Ele aproximou a tocha de Tally, que se encolheu, tentando proteger a cara. Então o homem se agachou para olhar mais de perto. Tally baixou as mãos.

Os olhos claros do homem piscavam, confusos, sob a luz do fogo.

Ele a havia *reconhecido*?

Apreensiva, Tally interpretou o que aqueles traços grosseiros diziam: medo crescente, dúvida e, de repente, a compreensão de que algo terrível havia acontecido...

A tocha caiu da mão do homem e se apagou na água do córrego, soltando um chiado e uma fumaça fedida. O sujeito voltou a gritar, agora como se sentisse dor. Repetia a mesma palavra sem parar. Ele se curvou para a frente, quase enfiando o rosto na água.

Os outros seguiram seu exemplo, caindo de joelhos e largando as tochas no chão. Todos passaram a gritar do mesmo jeito, quase se sobrepondo ao rugido da queda-d'água.

Tally se ergueu, tossindo baixinho e tentando entender o que estava acontecendo naquele lugar.

Olhando ao redor, reparou pela primeira vez que só havia homens entre os caçadores. Suas roupas eram muito mais rústicas que as peças feitas à mão pelos Enfumaçados. Todos tinham marcas nos rostos e braços e longas barbas com fios embaraçados. Seus cabelos pareciam nunca terem visto um pente na vida. Eles eram mais claros do que a média dos perfeitos, com uma pele sardenta e rosada que lembrava crianças sensíveis ao sol.

E nenhum dos feios a encarava. Seus rostos estavam ou escondidos atrás das mãos ou quase encostados na terra.

Depois de muito tempo, um deles se aproximou. Era magro e enrugado, com cabelo e barba brancos. Tally se lembrou, de seus tempos na Fumaça, que aquela era a aparência dos feios *velhos*. Sem a operação, seus corpos ficavam decrépitos, como ruínas antigas abandonadas pelos construtores. Tremendo, talvez de medo ou por causa da saúde frágil, o homem olhou fixamente para Tally, por um instante que pareceu durar uma eternidade.

Finalmente ele falou, numa voz vacilante que Tally mal conseguia ouvir em meio ao barulho da queda-d'água:

— Eu conheço pouco língua dos deuses.

— Você o quê? — questionou Tally, perplexa.

— Vimos fogo e achamos forasteiro. Não deus.

Todos os outros se mantinham em silêncio, numa espera ansiosa, alheios às tochas que se apagavam jogadas no chão. Tally viu um arbusto pegar fogo, mas o homem agachado ao seu lado aparentava estar paralisado pelo medo.

Então, de repente, ela tinha deixado todos aterrorizados? Aquelas pessoas perderam a cabeça ou o quê?

— Nunca deuses usam fogo antes. Por favor entende.

Os olhos do homem imploravam por perdão.

Tally se ergueu com dificuldade.

— Ahn, tudo bem. Está tudo bem.

O velho feio se levantou tão rapidamente que Tally recuou e quase caiu de novo no poço. Ele gritou uma única palavra, repetida pelos outros caçadores. Aquilo pareceu tirá-los do transe. Todos se ergueram e trataram de apagar os pequenos focos de incêndio iniciados pelas tochas caídas.

Num instante, Tally voltou a se sentir intimidada.

— Mas, ei... só vamos parar com... esse negócio dos bastões, certo? — resolveu acrescentar.

O velho ouviu, assentiu e gritou mais palavras na língua desconhecida. Os caçadores reagiram imediatamente: alguns arrebentaram os bastões contra árvores e aos chutes; outros golpearam o chão até que as armas se despedaçassem ou simplesmente as fizeram sumir na escuridão.

Ao se virar para Tally novamente, o velho tinha as mãos abertas, num gesto explícito de quem esperava sua aprovação. Seu bastão estava partido em dois no chão. Os outros também ergueram as mãos, mostrando que não seguravam nada.

— É isso aí. Bem melhor assim.

O velho sorriu.

Foi então que Tally notou um brilho familiar em seus olhos claros e cansados. Era a mesma expressão de Sussy e Dex ao verem seu rosto perfeito pela primeira vez. O mesmo respeito e desejo de agradar, a mesma fascinação instintiva diante de um século de engenharia cosmética e milhões de anos de evolução.

Tally virou-se para os outros e viu que todos se escondiam de seu olhar. Eles mal podiam encarar seus grandes olhos castanhos. Era quase impossível suportar sua beleza.

Ele tinha falado em *deus* — a antiga palavra que os Enferrujados usavam para se referir aos seus heróis invisíveis que viviam no céu.

Tally estava no mundo deles. A natureza intocada e selvagem, com doenças, violência e uma luta animalesca pela sobrevivência. A exemplo daquelas pessoas, aquele mundo era feio. Ser perfeito significava vir de outro lugar.

Ali, Tally era uma deusa.

SANGUE JOVEM

Eles levaram cerca de uma hora para chegar ao acampamento dos caçadores. Com as tochas apagadas, o grupo seguiu por trilhas completamente escuras e atravessou córregos gelados, sempre no mais absoluto silêncio.

Seus guias demonstravam uma estranha combinação de ignorância e habilidade. Eram todos baixos e lentos. Alguns apresentavam deficiências físicas e caminhavam apoiando todo o peso numa única perna. Fediam, como se nunca tivessem tomado banho, e usavam calçados tão precários que seus pés eram cheios de feridas. Mas aqueles homens conheciam a floresta e se moviam habilidosamente por entre a vegetação fechada, conduzindo Tally com uma precisão incrível na escuridão. Os caçadores não usavam localizadores e nem mesmo paravam para conferir a posição das estrelas.

As suspeitas de Tally se mostraram verdadeiras. As montanhas eram cortadas por vários caminhos abertos por homens. As trilhas que ela mal tinha visto à luz do dia agora se abriam magicamente no escuro, com o velho que a guiava fazendo curvas e meias-voltas sem hesitação. O grupo avançava em fila, fazendo menos barulho que uma cobra deslizando entre folhas caídas.

Aparentemente, os caçadores tinham inimigos. Depois do ataque barulhento que havia sofrido, Tally nunca poderia imaginar que seriam capazes de discrição ou sutileza. Agora, no entanto, eles trocavam pings com sons discretos e imitando trinados de pássaros, em vez de usarem palavras. Também pareciam se surpreender sempre que Tally tropeçava numa raiz ou trepadeira e ficavam nervosos quando ela reagia soltando um monte de palavrões. A falta de armas os incomodava. Talvez estivessem arrependidos de terem quebrado seus bastões ao primeiro sinal de insatisfação de Tally.

Para ela, contudo, era um alívio. Por mais amigáveis que eles tivessem se tornado, Tally se sentia mais segura sem os bastões por perto, especialmente quando pensava na possibilidade de uma súbita mudança de comportamento. Afinal, se ela não houvesse caído na água e, assim, se livrado da lama e da sujeira que cobriam seu rosto perfeito, dificilmente estaria viva.

Quaisquer que fossem os inimigos dos caçadores, o ressentimento era grande.

Tally sentiu o cheiro antes de chegar à aldeia. De longe, seu nariz já não se mostrava muito satisfeito.

Não era só a fumaça de madeira queimada, nem o fedor menos convidativo de animais mortos, que ela já conhecia de ver coelhos e galinhas abatidos para virar comida na Fumaça. O odor nas cercanias da colônia dos caçadores era bem pior que tudo isso e lembrava Tally das latrinas externas usadas pelos Enfumaçados. Aquela era uma das características dos acampamentos às quais ela nunca tinha se acostumado. Por sorte, o cheiro se dissipou assim que avistou a aldeia.

Não era uma estrutura grande: uma dezena de cabanas feitas de barro e junco, alguns bodes que dormiam amarrados e os sulcos de pequenas hortas que tornavam irregulares as sombras na terra. Havia um enorme armazém no meio de tudo, mas Tally não conseguia ver nenhuma outra construção de maior porte.

Os limites da aldeia eram demarcados por tochas e guardas armados. Novamente em casa, os caçadores já se sentiam seguros para falar num tom normal, espalhando a notícia de que haviam trazido uma... visitante.

As pessoas começaram a sair das cabanas, e a confusão aumentava à medida que os moradores iam acordando. Tally logo se viu no meio de uma multidão de rostos curiosos. Um círculo se formou ao seu redor, mas os adultos em nenhum momento se aproximaram demais, contidos por uma espécie de campo de força projetado por sua beleza. Eles desviavam o olhar.

As crianças, por outro lado, demonstravam mais ousadia. Na verdade, algumas se arriscavam até a tocá-la, saindo em disparada para encostar em seu casaco reluzente e voltando rapidamente à segurança da multidão. Era esquisito encontrar crianças na natureza. Diferentemente dos mais velhos, os pequenos pareciam quase normais. Por serem muito novos, não apresentavam os efeitos da má nutrição e das doenças na pele. Além disso, mesmo na cidade só se podia passar pela operação aos 16 anos. Tally estava acostumada a ver rostos assimétricos e olhos vesgos em crianças. E, mesmo assim, elas eram bonitinhas.

Tally se agachou e estendeu o braço, incentivando a criança mais corajosa a vencer o nervosismo e tocar em sua mão.

Também foi a primeira vez que ela viu mulheres. Como praticamente todos os homens usavam barba, era fácil distinguir os gêneros. As mulheres se misturavam à multidão, cuidando das crianças menores e raramente olhando diretamente para Tally. Algumas preparavam uma fogueira num buraco escuro no meio da aldeia. Ela reparou que nenhum homem oferecia ajuda.

Tally se lembrava vagamente de ter aprendido na escola que, de acordo com os costumes dos Pré-Enferrujados, homens e mulheres cuidavam de tarefas distintas. E geralmente eram as mulheres que ficavam com os piores trabalhos. Até alguns Enferrujados haviam teimado em manter aquela besteira como tradição. Tally sentiu o estômago embrulhado; torcia para que regras similares não se aplicassem aos deuses.

Ela se perguntava de onde, exatamente, tinha vindo a história dos deuses. Sim, Tally carregava um acendedor e outros equipamentos na mochila, recuperada antes de iniciar a jornada até ali. Mas ninguém havia apreciado aqueles milagres ainda. Toda a reação se baseava na visão de seu rosto e, pelo que ela conhecia de mitologia, ser uma divindade significava muito mais que ter uma carinha bonita.

Estava óbvio que ela não era a primeira perfeita que eles viam. Alguns caçadores, pelo menos, conheciam a língua de Tally. Talvez também soubessem algo sobre alta tecnologia.

Alguém deu um grito, de trás da aglomeração, e a multidão se abriu, ficando em silêncio. Um homem atravessou o círculo. Estranhamente, estava sem camisa, apesar do frio. Caminhando com um ar inconfundível de autoridade, ele atravessou o campo de força divino em torno de Tally e parou bem ao seu lado. Era quase de sua altura e, portanto, um gigante entre aquelas pessoas. Também parecia ser forte, apesar do corpo esguio. Mas Tally não acreditava que tivesse reflexos comparáveis aos seus. À luz da fogueira, os olhos do homem sugeriam curiosidade em vez de medo.

Tally não fazia ideia da sua idade. Alguns dos traços do seu rosto lembravam os de um perfeito de meia-idade. E a pele tinha uma aparência muito melhor do que a dos outros. Seria aquele homem mais jovem que a média? Ou simplesmente mais saudável?

Além disso, Tally notou que ele carregava uma faca, o primeiro instrumento de metal que via naquele lugar. O cabo tinha um acabamento fosco de plástico preto. Ela estranhou: a faca só podia ter sido fabricada na cidade.

— Seja bem-vinda — disse ele.

O homem, pelo visto, também falava a língua dos deuses.

— Valeu. Ahn, quero dizer... obrigada — respondeu Tally.

— Não sabíamos que você vinha. Não por alguns dias, pelo menos — disse o homem. Seria uma tradição dos deuses ligar antes de aparecer? — Ficamos confusos. Vimos sua fogueira e imaginamos que fosse uma forasteira.

— É, percebi isso. Não se preocupe.

Ele tentou sorrir, mas não conseguiu deixar de expressar certa apreensão, sacudindo a cabeça.

— Ainda não conseguimos entender — completou.

Então somos dois, pensou Tally.

O sotaque do homem soava um pouco esquisito, como se ele fosse de outra cidade, mas de maneira alguma de outra civilização. Por outro lado, parecia não conhecer as palavras necessárias para as perguntas que queria fazer. A impressão era de que não estava acostumado a bater papo com deuses. O que ele queria dizer era provavelmente o seguinte: *Mas que diabos você veio fazer aqui?*

Qualquer que fosse a definição de um deus para aquelas pessoas, Tally nitidamente não estava se saindo muito bem. Achava que, se concluíssem que ela não era uma deusa, só restaria uma categoria possível: forasteira.

E os forasteiros costumavam ter suas cabeças arrebentadas.

— Nos perdoe — disse o homem. — Não sabemos seu nome. O meu é Andrew Simpson Smith.

Nome estranho para uma situação estranha, pensou Tally.

— Eu sou Tally Youngblood.

— Young Blood. Ou seja, sangue jovem — disse ele, começando a parecer mais satisfeito. — Então você é uma deusa *jovem*?

— Ahn, é, acho que sim. Só tenho 16 anos.

Andrew Simpson Smith fechou os olhos. Estava definitivamente aliviado. Tally se perguntou se ele não seria tão velho quanto pensava. Sua postura inicialmente altiva sumia sempre que se sentia desorientado, e os pelos em seu rosto eram raros. Se não fossem os traços marcantes e algumas cicatrizes, ele poderia ser um feio da idade de David, por volta dos 18 anos.

— Você é o... líder por aqui? — perguntou Tally.

— Não. Ele chefe — respondeu Andrew, apontando para o caçador gordo e narigudo, com o joelho ensanguentado, graças ao golpe desferido por Tally durante a perseguição. O mesmo que havia parecido pronto para afundar sua cabeça com um bastão. Excelente. — Eu sou o homem sagrado. Aprendi a língua dos deuses com meu pai.

— E aprendeu muito bem.

Um sorriso cheio de dentes tortos tomou conta do rosto dele.

— Eu... obrigado. — Andrew deu uma risada e, em seguida, fez uma cara que quase poderia ser chamada de maliciosa. — Você caiu, não foi?

Tally segurou o pulso machucado.

— Sim, durante a perseguição.

— Você veio do céu! — Ele abriu os braços e olhou ao redor num gesto teatral de perplexidade. — Você não tem carro voador, só pode ter caído!

Carro voador? Referência interessante. Tally encolheu os ombros.

— É, acho que você me pegou. Eu caí mesmo do céu.

— Ahh!

O homem pareceu aliviado, como se o mundo, aos poucos, passasse a fazer sentido. Ele gritou algumas palavras para a multidão, que reagiu com murmúrios sugerindo compreensão.

Tally começou a relaxar. Todos aparentavam estar felizes agora que sua presença na terra tinha uma explicação perfeitamente racional. Cair do céu era algo que eles conseguiam entender. E, com um pouco de sorte, os caçadores teriam regras especiais para jovens deusas.

Atrás de Andrew Simpson Smith, o fogo ganhou vida com um forte estalo. Tally sentiu cheiro de comida e ouviu o grito desesperado de uma galinha capturada para virar refeição. Aparentemente, a visita de uma divindade justificava um banquete no meio da noite.

O homem sagrado esticou um braço, e imediatamente a multidão se espalhou, abrindo um caminho até a fogueira.

— Você nos conta a história da queda? Eu passo suas palavras para as nossas.

Tally suspirou. Estava exausta, desnorteada e ferida — seu pulso ainda latejava de dor. Só queria se deitar e dormir. Apesar disso, o fogo parecia acolhedor, depois do banho que havia levado na queda-d'água. Também era difícil resistir à expressão ansiosa de Andrew.

Ela não podia desapontar a aldeia inteira. Ali não existiam telas de parede, noticiários ou canais por satélite. As visitas de times de futebol também não deviam ser muito frequentes. Assim como acontecia na Fumaça, tudo aquilo tornava as histórias mais valiosas. E, certamente, não era um fato comum estranhos caírem do céu.

— Tudo bem. Uma história e depois eu vou dormir.

Toda a aldeia se reuniu ao redor da fogueira.

O cheiro de galinha assada vinha de longos espetos posicionados acima do fogo. Bem no meio da brasa, havia panelas de barro, de onde saía um aroma suave. Os homens estavam à frente, comendo de forma barulhenta e limpando as mãos cheias de gordura nas próprias barbas, até lhes darem um brilho característico. As mulheres cuidavam do preparo, enquanto as crianças corriam afoitamente por entre suas pernas, as mais velhas alimentando a fogueira com galhos recolhidos da escuridão. No entanto, quando um sinal indicou que estava na hora de Tally falar, todos se sentaram.

Talvez fosse a intimidade de compartilhar uma refeição, ou a percepção de que os deuses não eram tão ameaçadores, mas o fato era que as pessoas já se atreviam a olhar nos olhos de Tally. Alguns admiravam seu rosto perfeito, sem constrangimento, enquanto esperavam o início da história.

Andrew Simpson Smith sentou-se ao seu lado, satisfeito e pronto para traduzir suas palavras.

Tally pigarreou. Não sabia exatamente como explicar a viagem que havia feito até ali de um jeito que fizesse sentido para aquelas pessoas. Eles conheciam carros voadores e perfeitos. Mas e quanto aos Especiais? E a operação? E os Crims? E a Fumaça?

Entenderiam a diferença entre borbulhante e farsa?

Tally duvidava de que fossem capazes de compreender sua história.

Um novo pigarro e ela olhou para baixo, sem querer enfrentar a expectativa de sua plateia. Estava cansada. Sentia-se praticamente perfeita depois de ter o sono interrompido na noite anterior. A viagem toda, da cidade à beira daquela fogueira, parecia uma espécie de sonho.

Um sonho. Ela sorriu ao pensar naquilo e gradualmente as palavras encontraram o caminho até sua boca.

— Era uma vez uma linda e jovem deusa — disse Tally.

Ela esperou as palavras serem traduzidas para a língua local. As estranhas sílabas que saíam da boca de Andrew reforçavam a atmosfera de sonho daquele lugar iluminado pelo fogo. Num instante, a história fluía sem que Tally precisasse fazer qualquer esforço.

— Ela vivia numa torre que ia até o céu. Era uma torre muito confortável, mas não havia nenhuma maneira de sair dali e conhecer o resto do mundo. Um dia, a jovem deusa resolveu que tinha coisas melhores para fazer do que passar todo o tempo se olhando no espelho...

VINGANÇA

Tally acordou em meio a cheiros e sons pouco familiares: suor e hálito matutino, um coro de roncos e respirações profundas, o ar quente e úmido de um ambiente apertado cheio de gente.

Ela se virou no escuro, o que causou uma onda ao seu redor, com corpos entrelaçados se empurrando para caberem todos no mesmo lugar. Embaixo dos cobertores de pele, uma sensação acolhedora sufocava seus sentidos. Parecia um sonho, exceto pelo cheiro penetrante de pessoas sujas e pelo fato de que Tally precisava ir ao banheiro urgentemente.

Seus olhos se abriram. A luz entrava pela chaminé, que não passava de um buraco aberto no telhado para permitir a saída da fumaça. Com base no ângulo dos raios do sol, Tally concluiu que já estavam no meio da manhã. Todos dormiam até tarde. Não era exatamente uma surpresa: o banquete havia durado até o amanhecer. Depois dela, outras pessoas tinham contado histórias, competindo para ver quem conseguiria manter a deusa sonolenta acordada. E Andrew Simpson Smith sempre traduzindo tudo.

Quando finalmente a deixaram ir dormir, Tally descobriu que o conceito de "cama" não era conhecido por ali. Como resultado, teve de dividir uma cabana com mais vinte pessoas. Aparentemente, na aldeia, para se manter aquecido era necessário dormir em pilhas humanas, com cobertores sobre todos. Ela tinha achado aquilo estranho, mas não o bastante para permanecer acordada por mais um minuto que fosse.

De manhã, deparou-se com corpos inconscientes jogados por todos os lados, nem sempre muito bem-vestidos, enroscados uns nos outros e nas peles de animais. Os contatos casuais, entretanto, não tinham nada de sexuais. Era só uma maneira de manter os corpos aquecidos, como gatinhos recém-nascidos.

Tally tentou se levantar, mas se deu conta de que havia um braço envolvendo seu corpo. Era Andrew Simpson Smith, que roncava com a boca entreaberta. Ela o empurrou, e ele virou para o outro lado, sem acordar, pousando o braço sobre um homem velho.

Enquanto se movia na escuridão, Tally começou a ficar tonta dentro da cabana superlotada. Sabia que aquelas pessoas não tinham acesso a pranchas voadoras, telas de paredes e privadas, ou mesmo ferramentas de metal, mas nunca havia achado possível que existisse um povo que ignorasse o conceito de *privacidade*.

Ela foi abrindo caminho por entre os corpos inertes, tropeçando em braços e pernas e sabe-se-lá-mais-o-quê, até alcançar a porta. Depois de se agachar, finalmente conseguiu sair, reencontrando a luz do sol e o ar fresco.

O frio deixou seus braços arrepiados, e o ar que a respiração levava aos seus pulmões era congelante. Para piorar, Tally se deu conta de que havia deixado o casaco na cabana. No entanto, preferia ficar tremendo, usando os próprios braços para se esquentar, a ter de passar novamente por entre aqueles corpos adormecidos. No frio, sentia o pulso latejar, da queda na noite anterior, e os músculos arderem, da longa caminhada.

Mas tinha de cuidar de uma coisa de cada vez.

Para achar a latrina, bastava confiar em seu nariz. Na verdade, só havia uma fossa, e o fedor insuportável a fez comemorar o fato de ter fugido no inverno. Como as pessoas conseguiam viver naquele lugar no verão?

Tally já havia encarado banheiros fora de casa. Mas os Enfumaçados submetiam os dejetos a tratamento, usando nanoestruturas simples e capazes de se autorreproduzir, recolhidas dos centros de reciclagem das cidades. Elas digeriam todo o esgoto e direcionavam o resultado para o solo, o que, aliás, ajudava na produção dos melhores tomates que Tally tinha provado na vida. E a melhor parte: isso evitava que as latrinas exalassem mau cheiro. Por mais que amassem a natureza, quase todos os Enfumaçados haviam nascido em cidades. Eram produtos de uma civilização tecnológica e certamente não gostavam de fedor.

Aquela aldeia, contudo, era outra história, mais próxima dos mitológicos Pré-Enferrujados que tinham vivido antes da era da alta tecnologia. De que tipo de cultura aquelas pessoas descenderiam? Na escola, ensinava-se que os Enferrujados haviam engolido todos com sua lógica econômica, aniquilando os demais estilos de vida. E, embora nunca se tocasse no assunto, Tally sabia que os Especiais faziam basicamente a mesma coisa. Então de onde vinham aquelas pessoas? Teriam retomado aquele estilo de vida depois do colapso dos Enferrujados? Ou existiriam na natureza antes deles? E por que nunca haviam sido incomodadas pelos Especiais?

Quaisquer que fossem as respostas para aquelas perguntas, Tally não conseguia enfrentar a fossa. Era muito acostumada à cidade para aquilo. Assim, continuou andando floresta adentro. Apesar de conhecer as regras rígidas da Fumaça, ela esperava que ali os jovens deuses tivessem algum tipo de tratamento especial.

Quando Tally acenou para uma dupla de vigias nos limites da aldeia, recebeu como resposta gestos nervosos. Os dois evitavam encará-la e tentavam esconder os bastões atrás de seus corpos. Os caçadores ainda andavam receosos, um pouco surpresos com o fato de não terem se metido em encrenca depois de tentar arrebentar a cabeça da deusa.

Poucos metros mata adentro já não era possível ver a aldeia. Tally, porém, não temia se perder. A brisa continuava trazendo o fedor intenso da fossa, e ela permanecia perto o bastante dos vigias para pedir socorro caso não encontrasse o caminho de volta.

Sob o sol intenso, a geada derretia, transformando-se numa densa neblina. Da floresta, vinham sons quase imperceptíveis, como os que Tally costumava ouvir na antiga casa de seus pais quando não havia mais ninguém por perto. As sombras das folhas quebravam as silhuetas das árvores, tornando as formas indistintas e deixando impressões de movimento no seu campo de visão, a cada lufada de vento. Com a sensação de estar sendo observada voltando, ela se apressou em encontrar um lugar e fez seu xixi o mais rápido possível.

Apesar de tudo, Tally não voltou imediatamente. Não havia sentido em permitir que sua imaginação a pusesse para correr. Momentos de privacidade eram um privilégio naquele lugar. Ela tentou imaginar o que os namorados faziam quando queriam ficar sozinhos e se alguém conseguia guardar segredos por muito tempo.

Ao longo do último mês, ela tinha se acostumado a passar o tempo todo ao lado de Zane. Sentia sua ausência naquele exato momento; o calor de seu corpo fazia falta. Dividir um dormitório com duas dezenas de estranhos era uma troca esquisita e inesperada.

De repente, Tally sentiu um arrepio e congelou. Alguma coisa havia se movido em sua visão periférica — e não era parte do jogo natural de luzes e sombras provocado pelas folhas e pelo vento. Seus olhos tentaram enxergar algo entre as árvores.

Do meio da floresta, veio uma risada.

Era Andrew Simpson Smith, abrindo caminho pelo mato com um sorriso enorme no rosto.

— Você estava me espionando? — perguntou ela.

— Espionando? — repetiu ele, como se nunca tivesse ouvido a palavra. Tally se perguntou se, devido à absoluta falta de privacidade, ninguém havia se dado ao trabalho de inventar o termo. — Acordei quando você saiu, Sangue Jovem. Achei que talvez conseguisse ver você...

Ela franziu a testa.

— Me ver fazendo o quê?

— Voando — respondeu ele, envergonhado.

Tally não conseguiu segurar o riso. Na noite anterior, por mais que ela tentasse explicar, Andrew Simpson Smith não conseguia entender o que significava voar numa prancha. Ela havia contado que os deuses jovens não costumavam usar carros, mas a ideia de que existiam diferentes tipos de veículos voadores aparentemente o tinha deixado confuso.

Ele pareceu magoado com a reação dela. Talvez achasse que Tally estivesse escondendo suas habilidades especiais apenas para chateá-lo.

— Desculpe, Andrew. Mas é como eu disse várias vezes ontem à noite: eu não posso voar.

— Mas, na história, você disse que ia encontrar seus amigos — argumentou ele.

— Eu sei. O problema é que minha prancha está destruída. E embaixo d'água. Acho que agora minha única opção é andar.

Andrew Simpson Smith ficou confuso por um instante. Provavelmente não entendia como um dispositivo divino podia quebrar. Porém, subitamente ele se animou, revelando a falta de um dente, o que o deixava com cara de criança.

— Então eu ajudo você. Vamos juntos até lá.

— Ahn, sério?

— Os Smiths são homens santos. Sou um servo dos deuses, assim como meu pai.

As últimas palavras foram ditas num tom austero. Tally ainda achava impressionante a facilidade com que conseguia interpretar o rosto de Andrew. As emoções de todos os aldeões pareciam estar permanentemente expostas, como se a privacidade de seus pensamentos fosse a mesma de seu dormitório. Ela se perguntou se, em alguma situação, eles mentiam uns para os outros.

Estava notório que, em algum momento, perfeitos tinham mentido para eles. Deuses, sem dúvida.

— Quando seu pai morreu, Andrew? Não faz muito tempo, né?

Ele a olhou com surpresa, como se Tally tivesse acabado de ler seus pensamentos.

— Faz só um mês. Antes da noite mais longa — contou. Tally se perguntou o que seria a noite mais longa, mas não quis interromper. — Eu e ele estávamos procurando ruínas. Os deuses mais velhos gostam que encontremos lugares da época dos Enferrujados para eles. Para pesquisa. Nós acabamos encontrando forasteiros.

— Forasteiros? Como o que vocês pensavam que eu era?

— Sim. Mas não eram jovens deuses. Era um grupo de ataque à procura de uma vítima. Apesar de nós os termos visto primeiro, os cachorros deles seguiram nosso cheiro. E meu pai era velho. Se tivesse uns 40 anos, teria sobrevivido — disse Andrew, com orgulho. Tally mal conseguia acreditar. Seus oito bisavós ainda estavam vivos, todos os oito com mais de cem anos. — Os ossos dele estavam frágeis. — A voz de Andrew agora não passava de um sussurro. — Quando corríamos num riacho, ele torceu o tornozelo. Fui obrigado a deixá-lo para trás.

Tally engoliu em seco. Estava chocada com a possibilidade de alguém perder a vida por causa de um tornozelo torcido.

— Ah. Sinto muito.

— Ele me deu a faca dele antes de eu seguir em frente. — Andrew puxou a faca da cintura, permitindo que Tally a olhasse mais de perto que na noite anterior. Era uma faca de cozinha vagabunda, com uma lâmina dentada. — Agora eu sou o homem sagrado.

A faca barata na mão de Andrew lembrava Tally de como seu primeiro encontro com aquelas pessoas quase havia acabado. Ela estivera prestes a ter um destino igual ao do pai dele.

— Mas por quê? — perguntou.

— Por que, Sangue Jovem? Porque eu era o filho dele.

— Não, não estou falando disso. Por que os forasteiros queriam matar seu pai? Ou qualquer outra pessoa?

Andrew estranhou a pergunta, como se já tivesse respondido aquilo muitas vezes.

— Porque era a vez deles.

— Era *o quê*?

Ele explicou com a maior naturalidade:

— Nós tínhamos matado no verão. Então a vingança era deles.

— Vocês tinham matado... um deles? — perguntou Tally.

— Sim, nossa vingança, por uma morte no início da primavera — disse ele, sorrindo friamente. — Eu estive naquela missão de ataque.

— Quer dizer que isso é uma espécie de vendeta? Mas quando tudo começou?

— Começou? — Andrew Simpson Smith olhava fixamente para a lâmina da faca, como se tentasse ler alguma coisa no reflexo do metal. — Sempre foi assim. Eles são forasteiros. — Ele sorriu. — Fiquei feliz quando vi que era você que nosso grupo havia trazido. Porque, então, continua sendo nossa vez, e talvez eu esteja lá para vingar meu pai.

Tally não conseguia dizer nada. Em poucos minutos, Andrew Simpson Smith tinha se transformado de um filho em luto num tipo de... *selvagem*. Seus dedos estavam ainda mais brancos: ele apertava a faca com tanta força que o sangue não circulava.

Ela tirou os olhos da arma e balançou a cabeça. Não era justo considerá-lo um selvagem. Aquilo que Andrew descrevia era tão antigo quanto a própria civilização. Na escola, eles já falavam daquele tipo de rivalidade sangrenta. E os Enferrujados tinham sido até piores, inventando as grandes guerras e criando mais e mais tecnologias mortais, até quase destruírem o mundo.

Apesar de tudo, Tally não conseguia deixar de lado o fato de que aquelas pessoas não guardavam semelhança com ninguém que tivesse conhecido. Ela se obrigou a encarar a expressão sombria de Andrew e sua estranha satisfação em sentir o peso da faca na mão.

Então Tally se lembrou das palavras da dra. Cable. *A humanidade é um câncer, e nós somos a cura.* As cidades haviam sido construídas para acabar com a violência, a mesma violência que era uma das coisas apagadas dos cérebros perfeitos pela operação. O mundo que ela conhecia não passava de uma barreira com o objetivo de interromper aquele terrível ciclo. Porém, bem à sua frente, estava a espécie em seu estado natural. Ao fugir da cidade, talvez Tally tivesse corrido na direção daquilo.

A não ser que a dra. Cable estivesse errada, e existisse outra opção.

Andrew levantou a cabeça e guardou a faca. Em seguida, abriu os braços.

— Mas isso não vai acontecer hoje. Hoje eu vou ajudar você a encontrar seus amigos — disse, aos risos, recuperando a descontração.

Tally expirou devagar. Por um instante, quis recusar a oferta. Entretanto, não havia mais ninguém a quem recorrer, e a floresta que a separava das Ruínas de Ferrugem era cheia de caminhos e perigos naturais. E provavelmente um número razoável de pessoas que podiam considerá-la uma "forasteira". Mesmo que não fosse perseguida por um grupo de ataque sedento por sangue, um simples tornozelo torcido, no frio da natureza selvagem, podia ser fatal.

Era muito simples: Tally precisava de Andrew Simpson Smith. E ele tinha passado a vida treinando para ajudar pessoas como ela. Deuses.

— Tudo bem, Andrew. Mas quero partir ainda hoje. Estou com pressa.

— Claro. Hoje. — Ele passou a mão no pedaço de seu rosto onde uma barba começava a crescer. — Essas ruínas em que seus amigos estão esperando, onde ficam?

Tally olhou para o sol, ainda baixo o bastante para indicar o horizonte leste. Depois de um cálculo rápido, ela apontou para o noroeste, na direção da cidade. Atrás dela, estavam as Ruínas de Ferrugem.

— Ficam a mais ou menos uma semana para aquele lado — disse.

— Uma semana?

— Corresponde a sete dias.

— Eu sei, conheço o calendário dos deuses — respondeu Andrew, parecendo ofendido. — Tem certeza de que precisaremos de uma semana inteira?

— Tenho. Não é muita coisa, é?

Afinal, os caçadores não haviam demonstrado nenhum cansaço durante a marcha da noite anterior.

Andrew fez que não, mas havia uma expressão de perplexidade em seu rosto.

— É que isso fica além dos limites do mundo.

COMIDA DOS DEUSES

Eles partiram ao meio-dia.

Toda a aldeia parou para acompanhar o momento e entregar presentes para a viagem. A maioria, por ser muito pesada, acabava educadamente recusada por Tally e Andrew. No entanto, ele não perdeu a oportunidade de encher a mochila com as horripilantes fatias de carne-seca que havia recebido. Ao perceber que aquela coisa nojenta era de comer, Tally tentou disfarçar sua aversão, mas não foi exatamente bem-sucedida. O único presente que ela aceitou foi um estilingue feito de madeira e couro, dado por um dos membros mais velhos de seu fã-clube infantil. Tally se lembrou de que era bastante habilidosa com aquilo quando criança.

O chefe do grupo abençoou publicamente a jornada e mais uma vez pediu desculpas — traduzidas por Andrew — por quase ter partido no meio a cabeça de uma deusa tão jovem e bela. Tally garantiu que seus pais nunca saberiam do mal-entendido. Embora ainda receoso, o chefe ficou mais aliviado. Em seguida, ele entregou um bracelete de cobre bem gasto a Andrew, um gesto de gratidão ao jovem sagrado por ajudar a compensar seu erro.

Andrew sentiu-se envergonhado e orgulhoso com o presente. A multidão aplaudiu quando ele mostrou o objeto a todos. Tally percebeu que havia causado muitos problemas naquele lugar. Assim como usar uma roupa semiformal numa festa de gala, sua visita inesperada tinha tirado as coisas dos eixos. Pelo menos, a ajuda oferecida por Andrew aliviava um pouco a tensão das pessoas. Aparentemente, agradar aos deuses era a tarefa mais importante dos homens sagrados, algo que levou Tally a imaginar o quanto os perfeitos das cidades interagiam com os caçadores.

Logo que ela e Andrew passaram dos limites da cidade, a comitiva de crianças que os acompanhava foi chamada de volta por mães nervosas. Tally decidiu aproveitar para fazer perguntas mais sérias.

— Então, Andrew, quantos deuses você conhece... ahn, pessoalmente?

Ele passou a mão em sua barba inexistente, parecendo pensativo.

— Desde a morte do meu pai, nenhum deus veio, fora você. Portanto, nenhum outro me conhece como homem sagrado.

Como Tally havia imaginado, Andrew ainda tentava ocupar a posição do pai.

— Entendi. Mas sua pronúncia é muito boa. Você não aprendeu a falar minha língua só com seu pai, né?

O sorriso torto mostrava que ele tinha sido pego no flagra.

— Não era para eu falar com os deuses. Só devia ficar ouvindo enquanto meu pai lhes dava atenção. Mesmo assim, quando levávamos um deus a uma ruína ou ao ninho de algum pássaro estranho, eu falava.

— Que bom. Mas... sobre o que vocês conversavam?

Ele permaneceu em silêncio por um instante, como se estivesse escolhendo as palavras com cuidado.

— Sobre animais. Sobre acasalamento e alimentação.

— Faz sentido — disse Tally. Qualquer zoólogo da cidade adoraria dispor de um exército de Pré-Enferrujados em suas pesquisas de campo. — E mais nada?

— Como eu já disse, alguns deuses queriam saber sobre ruínas. Então eu os levava lá — contou Andrew.

— Claro.

— E também havia o doutor.

— Quem? O *doutor*? — Tally parou na hora. — Me conte uma coisa, Andrew. O doutor é realmente... assustador?

Andrew estranhou, mas acabou rindo da pergunta.

— Assustador? Não. É como você, bonito, tão bonito que é difícil ficar olhando.

Tally sentiu um alívio. Depois deu um sorriso e franziu a testa de leve.

— Mas você não parece achar tão difícil olhar para mim — comentou.

Na mesma hora, ele baixou a cabeça.

— Peço desculpas, Sangue Jovem.

— Calma, Andrew, não foi isso que eu quis dizer. — Ela encostou a mão em seu ombro. — Eu estava brincando. Pode olhar para mim o quanto... bem, esqueça isso. E me chame de Tally, certo?

— Tally — disse ele, testando a sensação de pronunciar o nome. Ela tirou a mão de seu ombro, e Andrew ficou olhando para o exato ponto de contato. — Você é diferente dos outros deuses.

— Espero que sim — disse Tally, antes de voltar ao assunto que lhe interessava. — Mas esse doutor, ele parece uma pessoa normal? Ele é perfeito? Ou melhor... parece mesmo um deus?

— Sim. Ele vem mais aqui do que outros. Mas não se interessa por animais ou ruínas. Só quer saber de como funciona a aldeia. Quem está se aproximando de quem, quem tem muitas crianças. Ou qual caçador pode vir a desafiar o chefe para um duelo.

— Entendi. — Tally tentou se lembrar da palavra certa. — Um antro...

— Antropólogo, é assim que o chamam — completou Andrew, deixando Tally um pouco surpresa. Ele apenas sorriu. — Tenho bons ouvidos. Meu pai sempre dizia isso. Os outros deuses às vezes ridicularizam o doutor.

— Humm. — Aparentemente, os aldeões sabiam mais sobre seus visitantes divinos do que estes percebiam. — Quer dizer que você nunca conheceu deuses que fossem realmente... assustadores?

Andrew ficou pensativo e começou a andar de novo. Às vezes, ele demorava a responder as perguntas, como se pressa fosse outro conceito que aquelas pessoas ignoravam.

— Não, nunca conheci. Mas o avô do meu pai contava histórias sobre criaturas que usavam armas estranhas e máscaras de águia, que faziam as vontades dos deuses. Elas tinham forma de pessoas, só que andavam de um jeito estranho.

— Como insetos? Com um passo muito rápido e sem ritmo?

Os olhos de Andrew se arregalaram.

— Quer dizer que elas existem? Os Seshiais?

— Seshiais? Ah. Nós os chamamos de Especiais — explicou Tally.

— Eles destroem todos que desafiam os deuses.

— Então, sem dúvida, são eles.

— E, quando as pessoas desaparecem, costumam dizer que foram os Seshiais que levaram.

— Levaram?

Para onde?, perguntava-se Tally.

Ela ficou em silêncio, acompanhando a trilha que se abria à sua frente. Se o bisavô de Andrew tivesse realmente conhecido alguém da Divisão de Circunstâncias Especiais, então a cidade sabia da existência da aldeia havia décadas, ou até mais tempo. Portanto, os cientistas estudavam aquelas pessoas desde sempre e não hesitavam em convocar Especiais para garantir sua autoridade.

Desafiar os deuses era algo meio perigoso.

Eles caminharam durante um dia inteiro, avançando bastante pelas montanhas. Tally já identificava algumas das trilhas locais sem a ajuda de Andrew, como se seus olhos estivessem aprendendo a enxergar no meio da floresta.

Quando a noite caiu, eles encontraram uma caverna para montar acampamento. Tally começou a recolher madeira a fim de acender uma fogueira, mas parou ao notar que Andrew a observava com uma expressão assombrada.

— O que foi? — perguntou ela.

— Você quer acender uma fogueira? Os forasteiros vão ver!

— Ah, claro. Desculpe. — Ela esfregou as mãos para afastar o frio. — Então, essa história de vingança acaba exigindo algumas noites geladas por aí, não é mesmo?

— Sentir frio é melhor do que morrer, Tally — disse ele, dando de ombros. — E talvez sua jornada não leve tanto tempo assim. Vamos chegar aos limites do mundo amanhã.

— Entendi.

Durante o dia inteiro de caminhada, Andrew não se tinha deixado convencer pela descrição do mundo feita por Tally: um planeta de 40 mil quilômetros de circunferência, suspenso num vazio desprovido de oxigênio, com a gravidade evitando que todos saíssem voando. Naturalmente, da perspectiva dele, era algo bem difícil de se levar a sério. Na escola, costumavam dizer que as pessoas eram presas por acreditarem num mundo redondo — e geralmente os homens sagrados eram os responsáveis pelas prisões.

Tally pegou dois pacotes de Nabo Môndegas.

— Pelo menos, não precisamos de uma fogueira para termos comida quente.

Andrew se aproximou para acompanhar Tally enchendo o purificador de água. Depois de mascar carne-seca o dia todo, estava bastante ansioso para provar a "comida dos deuses". Assim que o purificador deu o sinal e Tally levantou a tampa, Andrew se deparou com o vapor que subia das Nabo Môndegas reconstituídas. Ela lhe entregou o aparelho.

— Você primeiro.

Tally nem precisou insistir. Na aldeia, os homens sempre comiam antes, deixando apenas as sobras para as mulheres e as crianças. Embora Tally fosse uma deusa, e por isso em algumas situações acabasse tratada como um homem honorário, era difícil superar certos hábitos. Andrew recebeu o purificador e enfiou a mão para pegar uma bolinha.

— Ei, cuidado para não se queimar — avisou ela, vendo-o jogar a comida na boca de uma vez.

— Onde está o fogo? — perguntou ele.

Enquanto lambia os dedos, Andrew levantou o purificador, à procura de alguma chama na parte inferior.

— É eletrônico... uma chama bem pequena. Tem certeza de que não quer tentar com os palitinhos?

Ele se arriscou a usar os palitos, mas não foi muito bem-sucedido. Pelo menos, as NaboBolas esfriaram, o que o ajudou na hora de usar as mãos novamente. Podia-se notar um leve ar de decepção em seu rosto.

— Hum.

— O que foi?

— Achei que a comida dos deuses fosse... um pouco melhor.

— Ei, isso aí é comida *desidratada* dos deuses.

Assim que Andrew acabou, Tally preparou sua refeição, mas seu MacaCurry se mostrou um pouco decepcionante, depois do banquete da noite anterior. Ela se lembrou de sua estada na Fumaça e de como a comida era muito mais saborosa na natureza. Mesmo os alimentos frescos não tinham um gosto satisfatório quando vinham de tanques hidropônicos. Tally se viu obrigada a concordar com Andrew: comida desidratada definitivamente não tinha nada de divina.

O jovem homem sagrado ficou surpreso ao ser informado de que Tally não queria dormir encostada nele. Afinal de contas, era inverno. Ela explicou que a privacidade era uma característica dos deuses — um conceito que ele não era capaz de entender. Mesmo assim, Andrew manteve o olhar abatido, enquanto Tally mastigava a pílula de pasta de dente e escolhia um canto da caverna para dormir.

No meio da noite, Tally acordou quase congelada e arrependida de sua grosseria. Depois de uma longa e silenciosa sessão de autorrecriminação, ela se deu por vencida, engatinhou até Andrew e se aconchegou. Ele não era Zane, mas o calor de outra pessoa era melhor que ficar deitada na pedra, tremendo, desconfortável e solitária.

Quando Tally acordou novamente, ao amanhecer, um cheiro de fumaça tomava conta da caverna.

O FIM DO MUNDO

Tally tentou gritar, mas uma mão tapava sua boca com firmeza.

Ela pensou em dar socos a esmo na escuridão, mas seu instinto a deteve a tempo. Era Andrew que a segurava. Tally o reconhecia pelo *cheiro*. Depois de duas noites dormindo ao lado dele, uma parte de seu cérebro tinha guardado a informação na memória.

Assim que ela relaxou, Andrew a soltou.

— O que houve? — perguntou Tally, baixinho.

— Forasteiros. Em número suficiente para montar uma fogueira.

O comentário a deixou intrigada por um instante, mas ela finalmente entendeu: por causa da disputa sangrenta, só um grande grupo de homens armados teria coragem de acender uma fogueira longe da segurança de sua aldeia.

Tally se concentrou e farejou na fumaça um aroma de carne tostada. Também conseguia ouvir uma conversa barulhenta. Eles deviam ter montado acampamento por perto depois de ela e Andrew decidirem dormir e agora estavam preparando o café da manhã.

— O que vamos fazer?

— Você fica aqui. Vou ver se encontro um deles sozinho.

— Você vai *o quê*?

Andrew puxou a faca do pai.

— É a minha chance de igualar o placar — explicou.

— *Placar?* O que é isso, um jogo de futebol? Você vai acabar morto! Você mesmo disse que deve haver muitos deles.

— Só vou atacar se encontrar um sozinho. Não sou bobo.

— Pode esquecer!

Tally segurou o pulso de Andrew. Ele tentou se livrar, mas seu braço magro não era páreo para os músculos pós-operação dela.

— Se brigarmos aqui, eles vão escutar — disse Andrew.

— Com certeza. *Shhh!*

— Me solte!

O volume da voz de Andrew subiu novamente, e Tally percebeu que ele gritaria o quanto fosse necessário. A honra o compelia a ir atrás do inimigo, mesmo que aquilo botasse as vidas de ambos em risco. Provavelmente, os forasteiros deixariam Tally em paz assim que vissem seu rosto perfeito, mas Andrew acabaria morto caso fossem pegos. O que certamente aconteceria se ele não calasse a boca. Ela não teve opção a não ser soltar seu pulso.

Andrew se virou, em silêncio, e saiu da caverna com a faca na mão.

Tally ficou sentada no escuro, perplexa, remoendo a briga de que havia acabado de participar. O que poderia ter dito? Que argumentos em voz baixa seriam capazes de derrotar décadas de uma rixa sangrenta? Seria inútil.

Talvez a coisa fosse ainda mais complicada. Tally se lembrou da conversa com a dra. Cable, que tinha afirmado que o ser humano sempre acabava redescobrindo a guerra, sempre voltava a ser um Enferrujado no fim da história. A espécie não passava de uma praga planetária, entendendo-se ou não o que era um planeta. Seria aquela a única cura possível, além da operação?

Talvez os Especiais tivessem razão.

Tally se agachou. Além de arrasada, estava com fome e sede. Na garrafinha de Andrew não havia nada. Só lhe restava esperar a volta dele. E isso se ele voltasse.

Como Andrew tinha sido capaz de simplesmente deixá-la para trás?

Claro, ele havia deixado o próprio pai ferido num córrego, entregue a uma morte iminente. Talvez qualquer um ficasse com sede de vingança depois de passar por uma experiência como aquela. Andrew, porém, não estava atrás dos responsáveis pela morte de seu pai; ele queria apenas assassinar alguém. Qualquer um servia. Não fazia o menor sentido.

O cheiro de comida acabou se dissipando no ar, e Tally se aproximou da entrada da caverna. Dali não se ouvia mais nenhum barulho vindo do acampamento; só o vento soprando as folhas das árvores.

Então ela viu alguém se aproximando...

Era Andrew. Estava coberto de lama, como se tivesse rastejado na terra. Contudo, a faca que carregava parecia limpa. E Tally não via sinal de sangue em suas mãos. Sentiu um alívio ao ver sua expressão de decepção.

— E aí, não teve sorte? — perguntou.

Ele fez que não.

— Meu pai ainda não foi vingado.

— Que pena. Então vamos embora.

— Sem café da manhã?

Tally se mostrou irritada. Até momentos antes, ele só queria saber de emboscar e matar um estranho qualquer.

Agora seu rosto lembrava o de uma criança privada do sorvete prometido.

— Está muito tarde para tomarmos café — disse ela, botando a mochila nos ombros. — Para onde fica o fim do mundo?

Eles caminharam em silêncio até bem depois do meio-dia. Uma hora, porém, os roncos do estômago de Tally os obrigaram a parar. Como não estava muito a fim de imitação de carne, ela preparou Arroz Vege para os dois.

Andrew parecia um bichinho querendo agradar o dono: esforçava-se para usar os palitinhos e ria de sua própria falta de jeito. Mas Tally não dava um sorriso sequer. O arrepio que tomara conta de seu corpo enquanto Andrew saía em busca de vingança ainda não tinha ido embora.

Mas, na verdade, não era muito justo ficar com raiva de Andrew, que provavelmente não compreendia a aversão de Tally a assassinatos aleatórios. Afinal, ele tinha crescido no meio daquele ciclo de vingança. Era uma parte de sua vida de Pré-Enferrujado, tanto quanto dormir amontoado com outras pessoas ou derrubar árvores. Andrew não considerava aquilo errado, assim como não conseguia captar a profundidade da repulsa que a latrina improvisada provocava em Tally.

Ela era diferente dos aldeões do vilarejo. Era uma amostra das mudanças ocorridas ao longo da história humana. Talvez houvesse razão para alguma esperança.

Apesar de tudo, Tally não queria conversar sobre aquilo, ou mesmo dar um sorriso para Andrew.

— Então, o que existe depois do fim do mundo? — perguntou.

— Nada.

— Deve haver *alguma coisa.*

— O mundo simplesmente acaba — insistiu Andrew.

— Você já esteve lá?

— Claro. Todo jovem vai lá, um ano antes de virar um homem.

Tally se irritou de novo: outra exclusividade dos homens.

— E com que se parece? Um grande rio? Um precipício?

— Não. Parece uma floresta, como qualquer lugar por aqui. Mas é o fim. Alguns homenzinhos andam por lá para não deixar ninguém passar.

— Homenzinhos, é?

Ela se lembrou de um mapa antigo pendurado numa parede da biblioteca de sua escola, com a indicação "Aqui há dragões" em todos os espaços vazios. Talvez aquele fim do mundo não passasse do limite do mapa mental de um aldeão. A exemplo do desejo por vingança a todo custo, talvez eles simplesmente não conseguissem ver adiante.

— Bem, para mim não vai ser o fim — disse Tally, decidida.

— Você é uma deusa.

— Sim, sou mesmo. Estamos muito longe?

Andrew olhou para o sol:

— Chegaremos lá antes de anoitecer.

— Ótimo.

Se pudesse optar, Tally preferia não passar outra noite dormindo encostada em Andrew Simpson Smith.

Eles não viram qualquer sinal de forasteiros nas horas seguintes. Mas o hábito do silêncio tinha tomado conta da caminhada. Mesmo depois de vencer a raiva que sentia de Andrew,

Tally continuou andando sem dizer uma única palavra. Ele, por sua vez, mostrava-se arrasado pelo silêncio dela. Ou talvez ainda estivesse se lamentando por não ter conseguido matar ninguém de manhã.

Em todos os sentidos, aquele era um péssimo dia.

As sombras cada vez maiores indicavam a aproximação do fim da tarde.

— Já estamos perto — disse Andrew.

Tally parou para beber água e aproveitou para observar o horizonte. Parecia uma floresta idêntica à que tinha visto durante a queda do céu. Talvez a mata não fosse tão densa aqui, talvez as clareiras fossem maiores, livres da grama por causa do frio do inverno. De um jeito ou de outro, aquilo não se assemelhava a qualquer interpretação razoável do fim do mundo.

Agora Andrew caminhava mais devagar, como se procurasse um sinal entre as árvores. Às vezes, olhava para as montanhas distantes, indicando pontos de referência. Finalmente, ele parou, vidrado em alguma coisa no meio do mato.

Tally demorou um pouco para ver que havia algo pendurado numa árvore. Parecia um boneco: um monte de gravetos e flores secas na forma de um ser humano, não maior que a mão de uma pessoa. E balançava ao vento, como uma miniatura de gente dançando. Ela via outros iguais ao longe.

— Então são esses os tais homenzinhos? — perguntou, sem conseguir esconder o riso.

— Sim.

— E este é o seu fim do mundo?

Ela não via nada de diferente: mata rasteira e árvores que abrigavam pássaros barulhentos.

— É o fim do mundo, não o meu fim do mundo. Nunca alguém passou deste ponto.

— Ah, entendi.

Tally não conseguia acreditar. Provavelmente os bonecos serviam para demarcar o território de outro grupo. Ela reparou num pássaro parado ao lado de um deles, olhando com curiosidade, talvez pensando se aquilo era comestível.

Ajeitando a mochila nos ombros, ela começou a andar na direção do boneco mais próximo. Andrew não a seguiu, mas Tally tinha certeza de que ele o faria assim que suas superstições se provassem infundadas. Lembrava-se de que, séculos antes, os navegantes temiam desbravar os oceanos, achando que mais cedo ou mais tarde cairiam num precipício. Até que um dia alguém resolveu tentar e se descobriu que havia outros continentes no mundo.

No entanto, podia ser melhor mesmo que Andrew não a seguisse. A última coisa de que Tally precisava era de uma companhia obcecada por obter vingança a qualquer custo. Com certeza, as pessoas que moravam depois do fim do mundo não tinham culpa pela morte de seu pai. Para Andrew, porém, qualquer forasteiro servia.

Ao se aproximar, Tally notou mais bonecos, separados uns dos outros por poucos metros. Eles marcavam uma espécie de fronteira e lembravam uma decoração de péssimo gosto de uma festa ao ar livre. Suas cabeças tinham posições estranhas. Na verdade, estavam todos pendurados pelo pescoço, por cordas bem apertadas. Agora Tally entendia por que os aldeões achavam os homenzinhos assustadores. Ela sentiu um arrepio subir pela espinha...

Então a sensação chegou aos dedos.

De início, Tally achou que seu braço tivesse ficado dormente, com um formigamento tomando conta de tudo, do cotovelo para baixo. Ela ajeitou a mochila, na tentativa de restabelecer a circulação, mas a sensação continuou.

Poucos passos adiante, Tally ouviu o barulho: um estrondo que parecia vir de dentro da terra, um som tão grave que fazia seus ossos tremerem. Sua pele tremia, o mundo todo tremia. Sua visão ficou borrada, como se seus olhos vibrassem no ritmo do barulho. Bastou dar mais um passo para o rumor aumentar, agora lembrando um enxame de insetos dentro de sua cabeça.

Havia algo de errado.

Tally tentou dar meia-volta, mas percebeu que seus músculos não respondiam. De repente, passou a ter a impressão de carregar uma mochila cheia de pedras e de que o chão sob seus pés estava derretendo. Com esforço, conseguiu dar um passo atrás, e o barulho diminuiu um pouco.

Ao botar a mão diante do rosto, ela a viu tremer. Talvez a febre tivesse voltado.

Ou o problema estaria naquele lugar?

Tally esticou o braço mais um pouco, e as vibrações ganharam intensidade, fazendo as pontas de seus dedos arderem como uma queimadura sem tratamento. Havia um zumbido no ar que piorava a cada centímetro que ela se aproximava dos bonecos. A sensação era a de que até sua carne era repelida por eles.

Cerrando os dentes, Tally deu um passo desafiador à frente. O zumbido invadiu sua cabeça de novo, e sua visão voltou a ficar embaçada. Ao tentar respirar, ela engasgou, como se uma eletricidade a impedisse de engolir o ar.

Tally se afastou dos bonecos e caiu de joelhos assim que o som se dissipou. Ainda sentia uma aflição na pele, como se uma legião de formigas andasse por baixo de suas roupas. Ela tentou continuar recuando, mas seu corpo não a obedecia.

Nesse momento, sentiu o cheiro de Andrew. Suas mãos vigorosas a levantaram, e, enquanto ele a carregava e arrastava ao mesmo tempo, o caos foi aos poucos se desfazendo.

Tally chacoalhou a cabeça na tentativa de se livrar dos ecos. Todo o seu corpo tremia por dentro.

— Esse zumbido, Andrew... Me senti dentro de uma colmeia.

— Sim. Zumbidos de abelhas — confirmou Andrew, observando suas próprias mãos.

— Por que não me *avisou*? — gritou Tally.

— Eu avisei. Avisei dos homenzinhos. Disse que você não podia passar.

— Podia ter sido um pouco mais específico.

Ele franziu a testa.

— É o fim do mundo. Sempre foi assim. Como você não sabia?

Tally soltou um grunhido, frustrada com a situação, e depois suspirou. Ao olhar novamente para o boneco mais próximo, reparou em algo que lhe havia passado despercebido. Embora a figura fosse feita de gravetos e flores secas — materiais naturais —, não apresentava qualquer sinal de desgaste. Todos os bonecos que ela enxergava dali pareciam novos e não objetos artesanais que haviam passado vários dias embaixo de uma chuva torrencial. A não ser que alguém os tivesse substituído, um por um, só podiam ser feitos de algo mais resistente que gravetos.

Um material parecido com plástico, talvez.

E no interior dos bonecos devia haver algo muito mais sofisticado: um sistema de segurança capaz de subjugar seres humanos, sem causar mal às árvores e aos pássaros. Algo que atacava o sistema nervoso, traçando uma fronteira intransponível ao redor do mundo daquelas pessoas.

Tally entendeu, finalmente, por que os Especiais aceitavam a existência da aldeia. Não se tratava apenas de algumas pessoas vivendo na natureza. Aquilo era o projeto de antropologia de alguém; uma espécie de unidade de conservação. Ou... qual era mesmo o nome usado pelos Enferrujados?

Uma reserva.

E Tally estava presa lá dentro.

DIA SAGRADO

— Não achou nenhuma passagem? — perguntou Andrew, depois de muito tempo.

Tally fez que não. Seus dedos sentiam o formigamento, exatamente como havia acontecido em todos os outros pontos testados na última hora. Os bonecos seguiam enfileirados até onde ela conseguia enxergar. E todos pareciam em perfeito estado.

Ela recuou do fim do mundo, e imediatamente a sensação que tomava conta de suas mãos perdeu intensidade. Depois da experiência inicial, Tally não tinha mais se arriscado a passar do estágio do formigamento. Uma vez bastava. Não havia razão para não acreditar que todos os outros bonecos eram capazes dos mesmos feitos daquele que a tinha deixado de joelhos. Máquinas produzidas na cidade duravam muito tempo, e por entre as árvores chegava muita luz, que podia ser convertida em energia.

— Não, não existe um caminho — respondeu Tally.

— Também acho que não existe.

— Você parece decepcionado.

— Eu esperava que você pudesse me mostrar... o que há além deste lugar.

Ela estranhou:

— Achei que não acreditasse em mim, que não acreditasse na existência de algo mais.

Andrew balançou a cabeça vigorosamente.

— Acredito em você, Tally. Bem, talvez eu não acredite nesse negócio de estar no meio do nada e nessa história de gravidade, mas deve haver alguma coisa. A cidade em que você mora tem de ser real.

— Morava — corrigiu ela, levando os dedos à frente de novo.

O formigamento voltou a atingi-los, deixando uma sensação terrível, como se Tally tivesse passado uma hora sentada sobre as próprias mãos. Ela se afastou e esfregou os braços. Não fazia ideia da tecnologia usada na barreira, mas não devia ser muito recomendado ficar tentando atravessá-la. Não havia motivo para correr o risco de uma lesão permanente nos nervos.

Os bonecos continuavam lá, rindo da cara de Tally, enquanto dançavam ao vento. Ela estava presa no mundo de Andrew.

Tally se lembrou de tudo que tinha aprontado em seus tempos de feia, fugindo do dormitório para atravessar o rio à noite e até invadindo uma festa na mansão de Peris depois de ele virar perfeito. Suas habilidades, contudo, não necessariamente tinham utilidade naquele lugar. Como havia aprendido na conversa com a dra. Cable, era fácil criar confusão na cidade. A segurança por lá era planejada para estimular a criatividade dos feios e não para fritar seus sistemas nervosos.

Em contraposição, aquela barreira tinha sido criada para manter Pré-Enferrujados perigosos longe da cidade; a fim de proteger os campistas, andarilhos e qualquer pessoa que decidisse dar uma volta perto da natureza. Parecia improvável que os bonecos cedessem à intervenção de Tally com a ponta da faca.

No entanto, a lembrança dos tempos de feia levou Tally a se recordar do estilingue em seu bolso de trás. Era uma alternativa pouco promissora, mas talvez valesse a pena tentar um método mais direto de enfrentar o fim do mundo.

Ela encontrou uma pedra bem lisa e preparou a arma. O couro rangeu ao ser puxado. O primeiro tiro passou a cerca de um metro do boneco mais próximo.

— Acho que perdi a prática.

— Sangue Jovem! — gritou Andrew. — Acha que isso é uma boa ideia?

Tally sorriu.

— Está com medo que eu quebre o mundo?

— Segundo as histórias, os deuses puseram esses bonecos aqui para sinalizar os limites do limbo.

— Ahn, claro. Acho que estão mais para placas de "Não ultrapasse". Ou melhor, "Não saia de onde está", para manter todos vocês no lugar certo. Pode acreditar em mim: o mundo vai muito além disto aqui. Isto é só um truque para evitar que vocês o descubram por inteiro.

Andrew se virou, dando a impressão de que estava pensando em outros argumentos. Em vez de insistir, porém, ele se agachou e pegou uma pedra do tamanho de sua mão fechada. Em seguida, jogou o braço para trás, mirou e arremessou o projétil. Tally percebeu desde o primeiro momento que aquele seria um tiro certeiro. A pedra atingiu o primeiro boneco, que girou para um lado, fazendo a corda se apertar em seu pescoço, e depois para o outro, lembrando um pião.

— Ei, isso foi bem corajoso — disse Tally.

— Como eu disse, Sangue Jovem, acredito no que você diz. Talvez este não seja realmente o fim do mundo. E, se isso for verdade, quero ver o que existe além.

— Que bom.

Tally deu um passo adiante e esticou o braço. Nenhuma mudança: seus dedos tremeram ao entrar em contato com a eletricidade no ar, e a sensação de formigamento só parou quando ela se afastou. Era previsível. Um sistema desenvolvido para resistir a décadas num ambiente selvagem — enfrentando tempestades, animais famintos e raios — dificilmente cairia diante de meras pedras.

— Os homenzinhos continuam funcionando — disse ela, esfregando os dedos. — Não sei mesmo como atravessar essa barreira, Andrew. Mas foi uma boa tentativa.

Ele tinha os olhos fixos em sua mão vazia, como se estivesse surpreso com sua decisão de desafiar a obra dos deuses.

— É estranho querer ultrapassar os limites do mundo, não é? — perguntou.

— Bem-vindo à minha vida — disse Tally com uma gargalhada. — Sinto muito por fazer você vir até aqui para nada.

— Nada disso, Tally. Foi bom ter visto.

Tally tentou interpretar a expressão de Andrew, ao mesmo tempo confusa e intensa.

— Ter visto o quê? Minha tentativa de acabar com meu sistema nervoso?

— Não. O estilingue.

— Como é que é?

— Quando eu vim aqui, quando era criança, senti os homenzinhos dentro de mim e quis correr de volta para casa. — Seu olhar ainda indicava confusão. — Mas você quis acertar uma pedra neles. Você não sabe de algumas coisas que toda criança sabe, mas parece ter tanta certeza a respeito do formato deste... *planeta*. Age como se...

A voz de Andrew foi sumindo. Seu conhecimento da língua da cidade o estava traindo.

— Como se eu visse o mundo de outro jeito?

— Sim — disse ele, baixinho, com uma expressão ainda mais intensa no rosto.

Para Tally, o mais provável era que Andrew nunca tivesse pensado na possibilidade de as pessoas verem a realidade de maneiras completamente distintas. Entre tentar se proteger de ataques de forasteiros e obter comida suficiente, os aldeões não deviam ter muito tempo para divergências filosóficas.

— É assim que você se sente ao sair da reserva, ou melhor, ao passar dos limites do mundo. Por falar nisso, tem certeza de que vamos sempre esbarrar nesses homenzinhos, mesmo se seguirmos em outra direção?

— Meu pai me ensinou que o mundo é um círculo e que levamos sete dias para dar a volta. Esta aqui é a fronteira mais próxima da nossa aldeia. Mas uma vez meu pai deu a volta inteira no círculo.

— Que interessante. Acha que ele queria encontrar uma saída?

— Ele nunca disse isso.

— Bem, parece que ele não achou nenhuma — observou Tally. — Então, como vou sair do seu mundo e chegar às Ruínas de Ferrugem?

Andrew ficou em silêncio por um instante, mas Tally podia ver que ele estava pensando, levando uma eternidade para avaliar a pergunta.

— Você precisa esperar o próximo dia sagrado.

— O próximo o quê?

— Os dias sagrados marcam as visitas dos deuses. Eles vêm em carros voadores.

— Ah, é? Não sei se você já percebeu, Andrew, mas não era para eu estar aqui. Se um deus mais velho me vir aqui, estou ferrada.

Ele deu uma risada.

— Acha que sou estúpido, Tally Sangue Jovem? Ouvi sua história sobre a torre. Sei que foi expulsa.

— Expulsa?

— Sim, Sangue Jovem. Você tem a marca — disse Andrew, tocando de leve acima da sobrancelha de Tally.

— Marca? Ah, sim... — Pela primeira vez desde que havia conhecido os aldeões, ela pensou na tatuagem. — Você acha que isso aqui significa alguma coisa?

Andrew mordeu os lábios e desviou o olhar da testa de Tally.

— Claro que não tenho certeza de nada. Meu pai nunca tocou nesse tipo de assunto. Mas, na aldeia, só marcamos as pessoas que roubam.

— Ahn, entendi. E você acha que eu fui... *marcada*? — Tally revirou os olhos diante da cara envergonhada de Andrew. Agora estava explícito por que os moradores tinham ficado tão sem jeito diante dela. Eles achavam que a tatuagem era algum tipo de marca da vergonha. — Escute, isso aqui é só uma coisa da moda. Ahn, vou tentar explicar de outro jeito. É só um negócio que eu e meus amigos fizemos para nos divertir. Já percebeu que às vezes ela se mexe?

— Sim. Quando você está com raiva, ou sorrindo, ou muito concentrada.

— Isso mesmo. Bem, chamamos esse tipo de estado de "borbulhante". E, para deixar explicado, eu fugi. Não fui expulsa.

— E eles vão tentar levá-la de volta. Entendi. Sabe, quando os deuses vêm aqui, eles deixam os carros voadores para trás, ao entrarem na floresta...

Um sorriso tomou conta do rosto de Tally.

— E você pode me ajudar a roubar um desses carros dos deuses mais velhos? — perguntou ela. Andrew fez um gesto indiferente. — Eles não vão ficar irritados com você?

Andrew suspirou e passou a mexer em seu projeto de barba enquanto pensava no assunto.

— Temos de tomar cuidado. Mas já percebi que os deuses não são... perfeitos. Afinal, você conseguiu fugir da torre deles.

— Muito bem, deuses imperfeitos — concordou Tally, sem conseguir segurar o riso. — O que seu pai diria nessa situação, Andrew?

— Não sei. A questão é que ele não está aqui. Eu sou o homem sagrado agora.

Naquela noite, eles acamparam perto da barreira. Andrew garantiu que ninguém — forasteiros ou qualquer outra pessoa — teria coragem de circular tão perto dos bonecos àquela hora. Era um lugar que despertava grande medo. Além disso, ninguém queria ver seu cérebro ser fritado ao acordar à noite para se aliviar no escuro.

De manhã, eles iniciaram a jornada de volta à aldeia, pelo caminho mais longo, sem se preocupar com o tempo e evitando a área em que os forasteiros caçavam. A viagem levou três dias, e Andrew demonstrou todo o seu conhecimento da floresta, misturando sabedoria local e lições de base científica transmitidas pelos deuses. Ele entendia o ciclo da água e um pouco da cadeia alimentar. Porém, depois de um dia inteiro de discussão sobre a gravidade, Tally desistiu.

Quando finalmente se aproximaram da aldeia, ainda faltava cerca de uma semana até o feriado seguinte. Tally pediu a Andrew que encontrasse uma caverna para servir de esconderijo — uma próxima à clareira onde os deuses estacionavam seus carros voadores. Ela havia decidido ficar longe dos outros. Se não soubessem a respeito de seu retorno, eles não teriam como entregá-la aos deuses mais velhos. Tally não queria que ninguém fosse acusado de acobertar uma fugitiva.

Andrew voltou para casa. Planejava contar que a Sangue Jovem havia passado pelo fim do mundo e desaparecido. Aparentemente, os locais sabiam, sim, mentir. Pelo menos, os homens sagrados sabiam.

E sua história se tornaria verdadeira, assim que Tally botasse as mãos num carro voador. Ela não era uma motorista muito habilidosa, mas havia feito o curso de segurança, obrigatório para todos que completavam 15 anos. Sabia voar em linha reta, manter a altitude e pousar em situações de emergência. Tally conhecia feios que dirigiam escondidos com frequência e que garantiam que era fácil. Obviamente, eles só usavam carros seguros que voavam sobre a estrutura da cidade.

Mas não podia ser muito mais difícil do que andar numa prancha.

Enquanto passava os dias esperando na caverna, Tally não conseguia parar de se perguntar onde estariam os outros Crims. Até então, não havia pensado muito neles, por estar mais preocupada em sobreviver. Agora, porém, sem nada para fazer além de ficar sentada e observar o céu, ela começava a ficar desesperada de preocupação. Teriam escapado dos Especiais? Teriam encontrado a Nova Fumaça? E a pergunta mais importante: como estaria Zane? Ela torcia para que Maddy tivesse conseguido consertar tudo de errado em seu cérebro.

Tally se recordou dos últimos instantes que os dois haviam passado juntos, antes de ele saltar do balão. De suas palavras. Em todas as suas lembranças confusas, ela nunca tinha vivido algo parecido. Uma sensação muito mais que borbulhante, melhor que a de qualquer transgressão, uma sensação de que o mundo mudaria para sempre.

E agora nem sequer sabia se ele estava vivo.

Não ajudava em nada pensar que Zane e os outros Crims também deviam estar preocupados, sem saber se ela havia sido recapturada ou simplesmente morrido. A expectativa era de que ela chegasse às Ruínas de Ferrugem uma semana antes. Eles só podiam estar pensando no pior.

Quanto tempo demoraria até Zane perder as esperanças e aceitar sua morte? E se ela nunca conseguisse sair daquela reserva? Nenhuma fé durava para sempre.

Quando não pensava nessas coisas enlouquecedoras, Tally também passava o tempo refletindo sobre o mundo cercado de Andrew. Como teria sido criado? Por que se permitia que aquelas pessoas vivessem ali, uma vez que a Fumaça havia sido impiedosamente destruída? Talvez porque os moradores locais estivessem presos, ainda acreditassem em velhas lendas e se dedicassem a rivalidades sangrentas, enquanto os Enfumaçados sabiam da verdade sobre as cidades e a operação. Mas por que conservar uma cultura brutal, se a razão de ser da civilização era deter a violência, as tendências destrutivas do ser humano?

Andrew aparecia todos os dias, levando castanhas e algumas raízes, para acompanhar a comida desidratada. E só parou de oferecer pedacinhos de carne-seca quando Tally decidiu experimentar. Era exatamente como ela havia imaginado: uma coisa salgada e dura como um sapato velho. Mas os outros presentes foram muito bem aceitos.

Como retribuição, Tally lhe contava histórias de casa, mostrando principalmente que a cidade dos deuses não era marcada por uma perfeição divina. Ela falou dos feios e da operação e revelou que a beleza dos deuses não passava de um truque tecnológico. Andrew não entendia a diferença entre mágica e tecnologia, mas ainda assim ouvia com atenção. Ele tinha herdado um ceticismo saudável do pai, cujas experiências com os deuses, ao que parecia, nem sempre instigaram respeito no velho homem sagrado.

Às vezes, porém, a companhia de Andrew irritava Tally. Ele era capaz de demonstrar grande discernimento, mas frequentemente revelava a ignorância que se devia esperar de alguém que acreditava num mundo plano. O pior assunto era a posição de comando dos homens, que deixava Tally particularmente irritada. Embora soubesse que podia ser mais compreensiva, ela não conseguia ignorar certas coisas. No caso de Andrew, ter nascido numa cultura que considerava as mulheres servas dos homens não caía muito bem. Além do mais, Tally havia se voltado contra tudo em que devia acreditar: uma vida sem esforço, uma beleza absoluta, uma mente perfeita. Parecia bem óbvio que Andrew podia, pelo menos, aprender a cozinhar suas próprias galinhas.

Talvez os limites do mundo perfeito de Tally não fossem tão nítidos quanto os homenzinhos pendurados nas árvores, mas eram igualmente difíceis de transpor. Ela se lembrou da mudança de ideia de Peris, lá em cima, dentro do balão, desistindo de pular e de deixar sua vida para trás. Todas as pessoas eram programadas de acordo com o lugar em que nasciam, confinadas por suas crenças. Mas era preciso ao menos *tentar* desenvolver uma mentalidade própria. Do contrário, você podia acabar vivendo numa reserva, adorando um bando de deuses falsos.

Eles chegaram ao amanhecer, exatamente como previsto.

Lá de cima, vinha o rumor dos motores de dois carros, do mesmo tipo usado pelos Especiais — cada um era equipado com quatro hélices que os mantinham suspensos no ar. Era um jeito barulhento de viajar, com o vento revirando as copas das árvores. Da entrada da caverna, Tally viu uma imensa nuvem de poeira se erguer da área de pouso. À medida que o ruído das máquinas diminuía, crescia a confusão de gritos emitidos por pássaros assustados. Depois de quase duas semanas de paz na natureza, os poderosos motores causavam uma sensação estranha em Tally, como se viessem de outro mundo.

Ela rastejou até a clareira, sob a luz do sol, movendo-se em absoluto silêncio. Tendo ensaiado a aproximação todas as manhãs, ela havia se acostumado a cada árvore existente no caminho. Pela primeira vez, os deuses mais velhos enfrentariam alguém que conhecia seus truques — e que contava com alguns próprios.

Escondida, Tally ficou observando de um ponto bem próximo da clareira. Quatro perfeitos de meia-idade tiravam objetos dos compartimentos de carga, o que incluía ferramentas de escavação, câmeras voadoras e gaiolas. Tudo foi colocado em carrinhos. Os cientistas pareciam exploradores, com roupas pesadas de inverno no corpo, óculos de campo pendurados no pescoço e garrafas de água presas ao cinto. Embora, segundo Andrew, eles nunca permanecessem mais de um dia no lugar, a impressão é de que estavam prontos para passar uma semana. Tally só queria saber qual deles era o doutor.

Andrew circulava entre os quatro perfeitos, ajudando-os a arrumar o equipamento e cumprindo seu papel de homem sagrado. Depois de encher os carrinhos de material, o grupo entrou na floresta, deixando Tally sozinha com os carros voadores.

Ela botou a mochila nas costas e, cautelosamente, começou a se aproximar.

Aquela era a parte mais arriscada do plano. Tally não sabia de que tipo de equipamento de segurança os carros dispunham. Com sorte, os cientistas não teriam incluído mais que alguns dispositivos contra crianças, códigos simples para evitar que estas saíssem voando por aí. Naturalmente, não havia razão para acharem que os aldeões conheciam os mesmos truques que os jovens da cidade, como Tally.

A não ser que tivessem sido alertados da presença de fugitivos na área...

Mas isso não fazia sentido algum. Ninguém sabia que Tally estava isolada, sem uma prancha, e ela não via um carro voador desde sua partida da cidade. Mesmo que os Especiais quisessem encontrá-la, não a procurariam naquele lugar.

Ela foi até um dos carros e deu uma espiada pelo compartimento de carga aberto. Só encontrou pedaços de material de embalagem se movendo com o vento. Mais alguns passos cuidadosos e chegou à janela da cabine do passageiro. Também estava vazia. Ela, então, levou a mão à maçaneta.

Nesse momento, ouviu uma voz de homem.

Tally congelou. Depois de duas semanas dormindo no chão, com roupas rasgadas e sujas, podia se fazer passar por um local a distância. No entanto, assim que se virasse, seu rosto perfeito a entregaria.

A voz voltou a chamá-la, na língua da aldeia, mas com uma inflexão que transmitia um tom de autoridade característico de um perfeito mais velho. Os passos, agora, pareciam mais próximos. Devia pular dentro de um carro e tentar escapar?

As palavras foram se desfazendo no ar à medida que o homem chegava mais perto. Ele tinha reconhecido as roupas da cidade por baixo da sujeira.

Tally se virou.

O homem estava equipado como os outros, com óculos de exploração e uma garrafa d'água, e seu rosto de velho mostrava surpresa. Devia ter saído do outro carro, atrasado em relação aos companheiros, mas a tempo de dar um flagrante em Tally.

— Pelos céus! — gritou ele, trocando de idioma. — O que você está fazendo neste lugar?

Ela hesitou por um instante, pensando no que dizer, com uma expressão vaga no rosto.

— Nós estávamos num balão.

— Num balão?

— Houve um acidente. Só que eu não lembro direito...

Ele deu mais um passo e fez uma careta. Apesar da aparência de perfeita, Tally tinha um cheiro de selvagem.

— Lembro de ver notícias sobre balões perdidos, mas isso já faz umas semanas! Não é possível que você esteja aqui há tanto... — O homem olhou novamente para as roupas rasgadas e torceu o nariz. — Bem, parece que está.

— Não sei quanto tempo faz.

— Pobre garota — disse o homem, todo preocupado depois da surpresa inicial. — Agora está tudo bem. Sou o dr. Valen.

Tally sorriu, como uma perfeita comportada, concluindo que aquele devia ser o doutor. Afinal, um mero observador de pássaros não conheceria a língua da aldeia. Aquele era o chefe da expedição.

— A sensação é de que estou aqui há *séculos*. Há um monte de gente esquisita por aqui.

— Eu sei. E eles podem ser perigosos. — O doutor balançava a cabeça, como se não acreditasse que uma jovem perfeita da cidade fosse capaz de sobreviver por tanto tempo naquele lugar. — Teve sorte de se livrar deles.

— Quem são eles?

— Eles são... parte de um estudo muito importante.

— Um estudo? Sobre *o quê*?

Ele deu uma risadinha.

— Isso tudo é meio complicado. Acho que é melhor eu avisar a alguém que a encontrei. Tenho certeza de que deve haver pessoas preocupadas com você. Qual é seu nome?

— O que vocês estão estudando neste lugar? — insistiu Tally.

O homem vacilou, surpreso por ver uma nova perfeita fazendo um monte de perguntas, em vez de apenas pedir para ir embora.

— Bem, estamos pesquisando alguns fundamentos da... natureza humana.

— Entendi. Tipo violência, vingança?

— Sim, pode-se dizer que sim. Mas como você...? — estranhou ele.

— Eu sabia — disse Tally. De repente, tudo estava se encaixando. — Você está estudando a violência. Por isso, precisa de um grupo de pessoas violentas, brutais. É um antropólogo?

A cara do homem continuava dominada pela perplexidade.

— Sim, mas também sou médico. Tem certeza de que está bem?

E Tally entendeu melhor.

— Você é um médico de cérebro.

— Na verdade, o nome correto é neurologista — disse o dr. Valen, virando-se para abrir a porta do carro. — Acho que é melhor eu fazer a ligação. Não entendi seu nome direito.

— Eu não disse meu nome. — O tom da voz de Tally deixou o doutor paralisado. — E pode tirar a mão da porta.

Ao se virar novamente, ele tinha perdido toda a pose de perfeito mais velho.

— Mas você é...

— Perfeita? Acho que não — disse Tally, sorrindo. — Sou Tally Youngblood. Tenho um cérebro totalmente feio. E vou levar seu carro.

Aparentemente, o doutor tinha muito medo de selvagens, mesmo que fossem bonitos.

Sem oferecer resistência, ele se deixou prender no compartimento de carga de um dos carros e entregou os códigos de decolagem do outro. Tally poderia burlar os mecanismos de segurança, mas aquilo lhe poupava tempo. E era interessante ver a expressão dócil no rosto do dr. Valen enquanto este lhe passava as informações. Ele estava acostumado a lidar com locais dominados por sua condição divina. No entanto, apenas um relance na faca de Tally tinha sido o bastante para que entendesse quem dava as ordens por ali.

O doutor respondeu mais algumas perguntas de Tally, até não restarem dúvidas sobre a finalidade da reserva. A operação tinha sido desenvolvida naquele lugar. De lá haviam saído as primeiras cobaias. Se o propósito das lesões no cérebro era evitar a violência e o conflito, quem melhor para ser objeto de testes do que pessoas envolvidas numa interminável e sangrenta rivalidade? Como inimigos enraivecidos confinados num quarto, os grupos mantidos no interior daquele círculo de homenzinhos revelariam tudo sobre a origem das disputas sangrentas entre os seres humanos.

Pobre Andrew. Seu mundo todo não passava de um experimento, e seu pai tinha morrido num conflito que não representava absolutamente nada.

Antes de decolar, Tally precisou se familiarizar com os controles do carro. Eram bem parecidos com os de um modelo da cidade, mas tinha de se lembrar de que não havia mecanismos antiestupidez. Se ela o jogasse contra uma montanha, o carro simplesmente obedeceria. Tally precisaria tomar cuidado com as torres altas das ruínas.

A primeira providência foi acertar um belo chute no sistema de comunicação. Ela não queria que o carro informasse sua localização às autoridades da cidade.

— Tally!

Ela tomou um susto enorme com o grito e na mesma hora olhou pelo vidro dianteiro. Para seu alívio, era apenas Andrew, e ele estava sozinho. Agitando os braços, Tally saiu pela porta do motorista e mandou Andrew ficar quieto, apontando para o outro carro.

— Eu prendi o doutor ali — balbuciou. — Não o deixe ouvir sua voz. O que está fazendo aqui?

Andrew olhou para o outro carro, chocado com a ideia de haver um deus aprisionado em seu interior.

— Me mandaram voltar para procurá-lo. Ele disse que vinha logo atrás de nós.

— Bem, ele não vai a lugar algum agora. E eu estou prestes a ir embora.

— Ahn, claro. Então, adeus, Sangue Jovem.

— Adeus — disse ela, sorrindo. — Nunca vou me esquecer de como me ajudou.

Uma expressão familiar começou a tomar conta do rosto de Andrew.

— Também não vou me esquecer de você — disse ele.

— Não me olhe desse jeito.

— De que jeito, Tally?

— Como se eu fosse uma... deusa. Somos apenas humanos, Andrew.

Desviando o olhar para o chão, ele assentiu.

— Eu sei.

— E humanos nada perfeitos. Alguns até piores do que se possa imaginar. Há muito tempo impomos coisas terríveis ao seu povo. Nós usamos vocês.

— O que podemos fazer? Vocês são muito poderosos.

— Sim, eu sei. — Tally segurou a mão de Andrew. — Mas continue tentando passar pelos homenzinhos. O mundo real é imenso. Talvez você consiga ir tão longe que os Especiais acabem desistindo de procurá-lo. E eu vou tentar...

Ela não conseguiu completar a promessa. O que, afinal, poderia tentar?

Mesmo assim, Andrew deu um sorriso. Depois, levou a mão ao rosto dela, para tocar a tatuagem dinâmica.

— Você está borbulhante. Nós vamos esperar por você, Sangue Jovem.

Tally lhe deu um abraço silencioso. Em seguida, entrou no carro de novo e acionou os rotores. Enquanto o barulho aumentava, ela observou os pássaros fugindo da clareira, assustados com o rugido da máquina dos deuses. Andrew também se afastou.

Bastou um toque nos comandos para o carro subir. Tally sentia a potência por todo o seu corpo. Os rotores chegaram a encostar nas copas das árvores, mas sem influenciar a trajetória do carro, totalmente sob controle.

Tally olhou para baixo e viu Andrew acenando. Seu sorriso torto, com um dente faltando, ainda parecia cheio de esperança. Ela sabia que teria de voltar, exatamente como ele dissera. Não era uma questão de escolha. Alguém tinha de ajudar aquelas pessoas a escapar da reserva. E eles não podiam contar com ninguém além de Tally.

Ela suspirou. Pelo menos, sua vida seguia um padrão consistente: só ficava cada vez mais complicada.

AS RUÍNAS

Quando Tally alcançou o mar, o sol ainda estava subindo, lançando tons rosados sobre a água por entre as nuvens baixas espalhadas pelo horizonte.

Com uma manobra cuidadosa, ela tentou direcionar o carro para o norte. Exatamente como esperava, aquela máquina para uso fora da cidade tinha uma tendência preocupante de responder indistintamente a todos os comandos. A primeira curva executada por Tally havia sido tão fechada que ela batera com a cabeça na janela. Agora o mais indicado era ir com calma.

À medida que o carro subia, ela começou a identificar o início das Ruínas de Ferrugem. Uma distância que Tally levaria uma semana para percorrer a pé tinha sido vencida em menos de uma hora. Assim que avistou as curvas da antiga montanha-russa, ela manobrou o carro na direção do continente.

Pousar foi a parte mais fácil. Tally simplesmente acionou o freio de emergência — o mecanismo que todas as crianças aprendiam a usar no caso de o motorista sofrer um ataque cardíaco ou desmaiar. Como resultado, o carro parou no ar e começou a descer. Ela havia escolhido uma área livre, um dos imensos campos de concreto construídos pelos Enferrujados para estacionar seus veículos de superfície.

O carro pousou suavemente. Tally abriu a porta no exato instante da parada final. Se os outros cientistas tivessem encontrado o doutor e feito alguma ligação de emergência, os Especiais já estariam atrás dela. Quanto mais conseguisse se afastar do carro roubado, melhor.

As grandes torres das ruínas se erguiam ao longe. Para chegar à mais alta, Tally levaria cerca de uma hora a pé. Apesar das quase duas semanas de atraso, mantinha a confiança de que os outros a tivessem esperado, ou pelo menos deixado algum tipo de recado.

Com certeza, Zane estaria lá, no prédio mais alto, recusando-se a ir embora enquanto houvesse uma chance de ela aparecer.

Isso tudo, claro, se a fuga não tivesse acontecido tarde demais para ele.

Tally botou a mochila nos ombros e começou a andar.

As ruas abandonadas pareciam cheias de fantasmas.

Tally praticamente não conhecia a cidade a pé. Ela sempre havia se deslocado de prancha — a pelo menos dez metros de altura — evitando os carros queimados abandonados na superfície. Em seus últimos dias, a civilização Enferrujada tinha sido atingida por uma praga mundial. Essa praga não infectava seres humanos ou animais, mas apenas o petróleo, reproduzindo-se nos tanques de carros e aviões e, aos poucos, deixando o combustível instável. O petróleo modificado pegava fogo assim que entrava em contato com oxigênio, e a fumaça oleosa dos incêndios repentinos espalhava os esporos no ar, nos tanques de combustível e nos poços de petróleo, até contaminar todas as máquinas do mundo Enferrujado.

Logo ficou evidente que os Enferrujados realmente não gostavam de andar. Mesmo depois de descobrirem o que a praga estava fazendo, cidadãos em pânico continuaram entrando em seus carros patéticos de rodas emborrachadas, pensando em fugir rumo à natureza. Olhando com atenção, Tally conseguia enxergar esqueletos aos pedaços através dos vidros sujos das carcaças amontoadas nas ruas. Pouquíssimas pessoas tinham sido espertas o bastante para saírem *andando* e fortes o suficiente para sobreviverem à morte de seu próprio mundo. Quem quer que fosse o criador da praga, certamente havia entendido as fraquezas dos Enferrujados.

— Caramba, vocês eram muito estúpidos — murmurou Tally, enquanto olhava para os vidros dos carros.

No entanto, xingar as pessoas não tornava seus corpos mortos menos sinistros. Alguns poucos crânios intactos encaravam Tally com expressões vazias.

Para dentro da cidade, os prédios se tornavam mais e mais altos, com estruturas de aço que subiam como os esqueletos de criaturas gigantes extintas. Tally pegou um caminho sinuoso, percorrendo ruas estreitas, à procura do maior edifício das ruínas. A torre gigantesca era fácil de ver de uma prancha voadora, mas, do chão, a cidade não passava de um labirinto complexo.

Ao virar uma esquina, ela finalmente viu: pedaços de concreto pendurados a uma enorme matriz de vigas de aço, com janelas vazias encarando de volta e pequenos recortes de um céu claro atravessando a estrutura. Com certeza, aquele era o lugar. Tally se lembrou de quando Shay a havia levado ao terraço, em sua última visita às Ruínas de Ferrugem. Só que havia um problema.

Como subir até lá?

O interior do prédio tinha sucumbido muito tempo antes. Não havia escadas ou mesmo pavimentos. A estrutura metálica era perfeita para os sustentadores magnéticos de uma prancha, mas para uma pessoa aquela era uma missão impossível sem ajuda de equipamentos de escalada. Se Zane ou os Novos Enfumaçados tivessem deixado uma mensagem para Tally, estaria lá em cima. O problema era alcançá-la.

De repente, Tally se sentiu esgotada e sentou. O prédio parecia a torre de seus sonhos, sem escadas ou elevadores, e ela tendo perdido a chave, que no caso era sua prancha. Tally só conseguia pensar em voltar ao carro roubado e ir voando até lá em cima. Talvez pudesse aproximá-lo o suficiente da construção. Mas quem o manteria voando para que ela pudesse saltar e se agarrar à estrutura de metal?

Pela milésima vez, Tally lamentou que sua prancha estivesse ferrada.

Ela olhou novamente para a torre. E se não houvesse ninguém lá em cima? E se, depois daquela longa jornada, Tally Youngblood continuasse sozinha?

Voltando a ficar de pé, ela gritou o mais alto possível:

— Eeeeeei! — O som ecoou pelas ruínas e fez um grupo de pássaros sair voando de um telhado distante. — Ei! Sou eu!

Quando os ecos pararam, não houve qualquer tipo de resposta. A garganta de Tally doía de tanto esforço. Ela se agachou para procurar um sinalizador dentro da mochila. Uma luz forte chamaria atenção em meio às sombras daqueles prédios cavernosos.

Ela partiu o sinalizador e afastou as faíscas do rosto.

— Sou eeeeeeuuuuuu... Tally Youngblood!

Algo pareceu se mover no céu.

Tally piscou, para tirar as manchas brilhantes do seu campo de visão, e observou o céu azul com atenção. Havia algo se afastando do prédio, uma forma oval que crescia gradualmente...

Era a parte de baixo de uma prancha. Alguém estava descendo!

Com o coração acelerado, Tally jogou o sinalizador fora, sobre um monte de pedras. A ficha demorou a cair: ela não fazia ideia de quem estava indo ao seu encontro. Podia ser qualquer um em cima da prancha. Se os Especiais tivessem capturado os outros Crims e obtido informações, saberiam que aquele era o ponto de encontro combinado, e a última fuga de Tally estaria perto do fim.

Ela tentou se acalmar. Afinal de contas, *era* uma prancha, e só uma. Se houvesse Especiais escondidos, àquela altura, eles já teriam saído de todos os cantos a bordo de seus carros voadores.

De qualquer forma, não havia razão para entrar em pânico. Uma fuga a pé era altamente improvável. Sua única opção era esperar. Aos poucos, as faíscas do sinalizador se apagaram, enquanto a prancha seguia em sua descida lenta, bem perto da estrutura do prédio. Uma ou duas vezes, Tally achou ter visto alguém espiando de uma beirada, mas, ofuscada pela claridade do céu, não podia ter certeza.

Quando a prancha estava a menos de dez metros de altura, Tally decidiu tentar novamente.

— Eeeiii! — gritou, nervosa.

— Tally... — respondeu uma voz familiar.

A prancha finalmente pousou ao seu lado, e Tally se viu diante de um rosto incrivelmente feio: uma testa enorme, um sorriso torto e uma pequena cicatriz branca sobre um dos olhos. Ela olhava fixamente, tentando se acostumar agora às sombras da cidade abandonada.

— David? — perguntou, num sussurro.

ROSTOS

Como era de se prever, ele não conseguia tirar os olhos dela.

Mesmo se Tally não houvesse gritado o nome, David reconheceria sua voz. Aliás, como já esperava mesmo por ela, devia ter identificado logo no primeiro berro quem estava lá embaixo. No entanto, do jeito que a olhava agora, parecia que havia encontrado outra pessoa.

— David — repetiu ela. — Sou eu.

Ele apenas balançou a cabeça, sem abrir a boca. Mas Tally sabia que David não estava em silêncio pelo impacto de sua beleza. Seus olhos pareciam procurar alguma coisa, uma tentativa de reconhecer algo que a operação tivesse mantido de seu antigo rosto. A reação dele, porém, sugeria incerteza... e um pouco de tristeza.

David era mais feio do que Tally se lembrava. Em seus sonhos, seus traços desarmoniosos não eram tão estranhos, nem seus dentes sem tratamento, tão tortos e manchados. Obviamente, suas marcas não eram tão numerosas quanto as de Andrew, e ele nem sequer era mais feio que Sussy ou Dex, crianças da cidade que haviam crescido usando pasta de dente em pílulas e protetor solar em adesivos.

Mas aquele era *David*.

Mesmo depois de passar tanto tempo com os aldeões, muitos deles desdentados e cheios de cicatrizes, Tally sentia-se chocada diante daquele rosto. Não porque fosse horrível — não era — mas simplesmente porque não se destacava em nada.

Ele não era um príncipe feio. Era apenas feio.

O estranho era que, apesar daquelas sensações, suas memórias esquecidas começavam a voltar. Aquele era *David*, a pessoa que a tinha ensinado a acender uma fogueira, a limpar e cozinhar peixes, a se orientar pelas estrelas. Eles haviam trabalhado lado a lado e viajado juntos durante semanas. E Tally tinha desistido da vida na cidade para ficar com ele na Fumaça — queria ficar com ele para sempre.

Todas as lembranças haviam sobrevivido à operação, escondidas em algum canto de seu cérebro. No entanto, sua temporada com os perfeitos devia ter mudado algo ainda mais profundo: a forma como ela o enxergava. Para Tally, aquela pessoa à sua frente não era o mesmo David.

Os dois permaneceram em silêncio por um tempo.

Finalmente, David resolveu falar:

— Acho que é melhor irmos andando. Às vezes eles mandam patrulhas vasculharem aqui neste horário.

— Certo — respondeu ela, cabisbaixa.

— Antes preciso fazer uma coisa — disse David.

Ele tirou uma espécie de vareta do bolso e a passou pelo corpo de Tally. Silêncio.

— Estou livre de rastreadores? — perguntou ela.

— Cautela nunca é demais. Você não trouxe uma prancha?

— Quebrou durante a fuga.

— Caramba. É bem difícil quebrar uma prancha.

— Foi uma queda e tanto.

David sorriu.

— A boa e velha Tally. Eu sabia que você viria. Mamãe disse que você provavelmente...

— Está tudo bem. — Ela levantou a cabeça, sem saber exatamente o que dizer. — Obrigada por me esperar.

Eles foram juntos na prancha de David. Como era mais alta, Tally ficou atrás, segurando na cintura dele. Apesar de ter se livrado dos braceletes antiqueda antes da longa caminhada ao lado de Andrew Simpson Smith, ela ainda contava com o sensor de cintura, que detectava seu centro de gravidade e equilibrava o peso extra sobre a prancha. De qualquer maneira, eles seguiram num ritmo lento, no início.

A sensação de segurar no corpo de David, a forma como ele se mexia nas curvas, tudo era muito familiar. Até seu cheiro disparava lembranças. (Tally não queria pensar no próprio cheiro, mas aparentemente David ainda não havia reparado.) Era incrível a quantidade de coisas que vinham à sua mente; a impressão era de que todas as recordações estavam prontas, à espera, e agora fluíam sem parar. Em cima da prancha, com David virado para a frente, o corpo de Tally suplicava para que o abraçasse. Ela queria esquecer todos os pensamentos ridículos de perfeita que haviam passado por sua cabeça ao rever seu rosto.

Mas seria apenas o fato de ele ser feio? Todo o resto tinha mudado também.

Tally sabia que devia perguntar sobre os outros, especialmente Zane. Mas não conseguia pronunciar o nome. Na verdade, não conseguia dizer nada. O simples fato de estar numa prancha com David já era demais.

Ela continuava se perguntando por que Croy tinha lhe entregado a cura. Na carta que havia escrito antes de partir, demonstrava absoluta certeza de que David seria o responsável por seu resgate. Afinal, *ele* era o príncipe dos seus sonhos.

Talvez ele ainda estivesse com raiva pela traição à Fumaça. Talvez a culpasse pela morte de seu pai. Na mesma noite da confissão a David, Tally havia retornado à cidade para se entregar e voltar a ser perfeita, a única maneira de testar a cura. Ela não chegou a ter uma oportunidade de explicar o quanto lamentava tudo aquilo. Os dois sequer haviam se despedido.

Por outro lado, se David a odiava agora, por que logo ele estaria à sua espera nas ruínas? Não Croy ou Zane... David. Sua cabeça estava confusa, quase num estado perfeito, só que sem a parte da felicidade.

— Não fica muito longe — disse David. — Acho que umas três horas, voando em dupla. — Tally não respondeu. — Nem pensei em trazer outra prancha. Eu devia ter imaginado que você estaria sem a sua, já que levou tanto tempo para chegar aqui.

— Sinto muito.

— Mas isso não é problema. Só temos de voar um pouco mais devagar.

— Não. Sinto muito pelo que eu fiz.

Tally não prosseguiu. Aquelas poucas palavras a tinham deixado exausta.

David fez a prancha parar entre dois enormes esqueletos de metal e concreto. Os dois ficaram ali por um longo tempo, mas ele permanecia virado para a frente. Depois de um tempo, Tally encostou o rosto em seu ombro, sentindo os olhos se encherem de lágrimas.

— Achei que eu saberia o que dizer quando encontrasse você — admitiu David, quebrando o silêncio.

— Esqueceu que eu teria um rosto novo, né?

— Não é exatamente que eu tenha esquecido. Eu só não achei que seria tão... diferente de você.

— Eu também não.

Só depois de ter falado, Tally percebeu que suas palavras não fariam sentido para David. Afinal de contas, o rosto dele não havia mudado em nada.

David se virou, cuidadosamente, e tocou o rosto de Tally acima da sobrancelha. Ela tentou encará-lo, mas não conseguiu. Apenas sentiu sua tatuagem pulsar sob a pressão dos dedos dele.

— Ahn, achou esse negócio esquisito? É só uma coisa dos Crims, para mostrar quem está borbulhante — explicou Tally, sorrindo.

— É, eu sei. Uma tatuagem ligada ao ritmo do coração. Eles me contaram. É que eu nunca imaginei que você usaria uma. Isso é tão... estranho.

— Mas continuo sendo a mesma por dentro.

— Sim, eu sinto isso, agora que estamos voando — disse David, impulsionando a prancha para continuar a viagem.

Desta vez, Tally abraçou-o com mais força, desejando que ele não se virasse para trás. A situação já era complicada demais sem a confusão despertada sempre que via seu rosto. David, provavelmente, também não queria encarar Tally, com seus olhos enormes e a tatuagem dinâmica. Uma coisa de cada vez.

— David, me responde uma coisa. Por que foi o Croy que me levou a cura e não você?

— As coisas se complicaram. Eu pretendia levar a cura assim que voltasse.

— Voltasse? De onde?

— Eu estava longe, avaliando outra cidade, buscando mais feios para se juntarem a nós, quando os Especiais apareceram com tudo. Eles começaram a fazer varreduras nas ruínas, procurando por nós. — David pegou a mão de Tally e a apertou contra seu peito. — Minha mãe decidiu abandonar as ruínas por um tempo. Acabamos encurralados no mato.

— E me deixaram presa na cidade — disse ela, decepcionada. — Mas acho que Maddy não deve ter achado isso muito ruim.

Tally tinha quase certeza de que a mãe de David ainda a culpava por tudo: a destruição da Fumaça, a morte de Az.

— Ela não teve escolha — reagiu David. -- Nunca haviam aparecido tantos Especiais. Era perigoso demais ficar aqui.

Depois de respirar fundo, Tally começou a se lembrar da conversa com a dra. Cable.

— É, acho que a Divisão de Circunstâncias Especiais anda recrutando mais gente.

— Mas nunca me esqueci de você, Tally. Obriguei Croy a prometer que levaria os comprimidos e a carta, caso algo me acontecesse, para que você tivesse uma chance de escapar. Então, quando eles começaram a preparar a mudança da Nova Fumaça, Croy deduziu que talvez não voltássemos tão cedo e deu um jeito de entrar na cidade.

— Você mandou que ele fosse lá?

— Claro. Ele era o plano B. Eu nunca abandonaria você por lá, Tally.

— Ah.

Tally voltou a se sentir tonta, como se estivesse não na prancha, mas sobre uma pena que caía lentamente rumo ao chão. Ela fechou os olhos e abraçou David com mais força, finalmente sentindo sua presença de verdade, mais poderosa do que qualquer lembrança. Naquele momento, alguma coisa foi embora, uma inquietação cuja presença Tally havia ignorado até então. O tormento dos seus sonhos, a preocupação de que David a tivesse abandonado, tudo não havia passado de uma confusão, de planos com resultados indesejados. Como nas antigas histórias em que uma carta chegava tarde demais ou acabava nas mãos da pessoa errada, o segredo era suportar as provações até o fim.

E, no fim, David tinha planejado resgatá-la pessoalmente.

— Mas parece que você não estava sozinha — disse ele, baixinho.

Tally ficou tensa. David sabia a respeito de Zane. Como ela poderia explicar o fato de simplesmente ter *esquecido* David? Para a maioria das pessoas, não seria uma desculpa aceitável. Mas ele sabia tudo sobre as lesões. David havia sido criado pelos pais para entender o que significava ter um cérebro perfeito. Ele tinha de entender.

Obviamente, na prática, a coisa não era tão simples. Afinal, Tally *não* tinha esquecido Zane. Lembrava-se de seu belo rosto, magro e frágil, e do brilho dos seus olhos dourados um segundo antes de ele pular do balão. Seu beijo lhe havia garantido a determinação para encontrar os comprimidos. E ele tinha compartilhado a cura com ela. O que podia dizer depois de tudo aquilo? Tally escolheu o caminho mais fácil.

— Como ele está?

— Não muito bem. Mas não tão mal quanto poderia estar. Você teve sorte, Tally.

— A cura é perigosa, não é? Não funciona em algumas pessoas.

— A cura funciona perfeitamente. Todos seus amigos já tomaram e estão muito bem.

— Mas as dores de cabeça de Zane...

— São mais que dores de cabeça — interrompeu David. — É melhor deixarmos minha mãe explicar tudo a você.

— Mas por que...

Tally desistiu de completar a pergunta. Não podia culpar David por não querer conversar sobre Zane. Ao menos as perguntas que ela não havia feito tinham sido todas respondidas. Os outros Crims haviam chegado e se juntado aos Enfumaçados; Maddy havia conseguido ajudar Zane; a fuga dera certo. Agora, com a própria Tally nas ruínas, estava tudo perfeito.

— Obrigada por me esperar — repetiu ela, num sussurro.

David não respondeu. Os dois passaram o resto da viagem sem se olharem uma única vez.

CONTROLE DE DANO

O caminho até o esconderijo dos Novos Enfumaçados passava por córregos e leitos de ferrovias — qualquer lugar em que houvesse metal suficiente para manter a prancha no ar. Depois de algum tempo, eles chegaram a uma pequena montanha, bem longe das Ruínas de Ferrugem. Com os sustentadores se agarrando às sobras dos trilhos de um bondinho, eles alcançaram uma enorme cúpula de concreto, rachado pelos séculos de abandono, mas ainda se destacando contra o céu.

— O que era isso aqui? — perguntou Tally, com a voz rouca depois de três horas de silêncio.

— Um observatório. Antigamente havia um grande telescópio saindo da cúpula. Mas os Enferrujados o retiraram quando a poluição vinda da cidade começou a ficar insuportável.

Tally já havia visto fotos do céu cheio de partículas e de fumaça — eram muito comuns na escola —, mas não acreditava que os Enferrujados tivessem conseguido mudar a cor do próprio ar. Não se conformava. Tudo que considerava exagero dos professores sobre os Enferrujados acabava se revelando a mais pura verdade. A temperatura tinha caído bastante desde o início da subida, e o céu vespertino parecia límpido para Tally.

— Quando os cientistas não mais conseguiam ver as estrelas, a cúpula passou a ser frequentada apenas por turistas — contou David. — Por isso, essa quantidade toda de bondinhos. Temos várias opções de descida para as pranchas, no caso de precisarmos fugir rapidamente. E, daqui de cima, enxergamos quilômetros em todas as direções.

— Uma espécie de Forte Fumaça, hein?

— Pode-se dizer que sim. Se um dia os Especiais nos acharem, teremos alguma chance de escapar.

Ficou evidente que um sentinela tinha avistado os dois subindo. Havia um monte de gente saindo de dentro do observatório quando a prancha pousou. Tally logo viu os Novos Enfumaçados — Croy, Ryde e Maddy, acompanhados de alguns feios que ela não reconhecia — e os cerca de vinte Crims que tinham participado da fuga.

Ela procurou o rosto de Zane no meio da multidão, mas não o encontrou.

Assim que saltou da prancha, Tally correu na direção de Fausto, que a recebeu com um sorriso. Sua expressão cheia de vida deixou óbvio que ele havia tomado os comprimidos. Fausto não estava apenas borbulhante; estava curado.

— Tally, você está fedendo — comentou, ainda sorrindo.

— Ah, é. Foi uma viagem muito longa. E uma longa história também.

— Sabia que você conseguiria. Cadê o Peris?

Tally deixou o ar frio da montanha encher seus pulmões.

— Desistiu, né? — disse Fausto, antes que ela pudesse responder. — Sempre achei que ele fosse desistir.

— Me leve até Zane — pediu Tally.

Fausto se virou e apontou para o observatório. Havia muita gente por perto, mas as pessoas hesitavam em se aproximar ao notarem a aparência esfarrapada e o cheiro forte de Tally. Os Crims gritavam de longe, enquanto os feios se surpreendiam com seu rosto perfeito, impressionante apesar de toda a sujeira. A reação era inevitável, mesmo quando não achavam que ela era uma deusa.

No caminho, Tally parou para falar com Croy.

— Ainda não agradeci pelo que fez.

— Não precisa me agradecer. Foi você que conseguiu sozinha.

Nesse momento, Tally ficou séria, percebendo que Maddy a olhava de um modo estranho. Ela ignorou aquilo, sem se importar com a opinião da mãe de David, e entrou nas ruínas da cúpula, atrás de Fausto.

Estava escuro lá dentro. Havia apenas algumas lanternas amarradas nas beiradas do imenso hemisfério de concreto e um facho estreito de luz ofuscante que entrava pela rachadura do domo. No chão, uma fogueira projetava sombras no espaço e lançava uma fumaça preguiçosa no ar.

Zane estava deitado sob uma pilha de cobertores, perto do fogo, de olhos fechados. Parecia ainda mais magro do que na época em que os dois estavam tentando se livrar dos braceletes e tinha os olhos encovados. Os cobertores subiam e desciam no ritmo lento de sua respiração.

— Mas David disse que ele estava bem...

— Sua condição é estável — disse Fausto. — O que é muito bom, se considerarmos a situação.

— Que situação?

Fausto abriu os braços, sem saber o que dizer.

— Do cérebro dele.

Tally sentiu um arrepio. As sombras ao seu redor pareceram se agitar por um instante.

— O que tem o cérebro dele? — perguntou.

— Você tinha de inventar alguma coisa, não é, Tally? — disse uma voz vinda da escuridão.

De repente, Maddy apareceu, com David ao seu lado. Tally tentou manter uma postura firme.

— Do que está falando?

— Dos comprimidos que lhe dei. Deviam ser tomados juntos.

— Eu sei. Mas éramos dois...

Tally parou de falar ao reparar na cara de David. *E eu estava muito assustada para tomá-los sozinha*, pensou, lembrando-se do pânico que havia sentido aquele dia, no terraço do Valentino 317.

— Eu devia ter imaginado — disse Maddy, balançando a cabeça. — Era um risco previsível, ao deixar que uma perfeita se tratasse sem ajuda.

— O que houve?

— Nunca cheguei a explicar como a cura funciona, não é mesmo? Sabe como as nanoestruturas removem as lesões do cérebro? Elas as destroem, exatamente como os remédios que combatem o câncer.

— E o que deu errado?

— As nanoestruturas não pararam de funcionar. Continuaram se multiplicando e destruindo o cérebro de Zane.

Tally parou para observar o monte de cobertores sobre a cama. A respiração de Zane parecia muito fraca; o movimento do seu peito era quase imperceptível. Então ela se virou para David.

— Mas você disse que a cura funcionava perfeitamente.

— E funciona. Seus outros amigos estão todos bem. Acontece que os comprimidos são *diferentes*. O segundo, o que você tomou, é a cura para a cura. É o que faz as nanoestruturas se autodestruírem depois de eliminar as lesões. Sem esses comprimidos, as nanoestruturas de Zane continuaram se reproduzindo e destruindo seu cérebro. Mamãe explicou que o processo foi interrompido em algum ponto, mas não antes de... provocar um certo estrago.

A sensação terrível piorou quando Tally finalmente entendeu o recado: tudo aquilo era culpa *dela*. Ela tinha tomado o comprimido que evitaria a atual situação de Zane — a cura para a cura.

— E qual foi o estrago?

— Ainda não sabemos — respondeu Maddy. — Eu tinha células-tronco em quantidade suficiente para regenerar as áreas destruídas do cérebro de Zane. Mas as conexões entre as células se perderam. São essas conexões que armazenam as memórias e as habilidades motoras. E nelas acontecem os processos cognitivos. Ou seja, algumas partes do cérebro de Zane se tornaram praticamente folhas em branco.

— Folhas em branco? Quer dizer que... ele *se foi*?

— Não. Só algumas regiões do cérebro dele foram danificadas — disse Fausto. — E o cérebro pode se recuperar, Tally. Os neurônios de Zane podem estabelecer novas conexões. Ele está fazendo isso neste exato momento. Nunca deixou de fazer isso. Ele veio de prancha até aqui, sem ajuda, antes de sofrer o colapso.

— É incrível ter resistido por tanto tempo — comentou Maddy. — Acho que foi a falta de comida que o salvou. Ao se privar da alimentação, Zane fez as nanoestruturas morrerem de fome. Aparentemente, elas se foram.

— Ele ainda consegue falar e tudo o mais — continuou Fausto, olhando para Zane. — Só está um pouco... cansado agora.

— Podia ser você nessa cama, Tally — disse Maddy. — Cinquenta por cento de chance. Você deu sorte.

— Essa sou eu. Uma grande "sortuda".

Apesar de tudo, ela tinha de admitir que era verdade. Os dois pegaram os comprimidos aleatoriamente, pensando que eram iguais. As nanoestruturas podiam ter passado todo aquele tempo devorando o cérebro de Tally em vez do de Zane. Sorte dela.

Tally fechou os olhos e pensou em como devia ter sido difícil para Zane esconder por todo aquele tempo o que sentia. Durante os longos períodos de silêncio, com os dois tentando evitar os braceletes, ele havia lutado para manter o controle sobre seu cérebro, sem saber exatamente o que estava acontecendo, mas arriscando tudo para não voltar a pensar como um perfeito.

Ao olhar para Zane, Tally desejou por um instante que a história tivesse sido diferente. Qualquer coisa era melhor que vê-lo naquele estado. Se ela houvesse tomado o comprimido com as nanoestruturas, e ele a que curava a...

— Peraí! Se Zane tomou as nanoestruturas, como meu comprimido me curou?

— Ele não a curou — respondeu Maddy. — Sem o primeiro comprimido, a pílula que você tomou não serviu para nada.

— Mas...

— Foi *você*, Tally — disse uma voz baixinha vinda da cama. Os olhos de Zane se abriram um pouquinho, refletindo o dourado da luz do sol. Ele deu um sorriso cansado. — Você se tornou borbulhante sozinha.

— Mas me senti tão diferente depois que...

Sem completar a frase, ela se lembrou daquele dia. Do beijo, da invasão da Mansão Valentino, da escalada da torre. No entanto, todas aquelas coisas haviam acontecido *antes* de os dois tomarem os comprimidos. A companhia de Zane tinha mudado tudo, desde o início, desde aquele beijo.

Tally se recordou de que sua "cura" parecia ir e voltar. Ela precisava se esforçar para permanecer borbulhante. Mais como os outros Crims do que como Zane.

— Ele está certo, Tally — disse Maddy. — De alguma forma, você mesma se curou.

ÁGUA GELADA

Tally permanecia ao lado da cama. Zane continuava acordado e falante. E era mais fácil ficar ali do que encarar todas as questões que ela e David precisavam resolver. Os outros deixaram os dois a sós.

— Você sabia o que estava acontecendo? — perguntou ela.

Zane levou um tempo para responder. Agora ele fazia longas pausas ao falar, quase como as pausas épicas de Andrew.

— Eu sentia que tudo tinha se tornado mais difícil. Às vezes, precisava me concentrar até para andar. Por outro lado, nunca havia me sentido vivo daquele jeito, desde a transformação. Valia a pena ficar borbulhante ao seu lado. Achei que, quando encontrássemos a Nova Fumaça, eles poderiam me ajudar.

— E eles *estão* ajudando. Maddy contou que implantou... Tally não conseguiu terminar.

— Tecido cerebral? — completou Zane, sorrindo. — Claro, neurônios novinhos em folha. Agora eu só preciso preenchê-los.

— Vamos conseguir. Vamos fazer coisas borbulhantes.

A promessa causou uma sensação estranha em Tally. "Vamos" se referia a ela e Zane. Como se David não existisse.

— Se tiver sobrado o suficiente para que eu me sinta borbulhante — disse ele. — Sabe, não é como se eu tivesse perdido a memória. Na maior parte, o comprimido afetou meus centros cognitivos, além de algumas habilidades motoras.

— Cognitivos? Está falando de *pensar*? — perguntou Tally.

— Isso. E habilidades motoras, como andar. — Ele deu de ombros. — Mas o cérebro foi feito para suportar danos, Tally. É organizado para que tudo esteja armazenado em toda parte. Mais ou menos isso. Quando uma parte sofre um dano, as coisas não se perdem. Apenas se tornam mais confusas. Tipo uma ressaca. — Zane deu uma risada. — No meu caso, uma ressaca daquelas. Além disso, estou cansado de ficar deitado o dia inteiro. E também parece que essa comida Enfumaçada me deixou com dor de dente. Mas Maddy garante que não passam de dores fantasmas causadas pelos problemas no cérebro.

Ele esfregou a bochecha, fazendo uma careta. Tally pegou sua mão.

— Não consigo acreditar na sua coragem para enfrentar tudo isso. É incrível.

— Olhe só quem está falando. — Com movimentos trêmulos e inseguros, Zane se esforçou para ficar sentado. — Você conseguiu se curar *sem* ter o cérebro devorado. Isso, sim, é incrível.

Tally olhou para sua mão e a de Zane, unidas. Não se achava nem um pouco incrível. Na verdade, sentia-se fedida e suja, e uma pessoa terrível por seu medo de tomar os dois comprimidos, o que teria evitado todas aquelas consequências. Faltava-lhe coragem até para falar sobre David com Zane e vice-versa, o que era patético.

— Foi esquisito reencontrá-lo? — perguntou Zane. Ele deu uma risada ao perceber a surpresa de Tally. — Dá um tempo, Tally. Não preciso ler seus pensamentos para saber disso. Recebi muitos avisos. Você me falou do cara quando nos beijamos pela primeira vez, lembra?

— Ah, lembro. — Então, Zane já esperava aquilo, uma possibilidade que Tally devia ter previsto. Talvez ela simplesmente não quisesse encarar a realidade. — Sim, é estranho reencontrá-lo. Com certeza, eu não imaginava vê-lo à minha espera nas ruínas. Só eu e ele.

— Esse período foi uma experiência interessante. A mãe dele vivia dizendo que você não voltaria. Que devia ter desistido, que não tinha sido curada de verdade. Como se, antes, você estivesse apenas fingindo ao meu lado, imitando meu estado borbulhante.

— Ela não gosta muito de mim.

— Não me diga! — disse Zane, rindo. — Mas eu e David concluímos que você viria mais cedo ou mais tarde. Concluímos que...

Tally soltou um grunhido.

— Quer dizer que vocês viraram *amigos*?

Zane fez uma de suas pausas exageradamente longas.

— Acho que sim. Ele me perguntou várias coisas a seu respeito quando chegamos aqui. Queria saber o quanto você tinha mudado depois de se tornar perfeita.

— Sério?

— Sério. Foi ele que nos recebeu quando chegamos às ruínas. Ele e Croy. Estavam acampados, atentos a qualquer sinal que aparecesse no céu. Na verdade, foram os dois que espalharam as revistas, torcendo para que os feios da cidade as encontrassem e deduzissem que havia pessoas nas ruínas novamente. — A voz de Zane tinha se tornado distante, como se ele estivesse morrendo de sono. — Então, finalmente o encontrei, meses depois de desistir naquela primeira vez. David sentiu muito a sua falta — disse ele, encarando Tally.

— Eu estraguei a vida dele.

— Você não fez nada de propósito. David conseguiu entender isso. Expliquei para ele que você só planejou trair a Fumaça porque os Especiais ameaçaram mantê-la feia para o resto da vida.

— Você contou isso? — Tally respirou aliviada. — Obrigada. Nunca tive a chance de explicar por que fui à Fumaça, que eles me forçaram. Maddy me fez ir embora no mesmo dia em que confessei tudo.

— Eu sei. David não gostou muito dessa atitude dela. Ele queria conversar com você.

— Ah. — Muitas coisas não tinham ficado explicadas entre Tally e David. Naturalmente, a imagem daqueles dois discutindo detalhes de sua vida não era exatamente empolgante, mas pelo menos David conhecia a história toda. — Obrigada por me contar tudo isso. Deve ser esquisito para você.

— Um pouquinho. Mas não quero que se sinta tão mal em relação ao que aconteceu naquela época.

— E por que não me sentiria? Destruí a Fumaça, e o pai de David está morto por minha culpa.

— Tally, na cidade, todo mundo é manipulado. A finalidade de tudo que nos ensinam é nos deixar com medo de mudanças. Venho tentando explicar isso ao David: que, desde o dia em que nascemos, vivemos numa máquina que só serve para nos manter sob controle.

Ela acenou negativamente.

— Isso não torna certo trair seus amigos.

— É, pode ser, mas eu fiz isso, muito antes de você conhecer a Shay. Se for para falar da Fumaça, eu tenho tanta culpa quanto você.

— Você? Como assim?

— Já falei de como conheci a dra. Cable?

Tally olhou para Zane e se lembrou de que eles nunca haviam conseguido terminar aquela conversa.

— Não, não falou.

— Depois daquela noite em que eu e Shay desistimos de fugir, a maioria dos meus amigos passou a viver na Fumaça. Os inspetores do dormitório sabiam que eu era o líder, então começaram a me perguntar aonde todos tinham ido. Fiz jogo duro e não contei nada. Por isso, a Divisão de Circunstâncias Especiais apareceu. — Zane baixou o tom de voz, como se ainda carregasse um bracelete bisbilhoteiro no pulso. — Eles me levaram até o quartel-general, na zona industrial, do mesmo jeito que fizeram com você. Tentei ser forte, mas me ameaçaram. Disseram que iam me transformar num deles.

— Num deles? Um *Especial*? — disse Tally, chocada.

— Depois de ouvir aquilo, ser um perfeito já não parecia uma ideia tão ruim. Então eu contei tudo o que sabia. Contei que Shay havia planejado fugir, mas também havia desistido. Foi assim que eles ficaram sabendo. E provavelmente foi por isso que começaram a vigiar...

Zane não conseguiu completar.

— *Me* vigiar. Quando eu e ela nos tornamos amigas — disse Tally.

— Entendeu? Fui eu que comecei toda essa história, quando desisti de fugir. Nunca vou culpar você pelo que aconteceu à Fumaça, Tally. Tenho tanta responsabilidade quanto você.

Tally segurou a mão de Zane. Não podia permitir que ele assumisse a culpa, não depois de tudo pelo que havia passado.

— Não, Zane. Não é culpa sua. Isso aconteceu há muito tempo. Talvez nenhum de nós seja culpado por isso.

Os dois permaneceram em silêncio por um tempo. Tally ouvia suas próprias palavras ecoando na cabeça. Diante de Zane naquela cama, com metade do cérebro comprometida, qual era o sentido de revirar coisas do passado? Dela ou de qualquer outra pessoa? Talvez a briga entre ela e Maddy fosse tão insignificante quanto a rixa entre a aldeia de Andrew e os forasteiros. Se realmente pretendiam viver juntos na Nova Fumaça, teriam de esquecer o passado.

Evidentemente, isso não tornava as coisas menos complicadas.

— Então, o que você achou do David?

Meio distraído, Zane olhava para o teto curvado.

— Ele é uma pessoa muito intensa. Muito séria. Não é borbulhante como nós, sabe?

Tally sorriu e apertou sua mão.

— É, eu sei.

— E um pouco... feio.

Tally se lembrou de que, na Fumaça, David sempre a encarava como se ela fosse perfeita. E, às vezes, ao olhar para ele, também achava que estava olhando para o rosto de um perfeito. Talvez, quando ela tomasse a verdadeira cura, aquelas sensações voltassem. Ou talvez estivessem perdidas, não devido à operação, mas simplesmente porque o tempo tinha passado. E por causa de sua relação com Zane.

Depois que Zane finalmente pegou no sono, Tally resolveu tomar um banho. Fausto lhe explicou como chegar a uma nascente no outro lado da montanha. Naquela época, a água devia estar congelada em algumas partes, mas ainda era funda o bastante para ela mergulhar.

— Só não se esqueça de levar um casaco aquecido — avisou ele. — Senão, vai morrer congelada no caminho de volta.

Tally concluiu que era melhor morrer do que continuar imunda daquele jeito. Ela precisava de muito mais do que se esfregar com uma toalha molhada para se sentir limpa novamente. Também queria ficar sozinha por um tempo. E talvez o choque causado pela água gelada a ajudasse a tomar coragem e ir conversar com David.

Voando montanha abaixo contra o vento frio do fim de tarde, Tally se impressionou com os tons vivos e reluzentes da paisagem. Ainda não acreditava que não havia recebido a cura; afinal, nunca havia se sentido tão borbulhante. Maddy tinha falado algo sobre um tal de "efeito placebo", como se o simples fato de acreditar numa cura fosse o suficiente para corrigir os danos cerebrais. Mas Tally sabia que era muito mais que aquilo.

Zane era o responsável por sua mudança. Desde o primeiro beijo, antes mesmo do comprimido, estar com ele já a deixava borbulhante. Tally se perguntou se ainda precisava da cura ou se poderia continuar daquele jeito por conta própria. A perspectiva de ingerir a mesma pílula que havia destruído o cérebro de Zane não a empolgava muito, apesar de agora contar com a ajuda dos antinanos. Talvez pudesse pular aquela parte e usar apenas a mágica de Zane. Os dois lutariam juntos para restabelecer as conexões do cérebro dele e evitar que Tally retornasse a um estado perfeito.

Afinal de contas, eles já tinham chegado até ali. Antes mesmo dos comprimidos, os dois haviam mudado.

No entanto, David também tinha mudado Tally. Nos tempos da Fumaça, ele a havia convencido a permanecer na natureza, e até a continuar sendo feia, desistindo de um futuro na cidade. Sua realidade tinha sido transformada pelas duas semanas passadas na Fumaça, desde... quando? Da primeira vez que ela e David haviam se beijado.

— Que sorte, hein? — disse baixinho para si mesma. — Uma bela adormecida com dois príncipes.

O que ela devia fazer agora? *Escolher* entre David e Zane? Com os três vivendo juntos no Forte Fumaça? Por alguma razão, ela não achava justo se encontrar naquela situação. Tally mal se lembrava de David ao conhecer Zane. E ela não havia *pedido* para ter as memórias apagadas.

— Mais uma vez, obrigada, dra. Cable.

A água parecia realmente gelada.

Tally não tinha encontrado dificuldades para quebrar a camada de gelo da superfície e agora olhava com receio para a água que saía aos borbotões. Talvez ficar fedendo não fosse a pior coisa do mundo. Em três ou quatro meses, a primavera chegaria e...

Ela sentiu um arrepio e resolveu aumentar o aquecimento de sua jaqueta emprestada. Depois, com um suspiro, começou a tirar as roupas. Pelo menos, aquele banho seria muito borbulhante.

Tally espalhou um pacote de sabão no corpo e no cabelo antes de mergulhar, prevendo que não aguentaria mais de dez segundos naquela água quase congelada. A única opção seria pular — nada de ir botando o pé ou molhando o corpo gradualmente. Somente as leis da gravidade a fariam continuar depois que tocasse a água.

Ela respirou fundo, segurou o ar... e pulou.

A água congelante pareceu invadir seu corpo, tirando-lhe o ar dos pulmões e deixando todos os seus músculos tensos. Tally apertou os braços e se encolheu, mas o frio penetrava sua carne e ia até os ossos.

Lutando para respirar, Tally só conseguia engolir pequenas porções de ar. Seu corpo tremia como se fosse desmontar a qualquer momento. Com um esforço monstruoso, ela afundou a cabeça, e então todos os sons desapareceram. A respiração agitada foi substituída pelo barulho da água revolta ao seu redor. Com as mãos trêmulas, ela esfregou os cabelos desesperadamente.

Quando sua cabeça emergiu, Tally respirava agitadamente, mas também ria. Tudo havia se tornado estranhamente natural, com o mundo mais nítido do que depois de uma xícara de café ou taça de champanhe e uma sensação mais intensa do que a proporcionada por uma queda desgovernada em cima de uma prancha. Ela permaneceu dentro da água por um instante, surpresa com tudo aquilo, incluindo a luminosidade do céu e a perfeição de uma árvore sem folhas.

Tally se lembrou do seu primeiro banho num riacho gelado, a caminho da Fumaça, muitos meses antes. Aquela experiência tinha mudado sua maneira de ver o mundo, antes mesmo das lesões cerebrais causadas pela operação e de conhecer David ou Zane. Já naquela época, seu cérebro havia começado a mudar, percebendo que a natureza não precisava de uma operação para se tornar bonita.

Talvez ela não precisasse de um príncipe lindo para permanecer acordada. Nem de um príncipe feio. Tally tinha se curado sem ajuda do comprimido e chegado ali sozinha. Não conhecia ninguém que houvesse fugido *duas vezes* da cidade.

Era possível que, no fundo, sempre tivesse sido borbulhante. Bastava se apaixonar por alguém — ou entrar em contato com a natureza ou, quem sabe, mergulhar na água gelada — para que a sensação aflorasse.

Tally ainda estava no poço quando ouviu um grito; um grito rouco que viajava pelo ar.

Ela saiu da água apressadamente. O vento cortante parecia mais frio que a própria água, e as toalhas que tinha levado não esquentavam muito. Tally ainda se secava quando uma prancha apareceu, parando com uma manobra brusca, a poucos metros de distância.

David mal parecia perceber que ela estava pelada. Ele saltou da prancha e começou a correr, com alguma coisa na mão. Só parou perto da mochila e imediatamente usou o aparelho para examiná-la. Tally percebeu que ele estava procurando escutas.

— Não é você — disse David. — Eu sabia que não era.

— Mas você já... — ponderou Tally, vestindo as roupas.

— Um sinal apareceu do nada, informando nossa localização. Nós o captamos no rádio, mas ainda não conseguimos descobrir sua origem. — Ele olhava aliviado para a mochila. — Não está com você.

— Claro que não. — Tally se sentou para calçar as botas. Seu coração acelerado já estava afastando o frio que sentia. — Vocês não verificam todas as pessoas que se juntam ao grupo?

— Sim. Mas a escuta devia estar inativa. Só começou a transmitir o sinal quando alguém a acionou. Ou talvez estivesse programada para entrar em funcionamento numa hora determinada. — David olhou para o horizonte. — Os Especiais vão estar aqui em breve.

— Então vamos fugir — disse Tally, ficando de pé.

— Não podemos ir a lugar algum antes de encontrarmos a escuta.

— Por quê? — perguntou ela, botando os braceletes antiqueda nos pulsos.

— Tally, levamos meses para reunir os suprimentos que temos hoje. Não podemos deixar tudo para trás, ainda mais com os Crims se unindo ao grupo. Acontece que não temos como saber o que podemos levar conosco até descobrirmos de onde vem o sinal. Ele não aparece em lugar nenhum.

Pondo a mochila nos ombros, Tally estalou os dedos, e logo sua prancha começou a flutuar. Enquanto subia, ainda confusa depois do banho congelante, ela se lembrou de algo que havia achado estranho mais cedo.

— Dor de dente — disse.

— Como é que é?

— Zane foi a um hospital há duas semanas. Está dentro dele.

RASTREADOR

Eles subiram a montanha fazendo curvas fechadas que desafiavam seus corpos. Tally ia na frente, convicta de que aquela era a resposta. No hospital, os médicos haviam deixado Zane inconsciente por alguns minutos, enquanto consertavam sua mão quebrada. Deviam ter aproveitado para esconder um rastreador num de seus dentes. Obviamente, médicos comuns da cidade nunca fariam aquilo por conta própria — só podia ser coisa da Divisão de Circunstâncias Especiais.

O acampamento estava uma bagunça quando eles chegaram. Os Novos Enfumaçados e os Crims entravam e saíam do observatório carregando equipamentos, roupas e comida, formando duas pilhas ao lado de Croy e Maddy, que examinavam tudo desesperadamente. Algumas pessoas tratavam de arrumar o que já tinha sido verificado, para que pudessem fugir assim que a escuta fosse localizada.

Tally inclinou a prancha e subiu o máximo que pôde, sobrevoando o caos, numa trajetória que a levaria diretamente à cúpula. Ao alcançar o ponto mais alto possível, a prancha começou a se sacudir, até que os ímãs voltaram a encontrar sustentação na estrutura de aço do observatório. A rachadura tinha o tamanho exato para a passagem de uma pessoa. Tally atravessou a coluna de fumaça que saía de dentro do domo e caiu ao lado da cama improvisada de Zane.

Ele a recebeu com um sorriso.

— Bela entrada, Tally.

— Qual dos dentes está doendo?

— O que está acontecendo? Todo mundo está agindo de forma estranha.

— *Qual dos dentes está doendo, Zane?* Você precisa me mostrar.

Desconfiado, ele enfiou o dedo na boca, tateando cuidadosamente os dentes do lado direito. Tally afastou a mão de Zane e abriu sua boca, provocando um gemido de protesto.

— Shhh. Daqui a pouco eu explico — disse ela.

Mesmo na luz fraca da fogueira, Tally conseguia ver que um dente se destacava dos outros, com uma brancura exagerada. Uma óbvia evidência de um serviço odontológico apressado.

O sinal vinha de Zane.

Então ela ouviu o barulho de um aparelho sendo acionado. David também havia descido pelo buraco na cúpula e agora verificava o rosto de Zane. O apito não deixou dúvidas.

— Está dentro da boca? — perguntou David.

— No *dente*! Chame sua mãe.

— Mas, Tally...

— Traga ela aqui! Nem eu nem você sabemos como arrancar um dente.

Ele pôs a mão em seu ombro.

— Nem minha mãe. Não em poucos minutos — explicou.

Tally se levantou.

— O que está dizendo, David?

— Vamos ser obrigados a deixá-lo para trás. Eles já estão chegando.

— Não! — gritou ela. — Traga sua mãe aqui!

David soltou um palavrão e saiu correndo na direção da porta do observatório. Tally se voltou para Zane.

— O que está acontecendo? — perguntou ele.

— Implantaram um rastreador em você, Zane. No hospital.

— Ah — reagiu ele, passando a mão na bochecha. — Juro que não sabia, Tally. Achei que a dor de dente fosse por causa dessa comida natural.

— Claro que não sabia. Você ficou inconsciente um bom tempo no hospital, lembra?

— Eles vão mesmo me abandonar aqui?

— Eu não vou deixar. Prometo.

— Não posso voltar. Não quero ser um perfeito de novo.

Tally engoliu em seco. Se Zane voltasse à cidade, os médicos criariam novas lesões, desta vez por cima do tecido em branco. Seu cérebro se desenvolveria a partir dessa base... Que chance Zane teria de permanecer borbulhante?

Não podia permitir que aquilo acontecesse.

— Levo você na minha prancha, Zane... fugimos sozinhos se for necessário.

A cabeça de Tally estava a mil. De qualquer maneira, teria de dar um jeito de se livrar do rastreador. E não podia simplesmente esmagá-lo com uma pedra... Ela olhou ao redor, à procura de algum tipo de ferramenta, mas os Novos Enfumaçados tinham levado tudo o que poderia ser útil para a checagem no lado de fora.

Então ouviu vozes na escuridão: Maddy, David e Croy. Ao notar que a mãe de David carregava uma espécie de fórceps, sentiu seu coração quase parar.

Maddy se ajoelhou ao lado de Zane e o obrigou a abrir a boca. Ele gemeu de dor, sentindo a ferramenta de metal tocar seus dentes.

— Tenha cuidado — pediu Tally.

— Segure isso — disse Maddy, entregando-lhe uma lanterna. Assim que Tally apontou o facho para dentro da boca de Zane, o dente destoante saltou à vista. — Isso não está nada bom.

Ela soltou a cabeça de Zane, que imediatamente se revirou por cima dos cobertores, de olhos fechados, soltando grunhidos de dor.

— É só arrancar! — gritou Tally.

— Eles fixaram o dente no osso. — Maddy se virou para Croy. — Continue arrumando as coisas. Precisamos correr.

— Faça alguma coisa por ele! — insistiu Tally.

Maddy tomou a lanterna de sua mão.

— Tally, o dente está colado ao osso. O único jeito de arrancá-lo seria arrebentando a mandíbula.

— Então não precisa arrancar! Basta fazer com que pare de funcionar. Destrua o dente! Ele aguenta!

— Os dentes dos perfeitos são feitos do mesmo material usado nas asas dos aviões. Não é tão fácil destruir esse tipo de coisa. Eu precisaria de nanoestruturas odontológicas específicas para isso.

Maddy apontou a lanterna para Tally e esticou o braço na direção de sua boca.

— O que está fazendo? — perguntou Tally, se esquivando.

— Só para ter certeza.

— Mas eu não entrei no hos... — tentou explicar, mas Maddy já estava abrindo sua boca. Tally gemeu, mas deixou-a cutucar seus dentes, era mais rápido do que tentar explicar. Não havia nada. — Satisfeita?

— Por enquanto, sim. Mas ainda temos de deixar Zane para trás.

— Pode esquecer!

— Eles vão chegar em cerca de dez minutos — avisou David.

— Menos que isso — corrigiu Maddy.

A visão de Tally estava manchada pela luz da lanterna. Ela mal conseguia distinguir os rostos dos outros. Seriam incapazes de entender tudo o que Zane havia enfrentado para chegar ali, tudo o que havia sacrificado pela cura?

— Eu não vou abandonar Zane.

— Tally... — pediu David.

— Não faz diferença — interrompeu Maddy. — Tecnicamente, ela ainda é uma perfeita.

— Não sou, não!

— Você nem tomou o comprimido certo — disse Maddy, pondo a mão no ombro de David. — Tally ainda tem as lesões. Depois que examinarem o cérebro dela, sequer vão submetê-la a uma operação. Vão achar que ela só veio pelo passeio.

— Mãe! — gritou David. — Não podemos deixar Tally!

— Eu não vou com vocês — disse ela.

Maddy só balançava a cabeça.

— Talvez as lesões não sejam tão importantes quanto pensamos. Seu pai sempre suspeitou que o que chamamos de mente perfeita era apenas o estado natural da maioria das pessoas. Elas *querem* ser sem graça, preguiçosas e superficiais. — Ela deu uma olhada para Tally. — E egoístas. Basta um pequeno incentivo para que essa parte de suas personalidades prevaleça. E seu pai sempre achou que algumas pessoas eram capazes de escapar usando a força de vontade.

— Az estava certo — disse Tally. — Eu estou curada.

— Curada ou não, Tally, você não pode ficar aqui. Não quero perder você de novo! Mãe, faça alguma coisa! — protestou David.

— Quer tentar convencê-la? Tudo bem. — Maddy se virou e começou a andar na direção da entrada. — Vamos partir em dois minutos — disse, de costas para o filho. — Com ou sem você.

David e Tally permaneceram em silêncio por alguns instantes. A situação lembrava o encontro daquela manhã nas ruínas: os dois sem saber o que dizer. Agora, porém, o rosto de David não causava mais nenhuma reação negativa em Tally. Talvez o desespero do momento, ou o banho gelado, tivesse acabado com qualquer resquício de pensamentos perfeitos em sua cabeça. Ou talvez ela só tivesse levado algumas horas para adequar suas lembranças e seus sonhos à realidade...

David não era um príncipe — encantado ou não. Era, sim, o primeiro garoto pelo qual ela tinha se apaixonado, mas não o último. O tempo e outras experiências haviam mudado o que existia entre os dois.

Mais importante do que isso: agora ela tinha outra pessoa. Por mais injusto que fosse esquecer todo o seu passado com David, Tally havia reunido uma nova coleção de recordações. E não podia simplesmente trocá-las pelas antigas. Ela e Zane tinham se ajudado a permanecer borbulhantes, tinham compartilhado a vigilância dos braceletes e tinham fugido juntos da cidade. Não podia abandoná-lo agora, só porque alguém havia roubado parte de sua mente.

Tally conhecia muito bem aquela sensação de ser entregue sozinha a cidade.

Zane era a única pessoa que ela nunca havia traído, e não havia razão para a situação mudar. Tally segurou a mão dele.

— Não vou abandoná-lo — repetiu.

— Pense racionalmente, Tally. — David falava devagar, como se estivesse conversando com uma criança. — Você não vai poder ajudar Zane se ficar aqui. Os dois vão acabar capturados.

— Sua mãe está certa. Eles não vão fazer nada com meu cérebro. Eu posso ajudar Zane de dentro da cidade.

— Podemos dar um jeito de entregar a cura ao Zane, do mesmo jeito que fizemos com você.

— Eu não *precisava* da cura, David. E talvez Zane também não precise. Vou mantê-lo borbulhante. Posso ajudar seu cérebro a se reativar. Mas, sem mim, ele não tem chance.

David abriu a boca, mas parou antes de dizer qualquer coisa. Seu tom de voz mudou e ele estreitou os olhos na direção de Tally.

— Você só quer ficar com ele porque é perfeito.

— *Como é que é?* — reagiu Tally, perplexa.

— Não está vendo? Exatamente como você costumava dizer: é a evolução. Desde que seus amigos Crims chegaram aqui, mamãe tem me explicado como a perfeição funciona. — David apontou para Zane. — Ele tem esses olhos enormes e vulneráveis, essa pele perfeita de criança. Parece um bebê, um bebê indefeso, que precisa da sua ajuda. Você não está pensando. Está desistindo só porque ele é perfeito.

Tally olhava para David, incrédula. Como ele tinha coragem de dizer aquilo justamente para *ela*? O simples fato de estar ali provava que era capaz de pensar por conta própria.

Pouco depois, contudo, ela acabou entendendo. David estava apenas repetindo as palavras de Maddy. Ela devia tê-lo orientado a não confiar nos seus sentimentos quando encontrasse a nova Tally. Maddy não queria que o filho se transformasse num feio submisso, venerando até o chão em que Tally botava os pés. Por isso, agora David acreditava que ela não conseguia enxergar nada além do rosto perfeito de Zane.

David ainda achava que Tally não passava de uma garota da cidade. Talvez nem acreditasse que ela estava realmente curada. Talvez nunca a tivesse perdoado.

— Não tem nada a ver com a aparência de Zane, David — explicou ela, num tom nervoso. — É porque ele me deixa borbulhante. E porque passamos por várias situações arriscadas juntos. Podia muito bem ser eu deitada aí. E, se fosse, tenho certeza de que ele ficaria comigo.

— Você foi programada para pensar isso!

— Não. É porque eu amo Zane — disse Tally. David ia começar a falar, mas nenhum som saiu de sua boca. — Pode ir. Apesar do que sua mãe disse, ela não vai embora sem você. Vão acabar todos capturados se não se apressar.

— Tally...

— Vai! — gritou ela.

David precisava ir embora logo, ou então a Nova Fumaça cairia, mais uma vez por culpa dela.

— Mas você pode...

— Tire essa sua cara feia daqui! — berrou Tally.

As palavras ecoaram nas paredes do observatório e voltaram com tudo. Tally não suportou ficar olhando para David. Ela segurou o rosto de Zane e lhe deu um beijo. Seu berro tinha provocado o efeito desejado, mas Tally não conseguiu levantar a cabeça nem ao ouvir os passos de David, que se afastava rumo à escuridão, primeiro devagar, depois correndo.

Ela notava uma movimentação nos cantos dos olhos. Mas não eram sombras causadas pelo fogo em movimento; era seu coração, que batia tão forte que o sangue pulsava em seus olhos, como se quisesse escapar.

Tally tinha chamado David de feio. Ele nunca esqueceria aquilo. Nem ela.

Agora restava tentar se convencer de que não havia outra opção. Todo segundo era valioso, e nada mais teria conseguido afastá-lo daquela forma. Ela tinha feito uma escolha.

— Vou tomar conta de você, Zane.

Ele abriu um pouco os olhos e deu um sorriso de leve.

— Ahn, espero que não se importe se eu fingir que desmaiei por causa disso tudo.

— Boa ideia — disse Tally, segurando o riso.

— Acha mesmo que não devemos fugir? Eu consigo me levantar.

— Não. Eles acabariam nos achando.

Zane passou a língua nos dentes.

— Ah, claro. Que droga. E quase acabei fazendo todo mundo ser pego.

— Sei como é.

— Tem certeza de que quer ficar aqui comigo?

— Posso fugir da cidade de novo, Zane. Na hora que eu quiser. Posso salvar você, Shay e todos os outros que deixamos para trás. Estou curada para sempre desta vez. — Tally olhou para a entrada e viu pranchas levantando voo. Eles estavam partindo. — Além do mais, acho que não tem mais jeito. Correr atrás do David agora estragaria minha sensacional frase de efeito.

— Isso é verdade — disse Zane, sorrindo novamente. — Pode me prometer uma coisa, Tally? Se um dia terminar comigo, apenas deixe um bilhete.

— Tudo bem. Desde que você prometa nunca mais enfiar a mão numa prensa.

— Combinado. — Zane observou seus dedos por um instante e depois fechou a mão. — Estou com medo. Quero continuar borbulhante.

— Você vai voltar a ser borbulhante. Eu vou ajudar.

Ele assentiu e segurou a mão de Tally.

— Acha que David tinha razão? Sobre meus belos e enormes olhos, sobre por que você me escolheu? — disse, com a voz trêmula.

— Não. Acho que foi... o que eu disse. E o que você disse, antes de pular do balão. — Ela engoliu em seco — E você, o que acha?

Zane se recostou e fechou os olhos. Ficou tanto tempo sem dizer nada que Tally achou que tivesse caído no sono. Mas, de repente, ele respondeu:

— Talvez tanto você quanto David estejam certos. Talvez as pessoas *sejam* programadas... para se ajudarem, até para se apaixonarem. Só porque essa é a natureza humana, não quer dizer que seja ruim. Além disso, nós tínhamos uma cidade inteira de perfeitos para escolher, e mesmo assim escolhemos um ao outro.

— Fico feliz por isso — ela segurou a mão dele e sussurrou.

Zane sorriu e voltou a fechar os olhos. Depois de alguns instantes, Tally notou que sua respiração estava mais calma e percebeu que ele havia apagado de novo. Pelo menos, os danos cerebrais tinham suas vantagens.

Sentindo os últimos resquícios de energia se esvaindo, Tally desejou também poder dormir: passar as horas seguintes inconsciente e acordar na cidade, novamente como uma princesa aprisionada, como se tudo não tivesse passado de um sonho. Ela pousou a cabeça no peito de Zane e fechou os olhos.

Cinco minutos depois, os Especiais chegaram.

ESPECIAIS

A barulheira dos carros voadores tomou conta do observatório, ecoando como os gritos de um bando de aves predadoras. O vento provocado pelos rotores passava pela fenda na cúpula e avivava o fogo. Enquanto a poeira invadia o recinto, formas acinzentadas passavam pela entrada, assumindo posição nas sombras.

— Precisamos de um médico aqui — disse Tally, numa hesitante voz de perfeita. — Há alguma coisa errada com meu amigo.

Um Especial apareceu ao seu lado, saído da escuridão. Tinha uma arma na mão.

— Não se mexa. Não queremos lhe fazer mal. Mas faremos, se for necessário.

— Só quero que ajudem meu amigo. Ele está doente.

Quanto antes os médicos da cidade examinassem Zane, melhor. Talvez pudessem ajudar mais do que Maddy.

Enquanto o Especial dizia algo num telefone, Tally observava Zane. Podia notar uma ponta de medo em seus olhos entreabertos.

— Está tudo bem — disse ela. — Eles vão ajudar você.

Zane engoliu em seco. As mãos trêmulas eram um sinal de que a coragem inabalável demonstrada até então finalmente havia cedido com a chegada dos seus algozes.

— Vou fazer tudo que for necessário para que você seja curado, de uma maneira ou de outra — disse Tally.

— Uma equipe médica está a caminho — avisou o Especial.

Ela reagiu com um sorriso perfeito. Talvez os médicos da cidade confundissem a condição de Zane com uma doença cerebral, ou talvez descobrissem que alguém havia tentado curar suas lesões, mas nunca perceberiam como Tally havia se transformado sozinha. Como sugerido por Maddy, ela poderia dizer que tinha ido lá pelo passeio. Por enquanto, estava a salvo da operação.

Talvez Zane pudesse ser curado de novo sem a ajuda de comprimidos. Talvez todos na cidade pudessem ser mudados. Depois da fuga a bordo de um balão e de outro "resgate" a cargo dos Especiais, Tally e Zane ficariam ainda mais famosos. Assim, teriam condições de iniciar algo de grandes proporções, algo que os Especiais não conseguiriam deter.

De repente, Tally ouviu uma voz sinistra vinda das sombras e sentiu um arrepio.

— Achei mesmo que encontraria você aqui, Tally.

A figura da dra. Cable surgiu na parte iluminada. Seus braços buscavam o fogo, como se ela tivesse entrado no observatório para se esquentar.

— Oi, dra. Cable. Pode ajudar meu amigo?

O sorriso de lobo da doutora reluziu no escuro.

— Dor de dente?

— É pior que isso. Ele não consegue se mexer e mal consegue falar. Há algo de errado com Zane.

Os Especiais continuavam entrando no observatório. Entre eles, três que carregavam uma maca, vestidos de azul em vez de cinza. Empurrando Tally do caminho, puseram os equipamentos ao lado de Zane. Ele fechou os olhos.

— Não se preocupe — disse a dra. Cable a Tally. — Ele vai ficar bem. Sabemos tudo a respeito da situação dele, graças à pequena visita que vocês fizeram ao hospital. Parece que alguém enfiou umas nanoestruturas no cérebro de Zane. Nada bom para a cabeça perfeita dele.

— Você sabia que ele estava doente? — perguntou Tally, se levantando. — Por que não o ajudou?

A dra. Cable lhe deu um tapinha no ombro.

— Nós interrompemos a ação das nanoestruturas. Mas o pequeno implante em seu dente estava programado para provocar dores de cabeça. Sintomas falsos para manter os dois motivados.

— Você nos usou... — disse Tally, enquanto os Especiais levavam Zane embora na maca.

A doutora examinava o observatório.

— Eu queria descobrir o que vocês estavam armando e aonde pretendiam ir. Achei que pudessem nos levar aos responsáveis pela doença do jovem Zane. — Ela se mostrou aborrecida. — Eu ia aguardar mais um pouco para ativar o rastreador, mas, depois de sua grosseria com meu amigo, o dr. Valen, esta manhã, decidi que era melhor vir aqui e levá-la logo para casa. Você sabe mesmo causar confusão.

Em silêncio, Tally tentava digerir tudo aquilo. O rastreador no dente de Zane havia sido ativado remotamente, mas só depois de os outros cientistas encontrarem o dr. Valen. Mais uma vez, Tally tinha levado os Especiais aos Enfumaçados.

— Queríamos um carro para fugir — disse ela, tentando soar como uma autêntica perfeita. — Mas nos perdemos.

— Sim, nós achamos o carro nas ruínas. Só não acredito que tenha percorrido toda a distância até aqui a pé. Quem ajudou você, Tally?

— Ninguém.

Um Especial vestido de cinza apareceu ao lado da doutora e lhe passou alguma informação. Sua voz afiada assustou Tally, mas ela não conseguiu entender nenhuma das palavras sussurradas.

— Mande os jovens atrás deles — ordenou a dra. Cable, virando-se para Tally em seguida. — Ninguém, não é mesmo? E o que me diz a respeito das fogueiras, das armadilhas de caça e das latrinas? Parece que havia bastante gente acampada aqui. E eles partiram não faz muito tempo. Uma pena não termos chegado um pouco mais rápido.

— Você não vai conseguir alcançá-los — disse Tally, com um sorriso perfeito.

— Acha mesmo? — A luz da fogueira deixava os dentes da dra. Cable avermelhados. — Acontece que nós também temos uns truques novos, Tally.

A doutora lhe deu as costas e caminhou até a entrada. Ao tentar ir atrás, Tally sentiu a mão pesada de um Especial segurá-la e obrigá-la a se sentar perto da fogueira. Ela conseguia ouvir as ordens dadas aos gritos e o barulho de mais carros pousando, mas desistiu de tentar enxergar o que acontecia do lado de fora e ficou observando o fogo, arrasada.

Agora que Zane não estava mais por perto, Tally se sentia derrotada. Outra vez, tinha sido enganada pela dra. Cable, levada a encontrar a Nova Fumaça, quase entregando todo mundo novamente. Para piorar, depois das palavras que tinha dito, David provavelmente a odiava.

Pelo menos, Fausto e os outros Crims tinham fugido da cidade definitivamente, quer dizer, se tivessem sorte. Eles e os Novos Enfumaçados tinham alguns minutos de vantagem. Embora fosse impossível superar a velocidade dos carros numa linha reta, as pranchas ofereciam maior agilidade. Sem o rastreador passando sua localização, eles poderiam praticamente desaparecer no interior da floresta. O grupo rebelde de Tally e Zane havia aumentado o contingente dos Novos Enfumaçados em vinte membros. E, com a cura testada, eles poderiam levá-la à cidade, a várias cidades, e um dia todos acabariam livres.

Talvez, para variar, a cidade não tivesse ganhado daquela vez. E ser capturado podia acabar se mostrando a melhor opção para Zane. Os médicos da cidade teriam mais condições de tratá-lo do que um bando de fugitivos. Tally tentou pensar em como o ajudaria a se recuperar, deixando-o borbulhante novamente, se fosse necessário.

Podia começar lhe dando um beijo...

Cerca de uma hora depois da chegada dos Especiais, a fogueira já estava perto de se apagar, e Tally começou a sentir frio. Enquanto aumentava a potência do casaco aquecido, notou uma sombra surgir na faixa de luz alaranjada do pôr do sol, que entrava pela cúpula.

Tally ficou ansiosa. Era alguém descendo numa prancha. Seria David voltando para buscá-la? Não era possível. Maddy nunca permitiria aquilo.

— Conseguimos pegar dois deles — anunciou uma voz grossa que parecia vir de cima da prancha.

Um pedaço de seda cinza se agitava no ar. Havia mais duas pessoas descendo pela fenda na cúpula do observatório. As pranchas eram mais longas que o normal e tinham hélices embutidas na frente e atrás. Os rotores avivaram as brasas da fogueira.

Então aquele era o novo truque. Especiais em pranchas, uma solução perfeita para caçar os Novos Enfumaçados. Tally precisava descobrir quem tinha sido capturado.

— Feios ou perfeitos? — perguntou a dra. Cable, que já estava ao seu lado de novo.

— Uma dupla de Crims. Todos os feios conseguiram escapar.

Tally reconheceu a voz por baixo daquele tom sinistro.

— Ah, não — disse, baixinho.

— Ah, sim, Tally-wa. — A figura desceu da prancha e se deixou iluminar pela fogueira. — Nova operação! O que achou?

Era Shay. E ela havia se tornado uma Especial.

— A dra. C me deixou botar mais tatuagens. Não são um barato?

Tally observava a velha amiga, totalmente atônita com a transformação. Os desenhos giratórios se espalhavam por toda a pele, como se o corpo de Shay estivesse coberto por uma rede preta e pulsante. Seu rosto tinha traços finos e cruéis, e seus dentes haviam se transformado em presas afiadas. Ela estava mais alta, com músculos poderosos nos braços. As cicatrizes onde havia se cortado se destacavam, cercadas de tatuagens. À luz do fogo, os olhos de Shay brilhavam como os de um predador, passando do vermelho ao roxo, de acordo com o movimento das chamas.

Sem dúvida, ela continuava linda, mas sua beleza cruel e desumana deixava Tally arrepiada. Era como assistir a uma aranha colorida passeando em sua rede.

As outras pranchas pousaram atrás de Shay. Ho e Tachs, membros dos Cortadores, traziam mais pessoas. Tally lamentou ao ver que um deles era Fausto, que nunca havia andado de prancha, até alguns dias antes. Porém, a maioria dos outros tinha escapado... e David devia estar num lugar seguro.

A Nova Fumaça permanecia viva.

— Achou minha nova cirurgia demais, Tally-wa? — perguntou Shay. — É muita coisa para você?

— Não, Shay-la, é borbulhante — disse Tally, desanimada.

Um grande sorriso cruel tomou conta do rosto de Shay.

— Vale um zilhão de mili-Helenas, não acha?

— No mínimo.

Tally virou-se para a fogueira. Shay sentou ao seu lado.

— Ser uma Especial é mais borbulhante do que você pode imaginar, Tally-wa. Cada segundo é inacreditável. Tipo, eu consigo ouvir seu coração batendo, sentir a eletricidade do casaco que está vestindo. Consigo *farejar* seu medo.

— Não estou com medo de você, Shay.

— Está com um pouquinho, Tally-wa. Não adianta mais mentir para mim. — Shay a abraçou de lado. — Ei, lembra daqueles rostos estranhos que eu projetava quando nós éramos feias? A dra. C vai me deixar torná-los realidade. Os Cortadores têm liberdade para escolher qualquer cirurgia que quiserem. Nem a Comissão da Perfeição pode se intrometer na nossa aparência.

— Isso deve ser muito bom para você, Shay-la.

— Eu e meus Cortadores somos a novidade borbulhante na Circunstâncias. Somos um tipo especial de Especiais. Não é demais?

Tally a encarou, tentando ver além daqueles reluzentes olhos vermelhos. Ignorando a conversa de perfeita, ela captava uma inteligência fria e serena na voz de Shay, uma alegria cruel por ter agarrado sua velha amiga traidora.

Estava evidente que Shay era uma nova espécie de perfeito cruel. Algo pior até do que a dra. Cable. Algo mais desumano.

— Está mesmo feliz, Shay?

A boca de Shay tremeu, e os dentes afiados roçaram no lábio inferior, antes de ela dar uma resposta.

— Estou sim, principalmente agora que tenho você de volta, Tally-wa. Não foi legal todos vocês fugirem sem mim. Foi bem deprimente.

— Queríamos que viesse com a gente, Shay. Eu juro. Deixei um monte de pings para você.

— Eu estava *ocupada*. — Shay deu um chute no que restava da fogueira. — Estava me cortando, tentando achar uma cura. Além do mais, tinha me cansado dessa história de acampar. De qualquer jeito, agora estamos juntas, eu e você.

— Estamos em lados opostos — observou Tally, numa altura que mal se conseguia ouvir.

— Nada disso, Tally-wa — disse Shay, apertando o ombro dela com força. — Estou cansada dessas confusões e mágoas entre nós. De agora em diante, eu e você seremos *melhores amigas para sempre*. — Tally não conseguiu continuar olhando para ela. Aquela era a grande vingança. — Preciso de você nos Cortadores. Vai ser completamente borbulhante!

— Não pode fazer isso comigo — murmurou Tally.

Ela tentou se afastar, mas Shay a segurou com firmeza.

— Aí é que você se engana, Tally-wa. Eu posso.

— Não! — gritou Tally, se soltando e tentando se levantar.

Rápida como um raio, Shay esticou o braço, e Tally sentiu uma pontada no pescoço. Imediatamente, sua visão ficou embaçada. Ela ainda conseguiu se manter de pé e dar alguns passos com dificuldade, mas seus membros pareciam pesar toneladas. Finalmente, caiu no chão. Um véu cinza pareceu se estender à sua frente, e o mundo começou a escurecer.

As palavras chegaram aos seus ouvidos, vindas do nada, numa voz penetrante:

— É melhor encarar, Tally-wa. Você é...

SONHOS FALSOS

Ao longo das semanas seguintes, Tally não chegou a acordar de verdade. Às vezes se mexia, percebendo pela textura dos lençóis e travesseiros que estava numa cama, mas na maior parte do tempo sua mente permanecia longe do corpo, entrando e saindo de versões desconexas do mesmo sonho...

Havia uma linda princesa presa numa torre alta, uma torre com paredes espelhadas que nunca terminavam. Não existia elevador ou qualquer outra saída. Quando a princesa se cansou de admirar o próprio rosto nos espelhos, decidiu saltar para a liberdade. Ela convidou os amigos para irem juntos, e todos aceitaram. Menos sua melhor amiga, cujo convite tinha se perdido.

A torre era vigiada por um dragão cinza de olhos brilhantes e apetite voraz. Tinha várias pernas e se movia tão rápido que mal se conseguia ver. Naquele dia, porém, ele fingiu estar dormindo e deixou que a princesa e seus amigos escapassem.

Naturalmente, não podia faltar um príncipe no sonho.

Ele era ao mesmo tempo bonito e feio, borbulhante e sério, cauteloso e corajoso. No início, vivia com a princesa na torre, mas depois ficou notório que ele estivera do lado de fora o tempo todo à espera dela. E, na lógica daquele sonho, ele muitas vezes era dois príncipes, entre os quais a princesa devia escolher. Às vezes ela escolhia o príncipe bonito; em outras, o feio. De um jeito ou de outro, acabava de coração partido.

Qualquer que fosse a escolha, o fim do sonho nunca mudava. A melhor amiga, a do convite perdido, sempre tentava ir atrás da princesa. Mas então o dragão cinza acordava e a devorava. Ele gostava tanto do sabor dela que, faminto, resolvia procurar os outros. De dentro do estômago do dragão, a melhor amiga enxergava com seus olhos e falava com sua boca, prometendo encontrar e punir a princesa por tê-la abandonado.

Ao longo de todas aquelas semanas, o sonho sempre acabava do mesmo jeito, com o dragão alcançando a princesa e repetindo as palavras...

— É melhor encarar, Tally-wa. Você é Especial.

Este livro foi composto na tipografia Classical
Garamond BT, em corpo 11/16, e impresso em
papel off-white no Sistema Cameron da
Divisão Gráfica da Distribuidora Record.